U0902662

维纳斯之吻

板栗子◎著

[上册]

青岛出版社
QINGDAO PUBLISHING HOUSE

图书在版编目（CIP）数据

维纳斯之吻 / 板栗子著. --青岛：青岛出版社，2019.12
ISBN 978-7-5552-8655-4

Ⅰ. ①维… Ⅱ. ①板… Ⅲ. 长篇小说－中国－当代 Ⅳ. ①I247.5

中国版本图书馆CIP数据核字(2019)第249604号

书　　名　维纳斯之吻
著　　者　板栗子
出版发行　青岛出版社
社　　址　青岛市海尔路182号（266061）
本社网址　http://www.qdpub.com
邮购电话　010-85787680-8015　13335059110
　　　　　0532-85814750（传真）　0532-68068026
责任编辑　贺　林
特约编辑　吴梦婷
校　　对　张会卜
装帧设计　蒋　晴
照　　排　梁　霞
印　　刷　三河市良远印务有限公司
出版日期　2019年12月第1版　2019年12月第1次印刷
开　　本　32开（880mm×1230mm）
印　　张　15
字　　数　280千
书　　号　ISBN 978-7-5552-8655-4
定　　价　59.80元

编校印装质量、盗版监督服务电话　4006532017　0532-68068638

建议陈列类别：畅销·青春文学

目录

[上册]

目录

［下册］

第一章　你好，前男友

12月末，余晚结束了为期三个月的职业培训，返回了国内。

在她学习期间，公司已经从C市搬去了A市，余晚回程的机票也直接买了到A市的。飞机降落后，她背着小包一走出机舱，就感觉气温下降了几度。她拢了拢身上的大衣，从包里拿出手机，开机，给闺密周晓宁拨了通电话过去。

“宁宁，我到A市啦！”

电话那头的周晓宁愣了一秒，随之比她还激动地叫了起来：“天，你怎么不提前跟我说一声，我好去机场接你呀！”

“没关系，我出国前东西都从C市寄过来了，现在就只带着一个行李箱。”

“哦，那好吧。”周晓宁应了一声，有些好奇地问她，“你那个什么WC的课程……”

余晚扯了一下嘴角，纠正：“是CWP，婚礼策划专家！”

“哦哦，都差不多吧，合格了吗？”

“当然，已经拿到证书了！”

“恭喜恭喜，我今天要加班，改天请你吃饭庆祝！”

余晚笑了起来：“还是我请你吧，帮我装修房子辛苦了。”

“不辛苦不辛苦，负责你的房子的项目经理挺帅的。”

余晚噗地一笑，就听周晓宁在那头问她：“对了，你找得到你的家吗？你都快三年没来过A市了。”

“放心，这个我还是能找到的。”

“这三年A市变了很多哦。”

余晚勾起唇角，加快了脚步：“嗯，我会好好地看看这座城市的。”

通往行李提取处的一路上，余晚践行了她“好好地看看”的话，一个不小心，就看见了机场的广告牌上印着的英俊男人。余晚一愣，眸色猛地变了变，随后像是想躲开什么一样，飞快地别开目光，步子迈得比刚才还快。

取到行李后，她开始排队通关，前面的队伍不知道发生了什么，爆发出一阵小小的骚动。余晚好奇地张望了两眼，没看出个所以然来。

“前面怎么了？难道是遇到了什么明星？”

队伍里传来细微的讨论声，机场这种地方，遇到几个明星着实不奇怪。

又一个声音道：“不是不是，好像是前面的一个海关工作人员长得很像厉深，有两个女生想跟他合照！”

这话一出来，队伍里就更喧哗了，余晚下意识地抿了抿嘴角，没有加入他们的讨论。求合照的妹子不知道怎么样了，总之队伍很快又动了起来，每一个经过海关小哥跟前的旅客都会特意多看他几眼。

余晚压了压自己的帽檐，头埋得很低，像是整支队伍里唯一对这位海关小哥不感兴趣的人。轮到她时，她沉默地把护照递了过去，海关小哥礼貌地说完“你好”以后，看向她道：“麻烦把帽子摘一下。”

余晚莫名就有些紧张，犹豫了一下，还是把帽子摘了下来。几乎是脱下帽子的那一刻，她的视线就和海关小哥撞上了。对方的脸其实没有多像厉深，只是那双眼睛和厉深特别相似。余晚的脑海里蓦地浮上一双漂亮的眼睛，眼里还藏满了说不尽的柔情。她的心咚咚咚，跳得惊人，差点就想强行冲关了，幸好海关小哥及时把护照还给了她。

“可以了，谢谢。”

余晚拿回护照，重新扣上帽子，逃也似的离开了。坐上机场地铁后，她才深深地呼出一口气。

地铁上的电视正在播放一档音乐节目，年轻的主持人字正腔圆地介绍道：“厉深作为今年《天籁之音》的冠军，一首*Lily*唱得全国大半女生把自己的英文名改成了Lily……”

余晚的眼皮一跳，低下头拿出手机，打开了微博。微博的开屏广告是厉深的新歌宣传，帅气的照片下面写着两排显眼的大字——厉深的新歌《心尖刺》，1月1日各大音乐平台同步上线！她啪地锁上手机，放进了大衣口袋里。她就出国学习了三个月，怎么回来后满世界都是厉深了？她干脆戴上耳机，靠在座椅上闭目养神。

机场专线到站后，余晚换乘了7号线。地铁晃晃悠悠地行驶了二十来分钟，一个电子女音在车厢内响起：“西郊丽泽公园到了，请到站的乘客从列车行驶方向左侧车门下车。”

“西郊丽泽公园”几个字令余晚下意识地抬眸看了一眼，她起身拖着行李箱，走出了地铁站。

已经是12月底，A市的气温直逼0℃，余晚冒着冷风穿过马路，站在了丽泽公园东门门口。似是想到了什么，她握着行李箱拉杆的手微微地收紧，最后，她还是弯起一抹笑，跨进了丽泽公园的大门。冬天公园里的游客不多，余晚脚步轻快地穿过湖面上的长桥，听献艺的人在树下抱着吉他唱：“人不经历泪水的洗礼，就不会长大……”她在口袋里翻翻找找，将身上全部的零钱给了唱歌的人。

从西门出来再过一条马路就是余晚的家，从买下房子到现在，余晚还是第一次来，这里和西郊丽泽公园比邻而居，站在阳台上甚至可以俯瞰整座公园的风景——这座在星光公园建成前A市最出名的公园。

找到自己的小区和楼栋，余晚看着家门前新换的智能锁，在上面输入了自己的生日。如周晓宁所说，门锁顺利地打开了。房子刚装修好没多久，不过倒是没什么刺鼻的气味，余晚从老家寄过来的行李整整齐齐地码放在客厅里。

她把自己一百多平方米的新家参观了一遍，才开始简单地整理起行李。收拾到一半，老板魏邵打来了电话。

“到家了？”

“是的老板。”余晚一本正经地回答。

电话那头的魏邵低笑一声，开口道：“今天刚回来，先好好休息一下，明天再到公司报到。”

“好的老板。”

“你找得到公司吧？”

为什么所有人都觉得她离开A市几年就变成了傻瓜？

“老板，只要知道公司地址，我就有一百种方法可以到公司。”

魏邵又笑了一声：“行，那我明天在公司等你。早点休息。”

余晚谨遵老板吩咐，不到十点就休息了。第二天一早，她先把自己新买的保暖衣找出来穿上，然后换上阔腿长裤和小西装外套，又披了一件长款大衣在身上，拿着大挎包出了门。

公司就在丽泽公园这个区域，余晚坐地铁过去，前后不过半小时。在写字楼大厅的水牌上找到“韶华婚礼策划公司”，余晚直接去了二十一楼。这个季节不是结婚的旺季，但公司总部刚搬来不久，所有人都非常忙。余晚也不例外，她见了魏邵，开了早会，连新公司都来不及参观，又马不停蹄地准备出门。

她刚穿上外套从座位上离开，一个女生就迎上来，跟着她的步伐飞快地朝外走：“余老师好，魏总让我把策划初案拿给您看看。”

余晚侧头看了一眼，这是个很年轻的女生，看上去也就二十出头。她接过女生手上的文件，脚下的步子不停："我听魏总说了，你是新来的学徒？"

"是的，我叫涂佳佳，魏总让我先跟着您学习！"涂佳佳露出一个特别有活力的笑，"您也可以叫我的英文名，Lily！"

余晚的脚步终于顿了一下，又多看了涂佳佳一眼。她现在相信，地铁电视里那个主持人说的是真的，现在国内有一大半的女生的英文名都叫Lily。

她没再纠结这个名字，一边朝公司外走，一边低头飞快地浏览着涂佳佳给她的策划案。这场婚礼是别的同事负责的，魏邵让小学徒也做一个策划，只是让她练练手。像是为了配合自己的脚步，余晚的语速也同样飞快："司马潇潇的*YOU&ME*确实是最受欢迎的婚礼歌曲之一，但你不知道新娘不喜欢司马潇潇吗？"

涂佳佳愣了一下："我没听新娘说啊。"

"你要做的不是等新娘告诉你，而是主动去了解她的好恶。"

"哦，知道了……"

"婚礼是公路主题？"

"是的，新人说他们是因为车子在公路上抛锚认识的，所以想以公路作为主题。"

"嗯，照片墙下面装饰的车牌比较有亮点，但路引竟然直接用的花柱，我看不到任何设计理念在里面。

"如果是我的话，会把路引做成公路两边的路牌，写上代表距离的数字，再用主题色系的鲜花做装饰。"

听到这里涂佳佳眼睛一亮："这个好棒！我记一下！"

余晚没有给她记录的时间，又紧接着往下说："这里也不需要用追光，地面光就可以很好地呈现效果。"

"嗯，好的。"

余晚把文件塞回涂佳佳的手里，按下了电梯："方案拿回去重新修改，做婚礼策划不是只懂策划就行，销售、设计、灯光、花艺、甜品台，你全要了解。”

“哦……”涂佳佳觉得头有些大，“余老师有没有什么推荐的书？我去看看。”

电梯门正好开了，余晚走进去，转过身对涂佳佳道：“回头我发一份书单给你。”

“好的，谢谢余老师！”

电梯门在涂佳佳的尾音落下时关上了。

余晚在外面奔波了一天，返回公司时，同事已经走得差不多了。她把工作收了个尾，还没忘记给涂佳佳发书单到邮箱里。离开时，余晚遇到了魏邵。魏邵的样子看上去像是在这里等她，余晚咳了一声，走上去问：“老板，你还没走？”

魏邵朝她笑了笑，道：“一起？”

余晚在A市待过一年多，对A市还是熟悉的，她想了一下魏邵家的方位，开口道：“我们好像不顺路。”

魏邵笑着站直身体，朝电梯间走去：“走吧，我送你。”

老板的车不蹭白不蹭，余晚坦荡荡地坐了进去。路上，魏邵放着舒缓的音乐，语气随意地问她：“怎么样，来新公司的第一天，还习惯吗？”

余晚老实地回答：“来新公司的第一天，没有空思考习不习惯。”

魏邵低笑出声：“这阵子是会比较辛苦，等忙过这阵子，就可以开始忙下一阵子了。”

老板刚才是讲了一个冷笑话吗？她应该笑吗？

“对了，明天的婚礼，你也一起来参加。”

魏邵说的婚礼，是韶华总部搬到A市后接的第一笔生意，新人是魏邵的朋友，某娱乐公司的高层。

“是星耀娱乐的那个郭经理吗？”余晚因为这几个月都在国外学

习，对这场婚礼不是十分了解。

魏邵点了点头，道："对，星耀娱乐是大公司，最近很红的一个歌手，厉深，也是他们公司的。"

余晚万万没想到，会猝不及防地从魏邵嘴里听到厉深的名字。她脸色微变，很快又恢复如常："魏总，明天的婚礼我可以不去吗？我手上还有很多事情要做。"

"谁手里没有事情要做？"魏邵偏过头，看向了她，"做我们这一行，人脉很重要，明天会去不少人，我打算给你介绍一下，不能缺席。"

老板把话说到这个份儿上，余晚自然不敢再拒绝："知道了。"

"明天穿好看点。"魏邵交代完这话，下意识地往余晚的脚下看了一眼，"不是让你买一双好点的鞋吗？你明天婚礼前去买，不能低于五千块，我给你报销。"

余晚心想：这样不太好吧。

"怎么了？"魏邵的眼光又扫了过来。

余晚赶紧道："没有，我晚上就去买！"

丽泽公园虽然靠近西郊，但附近有成熟的商业街，要找一双五千块以上的鞋子并不是什么难事。余晚直奔自己中意的一个品牌，速战速决地选好了明天要穿的高跟鞋——5188元，这下老板没什么好说的了吧。

买了鞋子，她顺便在百货商场把晚饭也解决了，才提着购物袋回家。她的主卧在装修的时候特地安了一个浴缸，余晚在里面舒服地泡了个澡，穿着睡袍走了出来。

天色已经很黑了，外面静悄悄的，她的双手搭着阳台栏杆，视线穿过毗邻的别墅区，落在了不远处的丽泽公园上。晚上的公园像是蒙上了面纱的女人，美得朦朦胧胧，绕着湖边安装的路灯，倒是清晰地勾勒出了湖泊的轮廓。

余晚嘴角含笑，望着公园吹了两分钟的冷风，然后缩回了屋里。

本来以为今天这么累，肯定是躺下就能睡着的，但余晚一闭上眼睛，脑子里就全是魏邵说的那场婚礼。明天的婚礼，厉深不一定会去吧？虽然他是星耀的艺人，但他现在这么红，行程肯定很满吧？余晚在不断地说服自己的过程中，终于不知不觉地睡了过去。

星耀郭经理的婚礼在下午六点正式举行，余晚虽然没有经手这场婚礼，但还是下午就到了会场，看看有没有什么需要帮忙的。

婚礼地点在定欧大酒店——全A市最高档、占地面积最大的酒店。酒店门口，婚礼的主题提示牌已经布置好了，新人的照片也已经挂上，余晚几乎是一眼就看见"新郎郭盖"这行字。从业将近四年，如今的余晚无论听到多么怪异的新人名字都可以面不改色，甚至还能恰如其分地夸奖几句。坦然接受了"郭盖"这个名字，余晚踩着她价值5188元的高跟鞋往会场里面走去。

今天的早会上，魏邵重点讲了郭经理的这场婚礼。据说，新人本来是想举办一场森林婚礼，连场地都选好了，但新娘突然被查出怀孕，等不到明年，只好在年末赶紧把婚礼办了。时间虽然匆忙，但新娘对婚礼的要求一点儿没有降低，依然坚持举办森林婚礼。

要在12月底办一场户外森林婚礼，不仅新娘的身体扛不住，宾客的身体也一样扛不住。最后在魏邵的协商下，她终于接受了在室内办一场森林主题婚礼的建议。

这场婚礼是魏邵亲自策划的，余晚抱着跟老板好好学习的心态，仔细研究着现场。不得不说，老板就是老板，他不知道是从哪里搞来了那么多树，真的把会场布置得草木茂盛。特别是入口处分立的两棵大树，让人一瞬间以为走进了原始森林。

魏邵的大手笔还不只这些，会场中央偌大的舞台上也被他精心布置了花草，然后利用镜面做出了倒影效果，配合上现场的灯光，宛如湖泊般澄澈。

余晚参观后，觉得公司在A市打响的这第一炮，稳了。

"来了？"魏邵不知道是从哪里出来的，见余晚来了，便走到她身边问，“觉得现场怎么样？”

余晚由衷地拍着老板马屁：“非常震撼。”

魏邵笑了一声，低头看了一眼她的高跟鞋：“鞋子不错。”

余晚道：“因为闪烁着人民币的光辉。”

魏邵没继续和她开玩笑，把她叫去帮忙了。余晚跟在他后面，吞吞吐吐地问：“老板，那个……今天的婚礼，会来哪些明星啊？”

魏邵反问：“谁告诉你会来明星？”

“呃，郭经理不是星耀高层吗？”

魏邵偏过头，眼神里带着一丝探究：“你想看见谁？我不知道你还追星。”

余晚闭上嘴，打住了这个话题。

五点过，宾客陆陆续续地到场了，余晚的心也跟着提了起来，她一边担心婚礼流程会不会出现什么意外，一边担心自己会不会出现什么意外。好在，她担心的一切都没有发生，婚礼的接待、仪式都进行得十分顺利，星耀的艺人是来了几个，但直到宴会开始，她都没有见到厉深。

舞池里，新娘和新郎已经开始跳舞了，气氛渐渐地达到高潮，余晚也终于被现场的气氛感染，端着一杯饮料走了出来。现场的灯光带着梦幻的色彩，让人有些分不清真实和虚幻，恍惚中，余晚看见一个背对着自己而坐的男人。

他的背影让她觉得眼熟，她脸上的笑微微一僵，正想仔细瞧两眼，同事赵欣走过来，笑着跟她碰了一下杯：“余晚，怎么一个人站在这里？不上去跳舞吗？”

余晚收回停留在男人身上的目光，朝赵欣笑了笑道：“不了，我跳不好。”

“这有什么，开心就好嘛。”赵欣说完，跟着音乐哼唱了两句，又问她，“对了，我听说你在国外还跟老乡相亲来着？”

余晚一听到“相亲”两个字，嘴角就忍不住抽了一下：“别提了，我去之前真的以为那就是一场老乡聚会。”

“哈哈，但我听魏总说，你跟人家聊了很久啊。”

“那是因为，突然开始上菜了。”而且那道菜还不是一般的菜，是高级和牛。

赵欣噗地笑了一声，差点没把嘴里的酒吐出来。

两人正聊到这里，魏邵就领着一个中年男人朝这边走了过来。余晚和赵欣看见他们，立刻整理好表情和仪态，朝他们问了声好。魏邵点了点头，介绍道：“这位是星耀的胡董，这是余晚，这是赵欣。”

“胡董好。”

“你们好。”胡董笑着跟她们握了握手，侧头对魏邵道，“魏总的公司全是些美女啊，都可以跳槽来我们星耀当偶像了。”

魏邵笑道：“她们可不只长得好看，还是我的得力助手。”他说到这里，特地看了余晚一眼，“余晚刚从国外学习回来，拿了CWP。令爱的婚礼，说不定她能帮上忙。”

“好的好的，余小姐真是年轻有为啊。”

余晚道：“胡董过奖了。”

她跟胡董寒暄了两句，胡董夸了她一番后，又跟她介绍起了别人：“对了，那边那个是我们星耀所有部门里最年轻的经理，跟余小姐一样年轻有为，我给你们介绍一下。”他说着，便对着那人的背影叫了一声“小吴”。

前面背对着余晚而坐的两个男人都回过身来，胡董指着左边戴眼镜的男人道：“这位就是吴冕吴经理，他旁边那位……”胡董说到这里，特地停顿了一下，用一副“我懂你们小年轻”的眼神说道，“两位应该都认识吧，最近很红的大歌星，厉深。”

余晚清晰地听到自己脑袋里紧绷的一根弦啪的一声断开了。宴会上欢快的音乐和嘈杂的人声像被施加了魔法一般，忽然全不见了，全世界仿佛只剩下了自己面前的那个男人。

他穿着一套白色的西装，左胸的口袋里精心地叠着一块方巾，恰到好处地露出一角，仔细烫过的黑色侧分短发同样无可挑剔，微卷的刘海不偏不倚地落在眉毛处。

他微抬眸子看过来，眼底像是也被这宴会的灯光染上了光彩。

站在余晚旁边的赵欣突然抖了一下，余晚的所有感知也随着她这一抖渐渐地回笼。

厉深的目光只在余晚身上停留了一瞬，便从容地移开，他跟吴冕站起身，和余晚就隔着两步的距离。

魏邵见余晚神色有异，目光微动，心想，难道她喜欢的明星就是厉深?

赵欣倒是喜欢得十分直白，连带说话的声音都抖了起来："厉、厉深，你好！我很喜欢你的歌！说起来特别巧，我的英文名就叫Lily！"

魏邵的嘴角几不可见地扯了一下，能别这么没出息吗？这个月他们公司起码多了五个Lily。

"你好。"厉深朝赵欣点了点头，那低沉迷人的声线一出现，赵欣就又原地抖了一下。

胡董似乎是一点儿都不意外这些小姑娘会喜欢厉深，他见余晚没说话，还帮她介绍道："这位是余晚余小姐，魏总的得力助手。"

吴冕主动地伸出手，跟余晚握手示好："你好，余小姐，很高兴认识你。"

"我也很高兴认识你，吴经理。"余晚还算镇定地说完这句话，然后看向了吴冕身侧的厉深。她举在半空中的手还没有收回去，她稳住心神，朝厉深笑了笑："你好，厉先生。"

"厉先生"这三个字，厉深听来格外刺耳。他忍住嘴角牵起一个嘲讽弧度的冲动，不动声色地看着余晚。大约是为了参加今晚的婚礼，她的衣着和妆容都是仔细准备过的。一条复古的墨绿色连衣裙衬得她气质优雅又不会过分抢眼，腰间系着的那条彩色印花丝巾成了画龙点睛的一笔，她脚下的那双黑色高跟鞋是她以前一直喜欢但又一直买不起的牌子，现在穿在她的脚上倒是出奇地契合。最令厉深在意的还是她的头发，以前余晚留着最简单的黑色长发，现在的她不仅将头发剪成了及肩短发，还染了个时尚的浅咖色，右耳的发丝被她轻轻地拢在耳后，露出一颗温润的珍珠耳钉。

许是见厉深没有说话，所有人的视线都集中在了他身上。厉深终于笑了笑，低头看了一眼余晚还举在自己面前的手："你好，余小姐。"

两人相握的手轻轻地触碰片刻，便很快分开，甚至来不及感知彼此的温度。余晚还是挂着那抹笑，什么也没说，话题很快又被带到了其他地方，没人在意这个插曲。

"魏总，新人找你有点儿事。"婚礼主持人找了过来，急着让魏邵跟他走。魏邵想了想，对赵欣和余晚道："赵欣，你跟我过去找新人。余晚，你留在这里再和胡董聊聊。"

余晚知道他是想让自己拿下胡董的女儿的婚礼，尽管她的心里万般想跟着一起走，还是点了点头道："放心吧，老板。"

魏邵对余晚一向是放心的，没有再交代什么就带着赵欣跟主持人一道走了。余晚刻意不去看厉深，专心想着和胡董好好聊聊，但显然，这里想和胡董聊的人不止她一个。

他们没说上两句，胡董就被另外的人叫走了，还顺带捎上了吴冕。余晚后知后觉地发现，这里只剩下她和厉深两个人。厉深手里拿着一杯饮料，目光似有似无地落在她身上。余晚感觉到他的视线，心跳有点儿不受控制。她抿了抿嘴角，正想借故离开，厉深却突然开了口："你把头发剪了？"

余晚的动作一滞，她想过厉深可能会不理她，可能会讽刺她，就是没想到他会最先问这个。她略一点头，道："嗯，短发方便打理。"

厉深听了她的回答，轻笑一声，目光看向了她的刘海："你这个空气刘海，不好吹吧。"

余晚道：“应该比你的刘海好吹一点儿。”

说完以后，余晚就有点儿抓狂，她为什么要站在这里和厉深聊刘海？

“不好意思，我找胡董还有点儿事。”余晚见那边胡董聊完了，见缝插针地走了过去。厉深也没有追，他举起手里的酒杯，仰头喝了一口杯里的饮料。

赵欣跟着魏邵处理完新人的事，又急急忙忙地跑出来想找厉深，结果厉深没有找到，倒是看见余晚一个人站在角落里吃东西。她走上去，问余晚：“厉深呢？怎么就你一个人站在这里？”

余晚耸了耸肩，没答话，赵欣也拿起一块蛋糕，问道：“你跟胡董聊得怎么样了？”

余晚叹了一口气，道：“胡董说了，要结婚的是他的女儿，不是他，得他的女儿喜欢才行。他说他会把我们公司推荐给胡小姐，不过最后到底选择哪家，还是要胡小姐来做决定。”

赵欣应了一声，对余晚道：“那位胡小姐我听老板提过，好像特别难搞。”

余晚苦笑：“那也没办法，再难搞也得硬着头皮上。”

赵欣用力地拍了拍她的肩，以示同情：“来，吃个冰激凌，这个冰激凌超好吃的。”

余晚把她手里的冰激凌接过来，听见不远处一张圆桌旁传来一阵欢呼声。赵欣好奇地看向那边，问她：“那边在玩什么游戏吗？”

余晚摇了摇头：“不知道。”

“走，我们过去看看！”

赵欣拉着余晚去凑热闹，本来以为是婚礼上什么有趣的游戏，走过去之后才发现是在玩掰手腕。这在赵欣看来实在是个幼稚的比赛，但此时坐在桌子旁的人是厉深，她顿时对掰手腕这项运动产生了热情。

“厉深不错啊，当了两年兵就是不一样。”刚刚输给厉深的吴冕一面站起身，一面说。在旁边听到这话的余晚顿时愣了神，厉深当了两年兵？他不是一直在做音乐吗？

“我来试试，我还不信他不会输。”一个身材比厉深壮的男人走过来，在他对面的空位上坐了下去。赵欣见状，立刻跳出来捍卫自己的偶像：“你们这样不公平啊，车轮战！好歹让他休息一下啊！”

吴冕顺着声音看向她，浅笑着戏谑：“厉深的粉丝心疼了，好像我们在欺负人一样。”

本来就是你们在欺负人啊。赵欣心里这么想着，却不敢说，只好默默地给厉深打气。厉深倒是不介意，他微微勾了勾唇，又和对面的人掰起手腕。

围着桌子的人都安静了下来，全神贯注地看着他们。身材壮实的那位朋友显然是觉得这是一场赌上尊严的比赛，连吃奶的力气都使上了，余晚清晰地看见了他额头上暴出来的一根青筋。她又看向厉深，和对面的人相比，厉深的神情要从容许多，但也不是游刃有余，抿直的嘴角和额上渗出的一层薄汗都没逃过余晚的眼睛。优雅的白西装此时因为厉深肌肉的紧绷勾勒出了极具力量的线条，余晚没有想到在那身白西装下竟然蕴藏着这样惊人的力量，就像她从没想到厉深竟然当了两年兵。

可能是前面连着比赛了几轮，厉深确实有点儿吃亏，他的力量渐渐地被对方压制，手背离桌面越来越近。现场的气氛随着他的右手和桌面间距的缩小也越来越紧张，到最后，连余晚都莫名屏住了呼吸。眼看着就要输了的时候，厉深突然猛地一发力，一瞬间扭转了局势，在所有人都没反应过来时将对方的手腕扣在了桌上。

赵欣当场兴奋地尖叫了起来，疯狂地为厉深鼓掌，从今天开始，她对厉深又有了新的认识——一个在掰手腕界从未输过的男人，尽管她只看他掰过两场手腕。

余晚的心也落回了胸口，松了一口气后，她又觉得有些好笑，这只是一场无伤大雅的比赛，输赢并不重要，大家怎么都这么真情实感了。

输给厉深的人十分懊悔，说要跟厉深再比一场，厉深笑了笑，把自己的位置让了出来："我有些累了，你们玩吧。"

他起身后，很快有人在他的位置坐了下去，开始新一轮的比赛。余晚没有再关注，厉深也和吴冕退出人群，看见了站在一旁的余晚。他知道刚才余晚就在这儿，即使背对着她，他也知道她在看自己。不经意地看到她手上拿着的冰激凌，厉深想也没想地脱口而出："你不能吃这么冰的东西。"

话一出口，几个人就都静了静。厉深在今晚第一次蹙起眉头，别开了目光。

赵欣一脸蒙地看向余晚。余晚拿着冰激凌的手略微收紧，心底的情绪无声翻涌。

"我去吧台坐坐，你们聊。"厉深没有解释什么，只是平淡地说完这句，飞快地转身走了。吴冕跟余晚和赵欣告辞后，跟在他后面走向吧台。

"余晚，刚才厉深是在跟你说话吗？"回过神来的赵欣疑惑地看着余晚。

余晚笑了两声，道："不是吧，我可以吃这个的啊。"像是为了验证自己的话一般，余晚吃了一大勺冰激凌，"看吧，会场里暖气开得太足了，吃点冰激凌正好啊。"

赵欣依旧很疑惑："那刚刚厉深是在说什么？"

"我也有点儿蒙啊，哈哈。"余晚怕赵欣继续追问个没完，连忙把手上的冰激凌放到一边，往吧台的反方向走去，"我去找老板谈点工作，你慢慢吃。"

赵欣一个人被留在原地，还没怎么回过味。男神是怎么回事？难道知道她快到生理期了，提醒她不要吃冷的？可是，他怎么知道她的生理期啊？赵欣十分不解。

吧台边，厉深给自己点了一杯啤酒，正准备灌进嘴里，手就被人按了下来："大明星，你等会儿还要开车，不能喝酒。"

厉深的眉头皱得比刚才更深，他沉默了片刻，还是把手里的酒放下了。吴冕拉开椅子在他身边坐下，对吧台的服务生道："给他倒杯白水。"

"我要汽水。"厉深道。

吴冕笑了笑，看着他道："你现在还不够气吗？还要喝汽水？"

厉深沉沉的目光无声地扫了过来，吴冕投降似的道："给他一杯汽水，别加酒精。"

厉深要的水很快就来了，他一口气将杯里的水全喝了下去，像是在发泄什么一般。吴冕等他把杯子放下，才笑着问："现在心情好点了吗？"厉深没说话，吴冕却没打算就这么放过他，"你突然怎么了？你和那位余小姐，是不是之前就认识？"

厉深修长的十指交叠，轻靠在吧台，在心里嗤笑了一声。他和余小姐岂止是认识，他还是她的前男友。

余晚和厉深是在厉深大三暑假那年认识的。

余晚是C市人，大学也是在C市读的，因为学的是金融，大四下学期的时候，她妈妈把她安排到了自己朋友的公司实习——她妈妈总是这样，喜欢帮她把一切安排好，安排她读的专业，安排她将来的工作。

余晚实习了半年，在大四毕业之后，一声不响地拿了毕业证跑到A市来自谋生路了。这是她这么多年来第一次反抗她妈妈，感觉有一种说不上来的快感。

余晚的妈妈知道她去了A市以后，只闹了一天，第二天便冷静下来了。她自觉十分了解余晚，余晚从小到大没吃过苦、没受过累，一个人跑到A市去，碰一鼻子灰就知道家里的好了。她预料得没错，余晚在A市确实吃了很多苦，她唯一没算到的是，余晚遇见了厉深。而厉深，是一个能把余晚所有的苦都变成甜的人。

遇见厉深的那天，是艳阳高照的8月末。余晚来到A市已经两个月，仍然没有找到合适的工作，身上带的钱也快花光了，为了应应急，她先找了一份暑期工。工作内容比较简单，就是到各个高校给大一新生推销电话套餐，也顺便卖卖手机和平板电脑，最重要的任务是每天必须拉至少二十个人关注他们的微信公众号。

余晚被分配到了A市音乐学院，学校现在虽然还没有正式开学，但已经有学生陆陆续续地来学校报到了。余晚不排斥销售的工作，只是天气太炎热了，他们搭的那个小棚子在炙热的阳光下形同虚设。余晚好几次觉得自己快要热晕过去，但今天有些不一样——不是因为天气凉爽，而是因为篮球场上来了一群打篮球的男生。

他们穿着背心和短裤在球场上恣意奔跑、挥洒汗水，耀眼得让人挪不开目光。余晚才离开大学校园不久，但在公司实习的半年见到的全是中年的社会油腻男，再次看到这么年轻鲜活的肉体，她觉得男人真是美好啊。特别是他们中穿10号球衣的那个，他在学校里很受欢迎吧，这么热的天都有一大堆女生过来看他打球——她隐隐约约地听见她们叫他厉深。

男生们的美好让她暂时忘记了酷热的天气，而球场上的男生拼命争夺的篮球忽然向观众席飞了过去。站在那儿的女生可能是经常来看球，已经习惯了这种篮球到处乱飞的场面，她格外淡定地对着飞过来的篮球用力一拍，把篮球给打开了。

余晚一边觉得这位女侠很猛，一边又觉得她这样岂不是错失了和男生搭讪的机会。刚想到这儿，面上猛地一痛，被女侠打飞的篮球不偏不倚地扣在了自己的脸上。篮球从她的脸上滚下去的时候，她的眼泪都出来了，整个鼻头通红。

球场上的男生停下来商量了一下，派最高、最帅的10号选手过去跟余晚道歉。余晚朦朦胧胧地看见一个男生朝自己跑过来，手上还拿着一包纸巾："对不起对不起。你没事吧？要不要送你去医务室看看？"

余晚的脸现在还疼着，但刚才也是她自己看人家看得入神了，这会儿也不好意思怪人家：“我没事，就是眼泪有些控制不住。”

看着她的眼泪应激似的不停地往外泛着，男生笑了一声，抽出一张纸巾，帮她擦了擦眼泪：“好些了吗？还好没有流血。”

余晚没想到他会帮自己擦眼泪，愣了一下，赶紧夺过他手上的纸：“谢、谢谢，我自己来就好。”

两三下把眼泪擦干，余晚这才发现和自己说话的是被女生叫作厉深的10号。他长得真的很好看，整个人还透着澄澈的少年气息，黑色的发丝上缀着几颗汗水，在阳光下张扬地反射着光。

厉深低头又打量了她几眼，跟她确认道：“真的没事吗？”

他的眼神令余晚的心中兵荒马乱，太久没和这么帅的男生说过话，光是这种距离就让她紧张了起来：“我真的没事，你回去打球吧。”

厉深跟她又道了一次歉，便跑回了球场，男生们很快又开始比赛。余晚手里拿着他留下来的纸巾，指尖莫名滚烫，她想，一定是因为天气太热。

篮球比赛最后是厉深那一队赢了，几乎是毫无悬念。一群人收拾好东西相约去澡堂洗澡，男生聊起八卦来一点儿不比女生逊色，特别是与女生有关的八卦。

“刚才被篮球砸的那个女生，是来打暑期工的？”

“应该是吧，她看上去和我们差不多大啊。”

“厉深，你过去的时候，她没跟你要电话吗？”

厉深站在花洒下，一边冲凉，一边道：“你们想太多了吧。”

队友起哄道：“这种事又不是没有发生过，对吧，竹竿？”

竹竿哼哼了几声：“天天都有人跟他要电话，我都想去卖他的电话号码了，肯定能发财。”澡堂里哄笑了一阵，又传来竹竿的声音，“不过厉深，你没跟她要电话吗？我觉得她长得有点儿像你喜欢的那个大提琴手啊，叫啥来着？Lily？”

厉深嫌弃地道：“是Cicely。”

竹竿道：“对，Lily。”

“竹竿，什么Lily啊？厉深一直不交女朋友，原来是有喜欢的人了？”

竹竿夸张地道：“你们居然不知道？就是国外一个女大提琴手，我们深哥可喜欢听她拉的曲子了。”

“哈哈，原来厉深也追女明星啊？”

厉深道：“人家不是明星，是大提琴手。”

竹竿附和道：“对对，我们深哥是站在音乐的高度欣赏她的。那今天那个妹子呢，我还看见你给人家擦眼泪了。”

厉深转过身白了他一眼：“也不知道是谁把球打飞出去的。”

罪魁祸首竹竿立刻甩锅：“是看台那个女侠啊！”

整个澡堂的男生都用眼神诉说着“不要脸”。

晚上睡觉之前，厉深拿了一张碟片出来听，竹竿回寝室时见他戴着耳机坐在那里，便贱笑着走上去：“又在听Lily的曲子啊？”

“Cicely。”厉深看都懒得看他。

竹竿的脸皮很厚，完全没把这种程度的无视放在心上。他指着碟片封面的照片，对厉深道：“真的有点儿像今天球场的Lily，是不是！”

厉深的目光扫了过去，他觉得好像是有点儿像……

竹竿道：“人的口味果然是很稳定的啊，喜欢的人通常都是同一类型的，就像这个……”

“Cicely。”厉深在他开口之前便吐出了个名字。

竹竿卡壳了一下，又从容地道：“你知道就好，就像她，换了三个男朋友吧，三个人长得超级像吧？”

厉深没说话，Cicely确实一直喜欢那个类型的男人。不过这他并不关心，他喜欢她的音乐，对她的男人没兴趣。

“我看好我们的球场Lily哦！”

厉深表示无语，关掉音乐上床睡觉去了。

第二天，他和他的队友又来到篮球场打球。竹竿抱着篮球一走过来，就大惊小怪地朝厉深嚷道：“厉深，Lily又来看你打球了！”

厉深的目光不由自主地转向了那个橘黄色的小棚子，留着长发的女生依旧站在与昨天相同的位置。她的身上穿着公司统一发放的T恤，她见他的目光看过来，故作自然地扭开了头。厉深笑了一声，转回了身。

今天余晚看比赛时特意站远了些，生怕篮球再次光顾自己的脸。身穿10号球衣的选手依旧发挥稳定，甚至比昨天更好，引得球场旁许多女生为他尖叫。

啊，青春。余晚那颗被工作摧残的心，渐渐地又注入了活力。

今天的比赛依旧是厉深的小队凯旋，余晚估计明天对方就不会再和他们打篮球了。篮球打完了，场上的人都开始收拾东西离场，余晚摸了这么久的鱼，也返回了她的小棚子里，准备专心工作。

没过一会儿，一个人影朝她走了过来，她下意识地开口推销：“同学，了解一下我们的新套餐吧，关注公众号还有更多优惠活动哦。”

对面的人轻笑了一声，像是拨响了空气中的一根弦，阳光的气息扑面而来：“关注你们公众号有什么优惠啊？送话费吗？”

余晚愣愣地看着面前的10号球衣，飞快地回过神来：“不定期送话费，还会有很多其他的活动，购新机也有优惠。”她说着，把桌上的一张传单拿了起来，指着上面的二维码道，“扫描这个二维码就可以关注公众号了。”

她总算想起来，她的一天二十个名额还没有完成。

厉深特别爽快，拿出手机就扫了她的二维码，把公众号给关注上了。余晚连说了两个谢谢，又问：“你的同学要不要也来关注一下啊？”

厉深微愣，然后忍不住大笑了起来。余晚的耳朵在他爽朗的笑声中越来越红，她……不也是为了工作吗？

没想到厉深真的把他的同学都叫过来，挨个扫了二维码。竹竿扫了以后，还特别看热闹不嫌事大地问："Lily，你看我们这么捧场，你的私人微信也让我扫一个呗。"

"啊？"余晚有点儿蒙，Lily是谁？

"你别理他，他的脑子不太好。"厉深把竹竿挤开，点了一个二维码出来，笑着跟余晚说，"礼尚往来，你也帮我扫一个二维码吧。"

厉深当时给余晚的二维码，就是自己的微信二维码，余晚傻乎乎地就扫了。

想到这里，厉深不自知地勾起了唇，察觉到自己脸上的笑意时，他很快敛了神色，从吧台边站了起来："我明天还有演出，今天先回去了。"

吴冕应道："嗯，你开车小心点。"

"知道了。"厉深头也不回地走出了婚礼宴会厅。

余晚忙到凌晨才打车回了家，一场婚礼参加下来，全身都疲乏到了极点，最惨的是胃部还隐隐作痛。余晚从小胃就不好，一吃冰的就容易胃疼，今晚她的情绪本来就紧绷，又几乎空腹吃了冰激凌，马上报应就来了。

她找了一颗常备的胃药，就着温水吞了下去，药很快就起效了，胃部的不适感渐渐地消失。余晚的脑子仍旧清醒，一点儿睡意也没有。她在回来的路上搜了一下厉深，他的的确确当了两年兵。他的百科上写着"厉深，A市音乐学院毕业，大学时入伍两年，退役后参加歌唱比赛《天籁之音》，获得冠军，一炮而红"。

宴会上有关厉深的每一个细节都被放大放慢，不停地在她的脑子里重播。余晚翻来覆去地睡不着，心烦意乱地爬起来，从还没收拾完的行李里翻出一盒未开封的女士烟。盒子是粉红色的，烟的味道是清淡细腻的草莓味，余晚只抽这个牌子的这款烟。

走到阳台上，将烟点燃，余晚缓缓地吸了一口。她学会抽烟是在高三那会儿，因为她妈妈有极强的控制欲，她的压力在高三时累积到了顶点，她必须找到一个宣泄口，于是选择了抽烟。余晚觉得自己挺㞞的，不敢正面反抗妈妈，只能通过抽烟来表达自己内心的不满，完了还不敢让妈妈知道。后来她遇到了厉深，厉深也不喜欢她抽烟，苦口婆心地跟她说吸烟有害健康，还给她找了一大堆肺部病变的图来恶心她。余晚本来就只偶尔抽两口，厉深不喜欢，她就抽得更少了。上一支烟，是多少个月前抽的了？

窗外静悄悄的，天地被巨大的黑暗笼罩着，只有丽泽公园的方向围着湖泊亮着一排灯光。余晚的一支烟只抽到一半，她就掐掉烟头返回了屋里。

这一整晚她睡得都不踏实，但有人过得比她更不踏实，比如今天一大早就上热搜的厉深。

“余晚余晚！”赵欣穿着高跟鞋的脚在地板上一蹬，她将办公椅转到了余晚的方向，“你快上微博，厉深撞车上热搜了！”

余晚愣了一下，飞快地点开了微博：“怎么回事？严重吗？”

“不严重，只是车子撞到了树，人没事。”

余晚拧着眉头：“他不会是酒驾了吧？”

昨晚在婚礼上，气氛一好，他说不定就会喝两口。

“没有！”赵欣立刻为偶像辩护，“他才不是这种人！报道上写了，厉深做了酒精测试，没有喝酒！”

喝酒和不喝酒对艺人来说就是两个新闻，后者只是交通事故，前者就是法治新闻了。

余晚放下心的同时，另一个疑问又冒了出来：既然没喝酒，怎么就撞树上了？

厉深的经纪人迟璐也在追问这个问题。睡得蒙蒙眬眬时突然接到厉深从警局打来的电话，吓得她瞌睡全醒了，好不容易把人接回来，他却什么都不说。迟璐想着让他冷静一下，先去给他做了饭，刚端上桌，就见他靠在沙发边，嘴里还叼着一支细长的女士烟。

烟并没有点燃，但迟璐还是眉头一皱，放下吃的走了过去："你怎么回事，不是说了不能抽烟吗？你的嗓子还要不要了？"

她抬手想把烟从厉深的嘴里夺下来，却被厉深偏头躲了过去："我只叼着，又不吸。"

迟璐哼笑："有什么区别吗？"

他把烟从嘴里拿下来，放进了桌上的一个粉红盒子里。

迟璐低头看着那个烟盒，她认识厉深的第一天，他的身上就带着这种烟盒了。男人抽烟并不奇怪，娱乐圈里很多人都抽，但他身上的这盒是女士香烟，还是粉色包装，草莓味。他还尤为专一，只抽这一种烟。不过如他所说，他确实没事只喜欢叼着，并不点燃——至少还没有被迟璐抓过包。

他放下了烟，迟璐也没再说这个。她看向厉深，又问起了他车祸的事："你到底是怎么撞到树上的？"

这次厉深没有再沉默，他嗤笑了一声，开口道："我犯贱。"

可不是犯贱吗，不犯贱他能从婚礼会场离开以后，满脑子都想着余晚？

迟璐抿了抿唇，她带厉深虽才半年，但也摸清了他的脾气。知道从他嘴里问不出什么，她识相地不再追问："幸好人没事，你也没喝酒，不然今天的热搜就热闹了。今年已经是最后一天了，你就不要再给娱记的业绩做贡献了。"

"知道了，你不是说下午要去电视台彩排？"

迟璐看着他笑了："原来你还记得啊？你要是撞出个好歹，今晚的跨年演唱会也不用参加了。"

"没那么严重。"厉深拿起筷子，坐到桌边吃起了早饭。迟璐跟他交代了一下今天的安排，就让厉深的助理过来，自己处理其他事情去了。离开的路上，她给吴冕拨去了一通电话。

没过一会儿，电话就被人接起，吴冕的声音传了过来："迟大经纪，找我什么事？你们厉深撞车的事可跟我没半毛钱关系。”

“我不是问你这个。”迟璐道，“昨晚在婚宴上，厉深发生了什么事吗？”

吴冕那头安静了一会儿，才道：“也没什么大事，就是在婚礼上遇到一个魏总公司的婚礼策划，叫余晚。”

“余晚？”

“怎么，你认识这个人？”

“不认识，就这样吧，再见。”迟璐一说完，就把电话挂断了。车子开过前面一个路口，迟璐拧起的眉头也没有舒展开。

这个余晚她确实不认识，但她以前在厉深睡着时，听他叫过“晚晚”这个名字。

迟璐一直隐隐地察觉厉深的心里有个女人，她不知道那个人是不是这位余晚，但如果是的话，那余晚对厉深的影响力太大了，她不能让余晚靠近他。

余晚不知道自己已经被厉深的经纪人列入了黑名单，这会儿她正和周晓宁商量着晚上的火锅要吃些啥。今天是今年的最后一天了，周晓宁这个加班狂魔也终于放了个假，约着余晚去吃火锅。余晚想着自己的新家还没开过火，就决定把这顿火锅约在自己家里了：“我家里有一个新的电磁炉，烤肉的锅也有，只用买点菜，想吃什么都可以。”

“行，我下班以后就去买。”

余晚笑着道：“不用了，说好了我请你，菜就我去买，你负责来吃就行了。”

“哈哈，那你买菜，我买酒。”

“别。”余晚忙阻止了她，“我昨晚才胃痛来着，今天还是不喝了。”

周晓宁皱了皱眉：“你怎么了？是不是昨晚在婚宴上乱吃东西了？”

她和余晚是大学室友，知道余晚的胃娇弱，遇上冰的东西更是如此。

余晚否认道：“没有，就是有点儿累，晚上我们喝牛奶吧！”

“行吧，晚上见。”

挂断电话后，余晚又想起了昨晚厉深提醒她的那句“不能吃冰的东西”。她忍不住会想，这表明厉深还关心她，可是昨晚他面对她时那样平淡，没有无视也没有讽刺，就像……已经完全把她放下了。余晚自嘲地笑了笑，回到座位继续工作。

今天魏邵也提前给他们下了班，元旦还放了一天假，余晚觉得自己是被资本家剥削久了，只是这样竟然都好感动。她买好菜回到家，一边准备，一边等周晓宁。

周晓宁七点过才到，还是没好意思空着手来，给余晚买了好些吃的喝的。余晚一看到她，心里的负面情绪就少了很多，在这个跨年的晚上，有个好闺密陪在身边，吃吃喝喝，胡吹乱侃，还要什么男人。

跨年的晚上，看电视节目当然是锁定各大卫视的跨年晚会，余晚每年都是看的ABA，今年也锁定的这个电视台，就没换过频道。

电视里上台唱歌的歌手换了一个又一个，余晚和周晓宁也没有仔细听，权把他们的歌声当作聊天的背景音乐，直到台上的主持人声如洪钟地喊出了那两个字：“厉深——”

“噗，咯咯。”周晓宁第一时间被嘴里的牛奶呛了，她匆忙地找着电视遥控器，想换个频道。

余晚坐在她对面，悠悠地吃了一口牛肉，开口道：“你别忙活了，我昨天就见过他了。”

周晓宁一愣，试探着问：“在哪里见过？网上？”

余晚道：“郭盖先生的婚礼上。”

周晓宁一时不知道该说什么，余晚和厉深的事，她从头到尾都清楚，自从厉深参加了《天籁之音》，她就知道余晚要惨了。

两人突然安静，倒是显得电视的声音更大了。厉深在万千少女的尖叫声中，从舞台上走了出来。余晚说不上自己是什么心情，他终于走向了他向往已久的舞台，他也终于不再是那个只为她一人唱歌的少年了。

厉深唱的不是*Lily*，而是明天即将全网上线的新歌《心尖刺》。这让余晚稍稍好受了点，至少她不用当着周晓宁的面哭出来了。

两个人安静地听着电视里的厉深唱歌。不得不说，他的歌声真的很迷人，极其富有磁性的低沉声线，能轻而易举地俘获你的心。

周晓宁现在很尴尬，一边担心余晚会不会哭出来，一边又沉迷于厉深的歌声。其实她没有告诉过余晚，她还挺喜欢厉深的歌……

“咳咳，那个，”周晓宁给余晚夹了一块肉，试图打破僵硬的气氛，“最近有部很火的电视剧，叫《最后的旅程》，你看过没有？”

余晚低下头，戳了戳碗里的牛肉道：“我哪有时间看电视剧。”

“也是，这部电视剧是温可和俞凯泽主演的，讲的殡葬行业，《心尖刺》就是电视剧的主题曲。”

余晚微微一愣，应了声哦。

周晓宁看着她的表情，终于啪地放下筷子，问余晚：“你就老实说，你和厉深还有没有复合的可能？”

“复合？”余晚蹙着眉，盯着面前的周晓宁。

周晓宁无所畏惧，她这个人一向不喜欢拖泥带水，她能感觉到余晚现在还爱着厉深，既然还爱着，为什么不能复合？

“对，复合。”

余晚沉默了几秒，也放下筷子，扯起嘴角笑了笑：“宁宁，你又不是不知道，当初是我要跟他分手的。现在他红了，我又去找他复合？我可没这个脸。”

周晓宁当然知道当初是余晚要分手的，还特别狠、特别决绝。余晚当时那么爱厉深，周晓宁一清二楚，因此余晚突然提出分手，才让她更加诧异。

“你们当时到底为什么要分手？”

余晚笑了笑，把牛奶当成啤酒灌了一口：“分都分了，说这些还有什么意思呢？而且厉深现在，说不定已经有女朋友了。”

周晓宁不太赞同：“应该没有吧，娱记那边一点儿风吹草动都没有。”

她抿着嘴角浅笑，是啊，现在要了解厉深，都得通过娱记了。

一首《心尖刺》已经唱到了最后几句，余晚看着屏幕上的厉深，轻叹道：“厉深这几年，真的变了好多。”

他成熟了好多，也冷漠了好多。

周晓宁道：“人嘛，都是会变的，你不一样也变了很多吗？重要的是变好还是变坏。”

余晚眸子微垂，有些出神。他们，是算变好还是变坏了？应该是，变好了吧。

这晚，周晓宁和余晚聊到两点过才睡，可能是有朋友陪在身边，余晚终于没有再失眠。晚上她做了一个梦，梦里有一个干净阳光的少年，用满含柔情的眸子注视着她，抱着吉他坐在她对面唱：“一年，十年，一百年，Lily，这首曲子我依然为你轻唱……”

早上醒来时，余晚的眼角湿湿的，幸好周晓宁已经去上班了，不会被她看见自己这副没出息的样子。

余晚起身洗了个脸，在T恤和长裤外面套了一件长款的印花睡袍，走到阳台上舒活筋骨。她已经好久没有一觉睡到十点过了，这一觉她睡得很饱，精神也好了很多。

今天还出了点太阳，虽然照着也不怎么热，但至少看上去暖烘烘的。阳台下正对着的那栋别墅，有只柴犬正在花园里自己玩得欢快。

余晚买的公寓在一个别墅区里，小区里的路面还是互通的。她买的这套房子因为直接挨着别墅区，所以也是所有楼栋里最贵的。选房的时候她几乎没有犹豫就买了这里，贵是贵点，但环境好。

花园里的柴犬似乎是发现楼上有人看自己，忽然抬起头朝面前的公寓看了过去。余晚就住在六楼，见它望过来，笑着朝它挥了挥手。

“汪。”狗子摇着尾巴朝她热情地叫了一声，余晚想它肯定是寂寞了，她住过来这么几天，从来没见过它的主人，倒是已经见隔壁那栋别墅的大爷出来打过好几次太极了。

余晚隔空逗了会儿狗，就回房琢磨着该吃点东西了。难得有一天休假，她也不想出门，她把昨晚吃剩下的东西又拿出来热了热，将就着吃了个午饭。吃完后，她抱着电脑坐到阳台的秋千上，打算看电视剧——就看昨天周晓宁说的《最后的旅程》。

这部电视剧是根据同名小说改编的，女主角是一个专门为死者修复容貌和化妆的葬仪师，余晚觉得这是一个很伟大的工作，在生活中大家却十分避讳这个职业。电视剧里每一个故事都很感人，再加上厉深演唱的催泪片尾曲，每次《心尖刺》的前奏一响起来，弹幕里就是一片眼泪的海洋。

余晚也直接看哭了，她一边擦眼泪，一边记起今天是厉深的新歌《心尖刺》上线的日子。她随手点开一个音乐软件，见《心尖刺》这首歌的播放量稳稳地坐在第一位。作词、作曲都是厉深，她早就见识过他的才华。余晚今天剩下的时间都在单曲循环播放厉深的新歌，为他的播放量尽了一份绵薄之力。

短暂的休假结束后，又迎来了工作日，余晚开完早会，就被派去伺候胡小姐了。胡董的女儿名叫胡娇，余晚说过，她现在可以淡定地接受任何名字，不管她是胡椒还是辣椒。

“胡小姐你好。”余晚赶到胡娇居住的半山别墅，才发现今天她约见的婚礼策划不止自己一个。余晚没有很意外，早前魏邵就跟她说过，胡娇这场婚礼的预算至少是三千万元，这么大笔数目，肯定会有很多人想分一杯羹的。

今天来的另外两家公司，余晚之前都了解过，在A市算是数一数二的了，相比之下，他们公司的名气就远没有那么大。不过这也没有令余晚退缩，她跟胡娇打完招呼，在另外两人对面的沙发上坐了下来。胡娇坐在正中的位置，轻轻地靠着沙发背。她的右腿架在左腿膝盖上，脚上那双十厘米的高跟鞋有一下没一下地点着桌角，及腰的金色大波浪卷发中，隐隐露出佩戴在头发上的饰品。胡娇单手撑着下巴，打量着面前的三个人。

余晚在心里叹了一口气，这位胡小姐，看上去确实不好搞。

将三人一一扫了一遍，胡娇才勾了勾红唇，开口道："场面话我就不说了，今天你们能坐在这里，就代表你们都是有一定实力的婚礼策划，我呢，就说一下我对婚礼的想法吧。"

余晚从自己的大挎包里拿出笔记本电脑，准备洗耳恭听。

胡娇道："我和世敏是在游戏里结缘的，我便想办一场游戏主题的婚礼。"

余晚在电脑上敲下了"游戏"两个字，游戏主题的婚礼她之前做过，应该没什么大问题。

谈到游戏，胡娇的态度也比刚才热情了点。她看了看三位婚礼策划，问他们："你们知道一个叫《江湖不好唬》的游戏吗？"

另外两个人都点头说"知道"。余晚平时不玩游戏，但她是一个专业的婚礼策划，在来之前已经了解到新人是因为游戏结的缘，所以事先搜了一下这个游戏的相关资料。说起来，胡娇和俞世敏本就是被两家安排的商业联姻，但依胡小姐的性格，自然是不会答应的，她大闹了一场，甚至不惜跟她的爸爸断绝父女关系，最后还是俞世敏完美地解决了这个问题。

他知道胡娇喜欢玩游戏，便特地去注册了一个账号陪她一起玩。胡娇开始还会抗拒，后来玩着玩着，还真玩出了感情。俞先生这也算功夫不负有心人，是追妻界的典范了。

余晚也跟着说了"知道"，便听胡娇道："这是个常青游戏了，玩家一直很稳定，最近的新版本里，又加了一条全新的故事线，厉深还在里面给一个NPC配音了。"

余晚一愣，难怪她觉得这个游戏有点儿耳熟，原来是在她搜厉深的时候，也搜出来过。

"你们知道他配音的是哪个角色吗？"

对面一个女策划秒答："谢凉！"

胡娇看向她，似是满意地点了点头："很好。"

余晚搞不清现在是什么情况，游戏知识问答？自己是已经输了一分了吗？

胡娇的目光又平均地分散在他们三人的身上："我知道各位都策划过游戏主题的婚礼，但我不想要一个只是流于表面的游戏婚礼。只有真正了解这个游戏的人，才能让这场婚礼拥有灵魂。我想问问各位，谁玩过这个游戏？"

对面两位策划已经开始抢答："我玩过！"

"我玩过！"

"我也玩过。"余晚有点儿心虚，不过没关系，她可以现在马上去玩！

胡娇好似仅仅随口一问，对他们的答案并不关心，她笑了一声，开口道："玩没玩过，你们自己说的也不算，所以呢，我帮你们想了一个办法。"

余晚的内心顿时生起了不好的预感，果不其然，胡娇接下来就道："一周后，我们来打场比赛吧，你们还是到这里来，和我一对一，谁打赢了我，我就优先考虑谁的方案。"

从业四年，余晚还是太年轻，她觉得胡娇只是想玩游戏。

从胡娇的别墅离开后，余晚在朋友圈发布了一条新的动态："更新一下婚礼策划必备的技能，除了策划、销售、设计、灯光、花艺、甜品、手工画，你还得会——打游戏。"

第二章　所谓孽缘

余晚发的这条朋友圈很快引起了关注。

宁宁：“哈哈哈哈哈哈哈，你们的知识也太全面了吧。”

赵欣：“这就是你打游戏的理由吗？”

老板：“到我办公室来一趟。”

她收起手机，认命地往公司赶去。到魏邵办公室时，他刚送走一个客户，余晚跟着他返回办公室，在他对面站着。魏邵指了指她旁边的椅子，道：“坐。”

余晚还是站得笔直：“我还是站着吧。”

魏邵笑了一声，也没勉强，直接切入了正题：“我看到你的朋友圈了，胡小姐要跟你们打游戏？”

“是的。”余晚苦不堪言，“她让我们跟她一对一。”

魏邵略微沉吟，道：“找个代打。”

“人家说了，要去她家，当面和她PK。”

魏邵沉默，这的确是胡娇的作风。

“而且即使打赢了她，她还只是优先考虑你的方案，还没说一定就用你的方案。”

魏邵道：“就算赢了比赛也不代表她一定会喜欢你的方案，她自然会给自己留余地。”他想了想，道，“这样吧，这几天你就在家练习游戏和做方案，不用来公司打卡了。胡娇是星耀的胡董的女儿，俞世敏是寰宇影业的俞总的公子，他们这场婚礼，半个娱乐圈的人都会去参加，我们的公司主要就是做高端婚礼，到场嘉宾都是我们的潜在客户，胡娇的婚礼对我们来说很重要。”

“我明白。”余晚知道这场婚礼的重要性，魏邵想凭借它彻底打响名号，对余晚自己来说也是站稳脚跟的好机会。

魏邵给余晚施加了压力，也不忘再给一颗糖：“如果这场婚礼你能成功办下来，我就升你做策划总监。”

听到魏邵要给自己升职，余晚顿觉胡小姐也没那么可怕了，总监会有自己的私人办公室，公司还会给配车，试问谁不动心呢?

余晚豪情万丈地道：“放心吧魏总，我一定会搞定胡小姐！”

魏邵笑道：“那你今天就可以先回去了。”

“好的。”

“哦，对了。”魏邵在余晚走到门口的时候，出声叫住了她，“我听说，胡娇在游戏里好像是排名前几十的高手。”

她的豪情熄灭了一半，感谢老板适时地泼她冷水。

回座位收拾了点东西，又收了涂佳佳修改过后的策划案，余晚背着自己的大挎包回了家。到家后，她踢掉鞋子，拖鞋都懒得穿了，直接进屋打开电脑开始下载游戏。

游戏有几十个G，余晚没再管它，先去厨房随便做了些吃的。抱着一大碗炒饭回来的时候，游戏已经下好了，她把游戏安装好，双击了桌面那个“唬”字图标。

进入游戏后，先播了一段带剧情的动画，余晚欣赏完，游戏就让她给自己取名选角色，还可以捏脸。余晚还是第一次给游戏人物捏脸，兴致勃勃地摸索了一阵，把捏好的脸截图发给了周晓宁。

余晚：“我捏的脸怎么样？”

宁宁：“你这个真的不是游戏自带的脸吗？”

她又去做了些微调，把人物的脸型捏成了婴儿肥，点击了确定。初入游戏，余晚根本不知道自己该干什么，一切都跟着系统提示走，把系统的教学任务都做完以后，她就有些茫然地站在那里，看着周围的人跑来跑去。茫然了一阵，她忽然想起厉深配音的那个NPC，便决定去找找那个NPC。游戏里有一个酒楼系统，点击酒楼，就可以选择NPC送礼物，当NPC好感度积累到一定的值，就可以解锁语音。

余晚现在酒楼的图标都是黑的，她点了一下提示，提示说明必须升到30级才能解锁酒楼。此路不通，她只好先去跑剧情升级。

刚开始升级还是很快的，到了20多级速度就明显慢下来，余晚看到有经验包可以买，就给自己买了，用完之后发现还是不到30级，她只好继续去做任务。

在一个街边做完答题任务，余晚操作着角色转了一圈，突然就跑出来一个红衣女人和一个灰衣男人，一上来就把她给杀了，余晚还没反应过来，屏幕已经自动变灰，提示她需要复活。余晚完全没弄清楚情况，复活以后，刚才那两个人再次冲过来，又把她给杀了。这两个人是哪里有疾病啊？！

见屏幕上那两人还在围着自己的尸体打转，似乎是想等她复活之后再杀她，余晚这次点了复活后，转身就跑了。那两人没有再追她，余晚刚松了一口气，街上一个大妈就凑到她跟前，哎哟了一声。

屏幕上弹出一个提示框，说她被大妈讹上了，询问她是否要给大妈钱。

这个游戏不仅玩家有疾病，NPC还会碰瓷？

余晚很有气节地选择了不给，没想到刚刚还柔弱万分的大妈，突然就朝她打过来了。余晚的操作还不熟练，准确说来是十分“菜”，好在她会的技能也不多，干脆一股脑地全往大妈身上砸。大妈的攻击力不高，但是血特别厚，余晚至少跟她打了五分钟，发现她还剩一半血，于是余晚跳出战圈又跑了。大妈追了她一截就停了下来，余晚试探着往回走了两步，大妈马上又缠了上来，吓得余晚头也不敢回地一通乱跑。跑到再也看不到大妈的时候，余晚才长长地松了一口气。

她不想再玩这个游戏了。

退出游戏关了电脑，余晚看着外面暗沉的夜空，去厨房给自己下了一碗面压惊。依她今天这个进度，别说打赢胡娇了，能不把自己跑晕就已经算是胜利了。余晚觉得这样不行，她一个纯新人，之前也没玩过别的游戏，还是得找人带带她。她问了赵欣，也问了周晓宁，两个人都在忙工作，能玩游戏的时间很少，到头来还是得靠自己。

余晚把面吃了，也没有忙着又上游戏，她决定下楼去跑个步，调节一下心情。

厉深这个时候也在跑步，就在他住的小区内。

跑步的习惯是他当兵那两年养成的，刚入伍的时候，厉深最大的噩梦就是跑步。他虽然读书的时候一直在打球，体力还不错，但部队里的越野跑都是要负重的，而且越野跑会规定时间，如果有人没在规定时间内跑完，五公里直接变十公里。想中途休息一下也是不可能的，班长会一直跟在最后，看见谁停下来，上去就是一脚。班长的一脚不是普通的一脚，厉深一个一米八五的男生，被他轻松踹翻在地。是班长一路的暴喝声支撑着他们跑完了全程。每天五公里是和吃饭一样雷打不动的，有时候也会让他们跑十公里。厉深反而觉得十公里轻松些，虽然路程翻了一倍，但不会规定时间了。

除了跑步，他们最常做的训练还有俯卧撑。班长喜欢给他们每人的身下铺一张报纸，他们开始做俯卧撑以后，班长也不找人计数，就看谁的汗水先把报纸打湿透，谁就可以停了。厉深觉得这很不科学，有的人体质就是容易出汗，这样的人不是更占便宜？他跟班长提出了这个小意见，然后出去跑了五公里越野。

后来练习低姿匍匐，班长也是一点儿不手下留情，直接让他们在水泥地上爬。他们的衣服裤子磨破了不说，训练下来，他们的手臂上、膝盖上也全是血。

那个时候是真的苦，现在回想起来，他都不知道自己是怎么坚持下来的。可能是这样每天让自己累到极致，他就再也没有时间和精力去想余晚了。不过这种状态只持续到新兵训练结束。高强度地操练了几个月后，厉深渐渐地就适应了平时的训练，而当这一切都变得习以为常以后，那些之前被刻意忽略了的思念和疼痛，便以十倍百倍的威力卷土重来。部队里的生活规律，也容易产生寂寞感，厉深就是在这个时候开始喜欢叼着余晚爱抽的烟的——这似乎可以减轻他心里的痛和无处宣泄的感情。当然，部队里是不让吸烟的，他给班长说“他不吸，只叼着”，班长也不会调侃他，只会直接暴揍他一顿。

为了藏烟，厉深也算是把自己的智慧开发到了极致，战友都会调侃他，以后他藏私房钱，老婆绝对找不到。结婚的话题也是他们爱聊的，厉深长得好看，大家自然喜欢追问他的感情生活——特别是他还有叼女士烟的爱好，这简直是在明示大家他有故事。但厉深从来不回应，每次谈到这个话题，他都只是似有似无地笑笑，什么都不说。

退伍以后，他脱下军装，重新拿起了吉他，生活好像又回归了原来的轨道。很多在部队时做过的训练他没有再做了，唯有跑步的习惯是改不掉了，每天不跑个十公里他就觉得浑身不舒服。

厉深喜欢在小区里跑步，这里的环境好，也不会有人来打扰，这对现在作为公众人物的他来讲，可以说是刚需了。但是为了安全起见，他还是挑在每天晚上出来跑，晚上小区里的人更少，有时候他跑上几圈都遇不到一个人。

不过今天好像没有那么好运，厉深刚转过一个弯，就见前面路灯下的长椅上坐着一个女人。她的身上也穿着运动服，看样子是锻炼累了坐在这里休息。她埋着头玩手机，眉头轻轻地蹙着，好似在研究什么难题。

厉深见有人坐在这里时，本是想掉头回去的，反正今天也跑得差不多了。但现在他的脚步不自觉地停了下来，他连目光都跟着起了变化——他看清了路灯下的那张脸是余晚。

厉深的第一反应是自己走火入魔了，竟然会产生这种幻觉。但很快，路灯下的女人也发现了他，她抬起头看过来，然后跟他一样呆愣在当场。

余晚万万没想到，下楼跑个步竟然会遇到厉深。不，等等，那个是厉深吧？不会又是哪个和厉深长得很像的人吧？

两人凝重地在寂静的夜色中对视了十秒，终于确定对方不是幻觉，自己也没有认错人。

余晚一下子就尴尬起来，随之而来的还有慌张，尽管她处理过很多难缠的客户，却一点儿不知道该怎么应对现在的情况。一阵夜风吹来，余晚感到一丝寒意，她在这里已经坐了一阵，刚才因跑步暖起来的身体又开始发冷。她抿了抿唇，决定迎难而上，结束这场冷风中的对峙。

“厉……”刚叫了一个字，她就意识到不妥，毫无痕迹地将未出口的“深”字吞了回去，“先生。”

又是厉先生。厉深的嘴角勾起一个讥诮的弧度，以往她都叫他阿深，某些特殊的时候还会亲昵地叫他老公，现在他对她而言只是厉先生。

他毫无诚意地笑了一下，问她：“余小姐，你也住在这里？”

很明显，小区的保安不会放无关人士进来跑步，她现在穿着运动服坐在这里，最有可能的情况就是她也是这里的业主。

他一个“也”字，让余晚的心里又掀起了惊涛骇浪：“你也住这里？”

厉深略微点头：“嗯，就在前面一栋别墅。”

余晚哦了一声，冰凉的指尖渐渐地捏紧，厉深也抿着唇，两人再次陷入沉默。这次的沉默和上次的不一样，厉深和余晚都想到了同一件事。

A市老牌电视台ABA每年都会在公众号上搞一个评选，所有生活在A市的人都可以参与。评选的内容是：在A市，你最想住在哪里？

西郊丽泽公园片区靠成熟完善的商业街，连续好几年都获得了第一名。这里不像星光公园片区那般景色优美，但生活节奏更为舒适，而星光公园周围的风景虽能与丽泽公园一战，但输在了便利上。

厉深和余晚都参与过这个投票，两人和大多数A市人一样都最喜欢丽泽公园。那个时候他们两人挤在一间不足二十平方米的小屋子里，憧憬着以后搬进丽泽公园旁边的豪宅，成为人生赢家的未来。现在，他们两人都搬进来了，他们曾经的愿望实现了。唯一的一点儿偏差，就是他们两人分别住进了两栋豪宅。

呃，自己的那个还不算豪宅。余晚如是想。

厉深被粉丝夸成“有星星”的黑眸里，此时蒙上了一层雾，和余晚分手后，他还是对丽泽公园有执念，只是他没想到余晚竟然也一样。她是也在怀念他们的曾经吗？厉深自己都觉得好笑，当初分手的时候她那么决绝，又怎么还会怀念？她可能真的就是单纯地喜欢丽泽公园。

厉深终于放松神情，朝她笑了笑：“恭喜你，得偿所愿了。”

余晚觉得厉深这样说似乎是在讽刺自己，不过她好像也没有什么立场抱怨。她也朝他笑了笑，道：“也恭喜你。”

厉深还没回话，余晚一直握着的手机里面突然传出了一句话：“游仙楼的银光，最适合月下对饮。有心了。”

让她去世吧！她飞快地锁上手机，想装作一切都没有发生过，然而这里这么安静，刚才那段话，厉深听得一字不漏——是他给游戏的NPC谢凉录制的一段语音。他愣了一下，看向余晚。他只是无意识地这么一瞥，余晚却觉得他看过来的眼光中充满了玩味。她刚刚还冻得发僵的手心开始冒汗，她故作轻松地笑了一声，对厉深道：“那个，我之前不是在谈胡董女儿的婚礼吗？胡小姐也玩这个游戏，我便了解一下。”

厉深听了她的解释，沉默一瞬，开口道：“哦，了解我的语音吗？”

她难道要说，因为她一直到不了30级，解锁不了酒楼，所以只能跑到视频网站上去看别人上传的视频吗？而且他为什么要抓住这个不放，成心的吗？余晚的窘态已经写在脸上了，这和她在郭盖先生的婚礼上表现出的优秀社会人的形象相去甚远。

厉深这会儿倒是真的玩味了：“了解游戏听我的语音没用，多去看点攻略吧。”

余晚现在确定他是成心的了：“嗯，我会的，我已经在摸索着玩了。”

余晚就是个游戏白痴，厉深比谁都清楚。厉深大学的时候想找她一起“开黑”，她甚至连“开黑”是什么都不知道。

“你真的会玩吗？”

“会……”虽然她莫名其妙地被人杀了两次，还被NPC碰瓷，但她就是会玩。

厉深点了点头，压根儿没信，因为他知道凭余晚的游戏水平，能在游戏里找到路已经是超常发挥了，但他没再说什么，简单地结束了这个话题：“我已经锻炼完了，先回去了。”

“哦，好。”余晚下意识地应着，又忽然记起了之前的热搜，“对了，上次看新闻说你出车祸了，没什么事吧？”

她一提车祸，厉深就皱起了眉，余晚心下一沉，自觉还是多话了。也许分手后的男女，就该对彼此漠不关心。

“没事，我先走了。”厉深的心里涌上一阵烦躁，他转过身走开。

“那个……”余晚叫住了他，“你的家不是在这个方向吗？”

她指着水泥路的另一头，厉深淡定地又转身回来，淡定地走过了她的身边。他走的方向也是余晚家的方向。为了不让他以为自己跟着他，余晚特地等他走远了以后才独自往回走。

一回到家里，余晚就给周晓宁拨去一通电话。周晓宁这会儿才刚下班，一边收拾东西，一边问："怎么了？要我陪你打游戏吗？"

"不是，宁宁，我问你，你知道厉深也住在我这个小区吗？"

周晓宁一愣，以为自己听错了："什么？厉深和你住在一个小区？"

"你小声点……"

"哦……"周晓宁环顾了一圈，幸好同事都走得差不多了，"你在哪儿看到的？是有狗仔爆料了吗？"

余晚微笑道："是我刚才在楼下跑步时看到的。"

周晓宁沉默半晌，冒出一句："你俩这是什么孽缘？"

余晚深有同感："你在这边帮我装修这么久，就没有遇到过他一次？"

"没有啊，我的注意力都在项目经理的身上了！"

既然周晓宁不知情，她也没必要继续问了。她走回卧室，打开电脑，在床上坐了下来："那好吧，我继续去研究游戏了。"

"等等，你们碰到了之后呢？聊了些什么？"

"就随便聊聊，没说两句。"

周晓宁苦口婆心："你说你们这么有缘，真的不考虑复合吗？上天都在帮你们啊！"

余晚微微地抿唇："你要是没事做，就来带我玩游戏吧。"

"你找厉深带你啊，我记得他玩游戏也挺厉害的。"

"再见吧……"余晚挂掉电话，靠在了枕头上。

丽泽公园这个片区有不少楼盘，怎么这么巧，她就和厉深选到了同一个，难道真的是缘分未尽？余晚摇了摇头，把脑袋里的思绪全甩出去，再一次登入了游戏。

这晚她为了升到30级，一点过了才睡，白天上午又自己摸索了半天，下午实在不想再玩了。她查了一下邮箱，涂佳佳又修改了一次策划，还提了一大堆问题，余晚想了一阵，换了一件衣服跑去公司了。

魏邵和赵欣这会儿都在开会，涂佳佳倒是坐在自己的位置上对着电脑苦思冥想。余晚走进办公室，叫了她一声，涂佳佳看见她来了，震惊地嚷道："余老师，魏总不是给你放假了吗，你怎么还往公司跑？"

余晚道："游戏玩累了，我出来透透气。"

涂佳佳觉得余老师果然天赋异禀，别人都是工作累了玩玩游戏，她是游戏累了玩玩工作，不知道的还以为她是职业玩家呢。

"余老师，游戏玩得怎么样啊？"涂佳佳有些好奇。

余晚想了想道："游戏里的风景还挺好看的。"

"嗯？"

"我为了看风景，用了轻功到处飞，然后把自己摔死了好多次。"

涂佳佳觉得，也许和胡小姐比赛时，余老师可以给她表演摔死自己，说不定能出奇制胜。

"对了，你是不是也会玩游戏？"余晚一看涂佳佳的样子，就觉得她对游戏在行。

涂佳佳道："我是会玩，不过现在没时间玩，我手上那个策划案还没改好。"涂佳佳说到这里，脸又皱了起来，"余老师，我发给你的邮件你看了吗？"

"看了，我让你看的书你看了吗？"

"那些书全买下来太贵了，我当学徒一个月工资只有一千五。"

"公司不是给你包了一顿午饭吗？茶水间的小饼干和饮料也可以随便拿。"

"那也活不下去啊。"涂佳佳捂脸，"我网费都要交不起了。"

涂佳佳这个小学徒，总是令余晚想起曾经的自己，她听着涂佳佳诉的苦，笑了一声，道：“你知足吧，我当学徒的时候，可比你苦多了。”

余晚是在9月初的时候，找到了第一份婚礼策划的工作。公司只是一家小公司，她刚进去也只能当学徒。学徒一个月的工资只有八百块，包一顿午饭，其他的就再也没有了。

以A市的消费水平而言，八百块很难生活，余晚租的那间又偏又旧的小房子，一个月的房租都得花六百块，剩下的两百块，她还要坐地铁和公交。但再苦再累，她也没动过要回C市的念头，这是她第一次反抗她的妈妈，如果她很快放弃，以后就再也没立场做这种事了。

因为没有多余的钱给自己买好吃的，所以余晚那段时间的神经很脆弱，幸好星光百货的超市里每天都有不同的免费试吃，余晚每周都会去两次，给自己改善生活。

她特别感谢星光百货的老板，是他在自己那段艰苦的时光中，无形地给予了帮助。

第三次来蹭试吃的时候，余晚忍不住发了一条朋友圈：“今天星光百货煎的小牛排好好吃啊，就是担心售货员马上就能认出我了，有没有在星光百货工作的朋友，能否给我一份超市售货员的排班表？”

厉深今天正好和室友来星光百货买吃的，在排队等结账时，他随手刷了个朋友圈，看见了余晚这条动态。他加了余晚的微信后，两人也没怎么说过话，厉深翻过她的朋友圈，可惜她仅展示一个月内的。一个月她就发了两条朋友圈，今天倒是赶巧了。

厉深读完她编辑的文字，忍不住笑了起来。他收起手机，对前面的竹竿道：“我想起还有个东西要买，你先结账。”

“啊？你还要买什么啊？”竹竿在后面叫他，然而厉深走得头也不回。

他记得刚刚买东西的时候，看到了小牛排的试吃，他按照记忆找过去，一眼就看见那个眼熟的长发女生。是余晚，她竟然还没走。

厉深推测她已经在这里蹭了不止一块牛排了，销售员看她的眼神都透着点不满，厉深走上去，拿了一袋牛排，塞到了余晚手里："你喜欢吃这个？我请你吃啊。"

牛排是放在冰柜里的，带着一点儿寒气，余晚手上一冰，有点儿茫然地抬起头来。入目的是一张过分好看的脸，脸的主人的嘴角轻轻地弯着，像是能温暖她手上的寒意。

"啊，是你，厉深？"

听到她叫自己的名字，厉深比刚才又开心了些："你还记得我啊，Lily。"

她为什么莫名其妙地就多了个英文名？

厉深看了超市销售员一眼，又从冰柜里拿了一袋牛排出来，牵着余晚往前走。

"走，我请你吃两包。"

"哎，可是……"可是这块小牛排马上就要煎好了啊！她等了好久了！

最终这句话还是没说出口，她就被厉深拉走了。竹竿他们结完账，直接去了外面等厉深。厉深看见他发来的消息，回了一句："我还有点儿事，你们先回学校吧。"

竹竿："啊？"

竹竿："你又想背着我们干什么偷鸡摸狗的事？"

厉深："想想你贴在床头的四字箴言。"

他贴在床头的四字箴言是"关你屁事"。

余晚偷偷地往厉深的手机屏幕上瞄了一眼："你有事的话，就先走吧。"

等他走了，她就把两袋牛排放回去。

厉深把手机收起来，对她道："没事，马上就排到我们了。"

余晚有点儿不好意思："可是怎么好让你破费……"

厉深轻笑："两袋牛排而已，不至于用'破费'这么严重的词吧？"

余晚认真地道："两袋牛排很贵的啊！"

厉深一顿，被她的模样给逗笑了："哈哈哈，你怎么过得这么惨，你的父母没有给你生活费吗？"

余晚抿抿唇，垂下了眼眸："我都出来上班了，怎么好意思还跟家里要钱？"

厉深无比震惊："你已经上班了？你毕业了吗？"

"我毕业三个月了。"

他一直以为她比自己小来着。

余晚有点儿尴尬："我看上去不像上班的人吗？"

厉深道："你看上去像十八岁。"

余晚一愣，然后哈哈地笑了起来："你可真会说话！"

厉深看着她笑，也跟着扬起了嘴角。

结了账后，两人一起往楼下走。余晚手里提着超市的塑料袋，偷偷地抬头瞄了一眼比自己高一个头的男生。从这个角度看他，他五官的线条更加分明了，他有着高挺的鼻梁、漂亮的唇形，虽然都还带着点少年气，但已经能粗粗地看出男人的轮廓。余晚想，等他再长几年一定会比现在更帅吧。

厉深忽然一低头，对上了她的视线。余晚偷窥被抓了包，慌忙地移开了目光，厉深看着她微微泛红的耳朵，忍不住笑了起来，觉得她有点儿可爱。

余晚听见自己的身侧传来的低笑声，耳朵红得更厉害了，她掩饰般地咳嗽一声，从塑料袋里拿了一包冷冻的牛排出来，递给厉深："这个，我们还是一人一包吧。"

厉深道："哎，可是只有一只塑料袋哎，你是想让我用手拿回去吗？"

余晚觉得装牛排的袋子好像是有点儿冰："那你用塑料袋，我把牛排装在包里就可以。"

厉深还是不依："可是牛排袋上的冰会化的哦，到时候把你的包包打湿也没关系吗？"厉深拿过她手里的牛排，又塞回了她提着的塑料袋里，"好啦，说好请你吃两块，少一块都不行。"

余晚的耳朵又有发烫的趋势："可你还是个学生，我多不好意思啊……"

厉深道："那就惨了，因为我可能会让你更不好意思了。"

"啊？"余晚终于抬起头，看了他一眼。

厉深扬着唇角，笑得比盛夏的太阳还炙热："因为我还打算请你喝杯奶茶。"

余晚这才发现，他们两人正好走到了一家奶茶店前。这家奶茶店在星光百货很有名，以往她来这里，隔着老远就能闻到奶茶的甜腻香气，然后拼命吸几口，假装自己喝过了。今天都走到门口了，她竟然没有察觉一丝一毫，果然，男色误事啊……

"走吧，来都来了，我们进去坐坐。"厉深把余晚拉进了奶茶店，他很注意分寸，只轻轻地拉着她的手腕，可这个天大家还穿着短袖T恤，两人的皮肤还是接触了。厉深的手心比余晚想象的还要滚烫——她不知道烫的到底是他的手心，还是自己的手腕。

走到吧台前，厉深便松开了她。他抬头看着价目表上罗列的品类，对服务员道："我要白桃乌龙，你呢？"

"呃……我要抹茶雪顶吧。"

服务员在电脑上敲了几下，重复了一次他们点的奶茶："一杯白桃乌龙，一杯抹茶雪顶，加冰吗？"

余晚道："我不加冰。"

"这位帅哥呢？"

"帮我加一点儿吧。"

"好的，请稍等。"

厉深没有追问余晚为啥不加冰，但余晚总觉得男性大概会默认是因为女性的生理期，便主动开口道："我的胃不太好，我一吃冰的就容易胃痛。"

厉深笑了笑，道："好，我记住了。"

不是啊，她说这个不是为了让他记住啊！她只是不想尴尬而已啊！

奶茶做好以后，余晚近乎虔诚地喝了一口，然后感动得眼泪都在眼眶里打转了。

她终于真的喝上了！不用靠想象力喝奶茶了！

厉深见她那个样子，忍不住问："你是不是工作不顺利啊？"

余晚无意识地搅动着吸管，对他说："也不是，主要是我现在当学徒，工资太低了，一个月只有八百块。"

"八百块？"厉深是真的惊讶，"我一个月生活费都不止八百块，你们老板也太黑心了吧！"

"没办法，幸好公司还包一顿午饭，不然我真的要饿死了。"

厉深想到她发的那条朋友圈，笑了声，问："你每天都来这里蹭试吃吗？"

余晚又尴尬了："也不是每天啦，一周就来两次，而且……"等这里的售货员认识她以后，她就准备换家超市了。

"而且什么？"

"没什么。"余晚才不打算把自己的计划说出来，那也太丢人了，"谢谢你的牛排和奶茶，等我涨工资以后，也请你吃东西！"

"那一言为定哦，我等你联系我。"

"没问题！"余晚豪爽地应承下来，很快又蔫了下去，"不过可能要等得有些久，我下个月又该交房租了。"

厉深轻轻地含着吸管，抬眸看她："你一个人在外面住吗？"

"嗯，我家在外地。"

"那你有亲戚朋友在A市吗？"

余晚道："我有个大学同学也在A市工作，不过她已经有室友了，她们租的房子也不大，我不好过去跟她一起挤。"

"这样啊。"厉深点了点头，问她，"那你现在在做什么工作？"

余晚道："在一家婚庆公司学习婚礼策划，工资虽然低吧，但还是能学到东西。最近带我的老师就让我先了解下A市婚策行业的整体水平。"

厉深似乎对她的工作很好奇："这个怎么了解，去参加婚礼吗？"

余晚道："我想了一下，假装成新人直接去各个婚策公司打听，可能要快一点儿。"

厉深像是想到了什么，眼睛倏然一亮："那我可以帮你啊，我们一起假扮新人，会更像一点儿吧！"

余晚的思绪飘得远了，最后还是涂佳佳的声音把她拉回了现实："余老师，你也当过学徒啊？"

余晚笑了一声，点点头："当然啊，我那个时候工资只有八百，还没有点心和饮料。"

"啊？那你怎么活下来的？"涂佳佳简直不敢想。

"只要你真心想做一件事，就总会有办法坚持下来的。"余晚从自己的桌上找了几本书，递给涂佳佳，"这些是我用过的书，不介意的话你先拿去看。"

涂佳佳连忙接了下来："不介意不介意，谢谢余老师！"

"别忙着谢我，工作的事还是得靠你自己努力。你这阵子如果有时间，就去挨着跑A市的婚庆公司，看看行业的平均水平是什么样的。"

"啊？"

"啊什么啊，我当年也是跑遍了A市的大街小巷。"只不过她当初有厉深陪着，倒没觉得有多辛苦，“你的那份策划案，点出来给我看看。”

她今天过来，主要就是想跟涂佳佳当面讲一讲，两人聊了差不多半小时，总算是讲得差不多了。涂佳佳很感动，为了报答余晚，她表示：“余老师，今晚我下班后，就带你打游戏哦！”

“好，那我等你。”余晚完成任务，拿上自己的包，回家继续研究游戏了。

涂佳佳下班回家以后，怕余晚等太久，抱着碗筷就坐到电脑前面了，还被她妈妈训了一顿。她先上微信戳了一下余晚，然后在游戏里添加了她为好友。

好巧我也叫Lily：“余老师？”

一颗鱼丸：“是的。”

好巧我也叫Lily：“你才31级？”

一颗鱼丸：“是的。”

好巧我也叫Lily：“那是我先带你升级，还是你先加入门派？”

好巧我也叫Lily：“你知道胡小姐是哪个门派吗？”

一颗鱼丸：“不知道，只是听魏总说她是排名前几十的高手。”

好巧我也叫Lily：“OK。”

好巧我也叫Lily：“那你加入桃花寨吧。”

一颗鱼丸：“桃花寨很厉害吗？”

好巧我也叫Lily：“不算厉害，但会加血，可以死得慢点。”

一颗鱼丸：“好的。”

余晚听涂佳佳的建议，加入了桃花寨，学了第一级的门派武功。涂佳佳等她学完，就带她去打了一个简单副本，一来可以练级，二来也可以让她熟悉一下刚学的技能。

好巧我也叫Lily：“你到松林县来，我在顾家后山等你，我们去杀雪狼。”

一颗鱼丸：“好。”

三分钟过后，涂佳佳忍不住催她：“余老师，你在哪里？怎么还没来？”

一颗鱼丸：“等一下，我还没找到路。”

好巧我也叫Lily：“你点开右上角的地图，找到顾家后山，点一下，系统就会送你去最近的传送门。”

一颗鱼丸：“哦！原来地图还能点呀。”

一颗鱼丸：“我就在想，从京城跑到松林县，得跑多久啊？”

余晚在涂佳佳心里雷厉风行的社会精英形象，因为一场游戏大打折扣。

余晚按照涂佳佳说的，找到传送方法后，没费多少工夫就到了顾家后山。涂佳佳跟她组了一支队，让余晚找个安全点的地方躲着，自己冲锋陷阵杀狼去了。雪山上的狼大部分被涂佳佳打倒，但也有漏网之鱼会攻击余晚，余晚打不过它们，只好不停地给自己加血。涂佳佳杀掉围着余晚的几匹狼，见她的血所剩无几了，便跟她说：“余老师，你快没血了，别站着，坐下打坐可以回血。”

她打完这行字后，等了一会儿，发现余晚还站在原地没动，便又输入道：“你怎么还不打坐？”

一颗鱼丸：“怎么打坐？我没找到。”

好巧我也叫Lily：“你看你头上有个小人标志，点击它，找到一个打坐样子的小人，在第二页，点击就可以。”

一颗鱼丸：“哦！”

一颗鱼丸：“我之前看到过这个，还以为是在做操。”

行吧。她现在就好奇，余老师到底为什么这么想不开，要接胡小姐这场婚礼。

余晚刚坐下打坐，就不知道从哪里蹿出来一只雪狼，一口把她咬死了。屏幕整个灰了下去，开始显示复活倒计时。

好巧我也叫Lily：“余老师，你怎么这么‘菜’啊……”

一颗鱼丸：“算了，我还是自己再摸索一会儿吧。”

好巧我也叫Lily：“那好吧，你多看看攻略，我先下线了。”

一颗鱼丸：“嗯。”

余晚看着涂佳佳的状态变成了离线，在心里叹了一口气。她对游戏确实很不在行，“菜”到别人都不愿意带她了。

在余晚单方面被游戏殴打的时候，厉深还在电视台录制节目。ABA每年都会做一部纪录片，每次主题虽然不同，但都制作精良，经营了这么多年，这也成了电视台的招牌节目之一。厉深这次过来，就是应节目组的邀请给纪录片配音的。以往这档节目都是请专业配音演员或者资深主持人配音，他们的业务水平毋庸置疑，但这两年节目的收视率持续下滑，节目组不得不想其他办法，请厉深来配音就是他们一次大胆的尝试。虽然作为专业歌手，厉深的嗓音极具吸引力，但配音又是另一回事了。本来导演还有些不放心，但在听厉深试读了一段之后，满意得连连点头。他的发音咬字很标准，也很懂得如何运用自己的嗓音。

录音要持续好几个小时，厉深中途休息的时候，在电视台遇到了吴冕。吴冕来这儿是有别的工作，他知道厉深在这里录音，就特地过来看看。

“怎么样，还顺利吗？”他在厉深身侧的沙发坐下，右手捏着手机，页面停留在朋友圈。厉深喝了一口助理给他接的温水，润了润喉：“还行。”

吴冕知道他配音费嗓子，也没怪他两个字就把自己给打发了：“现在行情不好啊，大家都难混，ABA可是把宝都押在你身上了。”

厉深不以为然：“他们请了乔以辰写配乐。”

吴冕道：“那到时收视不好就把锅甩给乔以辰，反正我们公司熟练。”

乔以辰的老婆丁檬也是参加《天籁之音》选秀出道的，这个比赛是星耀和电视台一起搞的，第一名按照合约是要签给星耀的。当年丁檬在比赛中拿了第一，可是乔以辰看不上星耀给她写的歌，便把丁檬硬签到了自己的公司。虽然也给星耀赔了违约金，但他们两夫妻也从此上了星耀的黑名单。

厉深虽是星耀的艺人，但他个人对乔以辰没什么意见，甚至还有点儿欣赏他的才华：“收视不好，首先还是该反省自己。”

吴冕刷着朋友圈，低笑了一声，没做什么评价。过了一会儿，他噗地一笑：“你猜我看到什么了？”

厉深并没有兴趣猜。

吴冕兴致勃勃地道：“胡娇竟然真的让婚礼策划跟她打比赛，笑死我了。”

厉深的眉峰微动，他记得那晚余晚确实跟他说过，在了解胡娇玩的游戏，但只字未提要跟她打比赛的事。

“打比赛？”他侧头看吴冕。吴冕把手机屏幕递到他面前，指着胡娇发的朋友圈道：“她要人家打赢她，才看人家的方案，现在当婚礼策划真不容易。”

厉深扫了一眼胡娇的那条朋友圈，收回了目光。胡娇有闲又有钱，在游戏里算是大佬级别的人物，要余晚打赢她……就算胡娇只是普通人，余晚都是打不过的。

“深哥，导演问你休息好没有，可以开始录下一段了吗？”厉深的助理跑过来，打断了他的思绪。厉深点点头，从沙发上站了起来。

结束配音工作回到家，已经十点过了，厉深还是换了套衣服出门夜跑。以前在部队里五公里的越野跑，他只需要二十分钟，十公里的徒手跑也花费不了他多少时间。

刚跑第一圈，他就在那盏路灯下遇到了余晚。余晚看上去已经跑完了，正准备回去，厉深的步子放慢了几拍，最终还是追了上去。

余晚听见身后的脚步声，下意识地回头看了看，在寒冷的冬夜，厉深只穿着单薄的T恤和运动裤，从小路的另一头跑了过来。

她愣了一下，站在原地没有动。她今晚出来跑步的时候，也想过会不会再遇到厉深，她不知道自己到底是想遇到还是不想遇到，总之她还是出来了。这会儿真见到了他，又感到不知所措，就像回到了刚认识他的那会儿。

厉深跑到她身边时，停了下来，余晚担心太过安静的环境会显得自己的心跳声更为突出，便主动开口跟他打了招呼：“你又在跑步？”

厉深嗯了一声，随意说道：“我每天晚上都会跑。”

“哦……”

“你是什么时候也喜欢上跑步的？”在他的印象中，余晚不是一个爱运动的人。

余晚道：“这两天打游戏，我一直坐在电脑前，晚上出来活动一下。”

“嗯。”厉深略微点头，“游戏打得怎么样了？”

非常不怎么样。余晚心里这么想着，面上却笑了笑：“还行。”

“真的还行？”

“真的。”余晚说这两个字时，心里就有感觉，厉深根本不会相信，但这又怎么样呢？这对她来说没有任何影响。

厉深沉默了一阵，开口道：“那我继续跑步了。”

“好。”余晚侧开身，似乎怕自己挡着他的路。厉深的下巴微动，看着余晚在路灯下单薄的身影。路边的小树丛中有一只流浪猫飞快地蹿过，只留下叶子轻轻地颤动，静谧的夜色中，厉深听见自己说：“要不我带你打游戏吧。”

余晚愣住。她知道游戏为了宣传，帮厉深注册了一个账号，每天都有粉丝去调戏这个号，她刚刚也去了。但这种号就是个营销噱头，明星怎么可能真的用?

她本以为厉深只是随口一说，可他说完了之后，还站在原地，像是在等她的答复。余晚微微地抬起眸子看他，问：“你也在玩这个游戏？”

“嗯。”

“是那个官方公布的号吗？”

“当然不是，我有私人号。”

“哦……”余晚缓缓地点头，“你们当明星的还有时间玩游戏啊？”

在她的认知里，明星都是很忙的，至少比周晓宁和赵欣忙。

许是觉得她的问题有些好笑，厉深小弧度地勾了勾唇：“我前阵子行程很满，这几天工作少些，可以休息一下。”

“哦……那好啊。”余晚也不知道为什么就这样答应了。她跟自己说是因为她刚好需要一个师傅，没有什么其他的了。

厉深道：“明天上午我都没有工作，你什么时候上线？我在游戏里等你。”

余晚想了想，没把时间定得太早：“九点半可以吗？”

“可以，你是和胡娇在一个服吧？”现在游戏合并了不少服，大服只有那几个。

余晚点点头：“对，我叫一颗鱼丸，你呢？”

“小王子。”厉深答。

余晚没有笑，因为她忽然想起厉深读书的时候就叫这个游戏名了，她只是没想到他这么专一。他的粉丝一定做梦都想不到，她们的男神游戏名叫小王子。

“好的，我一上线就加你好友。”

“嗯。”

对话到这里便结束了，两人一时之间没了声音。厉深看了一眼余晚被冻得略微发红的鼻头，开口道：“锻炼完了就回去吧，我也继续跑步了。”

余晚应了声“好”，这次厉深从她身边跑了过去，没再停留。十公里跑完，厉深回了自己住的那栋别墅，刚一进门，就被一只柴犬扑了个满怀。它在厉深怀里汪汪地叫，厉深揉着它的脑袋，低声道：“丽丽，大晚上的不要吵，小心邻居打电话举报你。”

丽丽就像听懂了他的话一般，在他面前蹲坐下来，甩着尾巴。丽丽是厉深搬过来后才养的，平时助理帮他遛的时间更多，可它就是更亲近厉深。厉深牵着它进了屋，让它去睡觉，自己拿了一条毛巾，走去浴室洗澡。温热的水流从头顶落下，淌遍了他的全身，厉深拨起自己的刘海，耳边又回想起了他刚才跟余晚说的那句话。

“要不我带你打游戏吧。”

嘴角牵起一抹自嘲的笑，厉深闭上眼睛，任由水流冲刷。他又犯贱了，他想。

余晚早上八点就醒了过来，她看了一下时间，起来洗脸刷牙。做好早饭，她坐在了电脑前，此时是八点四十。喝了一口杯子里的热牛奶，她点开游戏，刚登录上去，就收到一条好友请求——来自“小王子”的好友请求。余晚感到自己的心脏明显跳快了一拍，她放下马克杯，点击了“接受”。

对方的头像是亮的，两人一加上好友，他就发来了一条消息：“来了？”

一颗鱼丸：“嗯，你这么早吗？”

小王子："习惯了。"

一颗鱼丸："你平时工作都起来得很早吗？"

小王子："在部队的时候习惯了早起。"

余晚稍一愣神，她想问厉深为什么入伍，为什么想到了当兵。可她不敢，她怕那个答案跟她有关。

小王子："你才31级，装备也都是最普通的。"

一颗鱼丸："嗯……"

小王子："你知道胡娇在游戏里是什么水平吗？"

一颗鱼丸："听魏总说她挺厉害的。"

小王子："是挺厉害，她有好几个号，最差的那个都能秒杀你。"

小王子："你用我的小号吧，你这个号练度太低了。"

一颗鱼丸："你还有小号？"

小王子："对，虽然是小号，但也比你这个号强。我把账号和密码发给你。"

余晚很快就收到了他发来的小号信息，账号是普通的邮箱，密码是他的生日。余晚找到切换账号的页面，把自己刚抄下来的那些字母和数字一一填好。她内心隐隐好奇，厉深的小号叫什么？该不会是叫小公主吧？噗，这么一想，她觉得还挺可能的。登录上去以后，屏幕上很快出现了一个角色，厉深的小号是个女号，名字不叫小公主，叫渔舟唱晚，余晚一愣。

渔舟唱晚，余晚。

她就这么盯着屏幕上的名字看了好几秒，才发现厉深又给她发消息了。

小王子："这个号也是桃花寨，你应该还顺手吧？"

小王子："你先熟悉一下技能，等一下带你去过任务。"

渔舟唱晚："好的。"

厉深的小号已经练到58级了，门派的武功也学了好多，技能槽里填得满满当当的。她虽然把技能一一看了一遍，但关掉说明后，还是有些对应不上。

渔舟唱晚："技能好多啊，我记不住。"

小王子："多用几次就记住了。"

小王子："现在技能顺序是按照我的习惯排列的，你可以按照自己的习惯重新排一下。"

渔舟唱晚："我还没到可以养成习惯的程度。"

厉深沉默了一下，输入道："先去过任务吧，你跟随我。"完了，又补充一句，"你知道怎么跟随吧？"

"知道。"之前跟涂佳佳学了。

跟随了厉深之后，余晚就坐在电脑前看他带着自己跑，这种什么都不用干就能涨经验的感觉是很爽，但她觉得有哪里不对。

渔舟唱晚："这样我好像锻炼不到操作。"

小王子："你有操作这种东西吗？"

小王子："这个剧情任务有点儿难通过，等通过了之后你再操作。"

渔舟唱晚："哦。"

厉深的大号是个血衣教，已经满级了，跑到任务点激活了Boss（头目）后，余晚就站到一边，看他和Boss互殴。

小王子：“Boss隔段时间就会发动群攻，你记得要跳起来躲开。另外留意我的血槽，给我加血。”

渔舟唱晚：“好的！”

余晚全神贯注地盯着屏幕，一见Boss的群攻扫过来，就赶紧跳起来，但群攻时间大概要持续五秒，余晚每次跳起，最多撑个三秒就会落下来，因此还是会被扫到。厉深离Boss最近，血也掉得最厉害，余晚顾不得思考怎样让自己在空中停留得久一点儿，不停地把治疗技能扔了出去。

过了一会儿，屏幕上跳出一行字。

小王子：“我让你给我加血，你一直在给NPC加血。”

不是，这个游戏还能给NPC（不可人为操控角色）加血的吗？

像是知道她心中的疑问，厉深又在屏幕上敲了一行字。

小王子：“你加血之前要先选中我，别选NPC。”

渔舟唱晚：“我没选NPC，可能之前跳起来的时候不小心点到了。”

小王子：“你要没血了，快回血。”

余晚一直都关注着厉深的血量，这会儿见他这么说，才往自己的血槽看了一眼，还真只剩一层血皮了。她刚把技能点开，Boss的下一轮群攻又来了，余晚躲避不及，被碰了一下就嗝屁了。这会儿死了是不能复活的，厉深一个人对抗Boss，还连个奶妈都没有，终于还是被拖死了。

余晚看着屏幕上显示的“失败”，心里十分内疚。

渔舟唱晚：“对不起，都是我太‘菜’了。”

小王子：“忽然道什么歉，我又不是今天才知道你‘菜’的。”

明明是损她的一句话，她却莫名从中读出了一股暖意。

渔舟唱晚：“那你还带我吗？”

小王子：“等等，我再去找几个人，这个Boss我一个人打不过。”

渔舟唱晚：“好的。”

余晚在原地等着厉深，魏邵的电话在这时打了进来。余晚赶紧接起，问他：“老板，什么事？”

魏邵道：“游戏玩得怎么样了？”

“呃……”余晚下意识地瞄了屏幕一眼，“还在努力。”

魏邵像是知道这个结果一般，笑了一声：“我帮你找了一个师傅，是游戏里的高手。另外还准备帮你买一个号，不过胡娇是老玩家了，游戏里厉害的号她都认识，暂时还没找到最合适的。最晚今天下午，我把账号和密码发给你。”

“啊？”余晚没想到公司还给提供这种福利，不过想想也是，这本来就是工作，关系到公司的生意，老板自然要提供装备，“我这边已经找到一个朋友带我了，他还把他的小号给我了。”

魏邵那边微微一愣，似乎是没想到余晚还有这种朋友：“你哪个朋友，厉害吗？”

“呃，他也是老玩家了，大号已经满级了，装备也很好，小号的话50多级，他正在带我升级和教我熟悉操作。”

魏邵想了想，道：“这样吧，我帮你找的师傅是二十四小时在线的，你朋友不在的时候，你就去找她。至于账号，我这边还是会继续找，到时候看哪个号更厉害，你就用哪个。”

“好的。”余晚应下后，又有点儿担心，她的操作真的很差，到时候操作着一个满级的神级装备号，连走位都走不好，是不是太假了……

挂断和魏邵的电话后，屏幕上的“小王子”还是没见动静，余晚正想戳他一下，手机就响了起来。这次是个陌生号码，余晚看着就有些头疼。之前买房的时候，开发商把她的电话给泄露出去了，她回国这几天，不断地有各方人士给她打电话。出于工作，她一般不会直接挂断陌生号码，她把电话接起来，先对方一步道：“你好，我是余晚，不卖房、不装修、不出租、不买建材、没有钱，请问还有别的事吗？”

对方沉默了几秒，开口道：“我是厉深。”

那是一个对余晚来说有致命吸引力的男声，他说，他是厉深。

余晚愣了好一会儿，才记起要说话：“厉深？你怎么有我的电话？”

她和厉深的所有联系方式，已经在他们分手后不久互相拉黑了，两人这几年也换了新的号码，可以说是分手分得十分彻底。

厉深道：“找吴冕要的，你之前给过他名片。”

“哦……”在郭经理的婚宴上，她确实给了不少人名片。

“你最近经常接到骚扰电话吗？”厉深问。

余晚想到自己刚才说的那一大段话，尴尬地扶额：“对啊，开发商把我的电话卖出去了，每天都要接好多个这种电话。”

“这样啊。”厉深想到自己买房时留的是助理的电话，不知道助理是不是也天天接到骚扰电话。

“那个，你给我打电话，是有什么事吗？”

厉深回神，很好地掩饰了自己打这通电话时的情绪：“玩游戏时打字不太方便，还是直接说话比较快。”

“哦哦，好的。”余晚以前看过厉深玩游戏，他们都是直接拉一个群，在群里连麦的。

电话那头的厉深拿着手机，家里的狗子跑到他的身边撒欢，一个劲儿地往他的怀里挤。余晚听见电话里的狗叫声，语气微讶："你养狗了？"

"嗯。"厉深揉着狗子的头，让它不要闹了，"房子太大了，养只狗比较热闹。"

"哦，也是。"

厉深眸色微沉，其实不是，是当年他和余晚还挤在那间小房子里时，她说过，以后他们一定会搬到丽泽公园附近的，买一套大房子，再养一只狗。

柴犬又闹了起来，厉深不得不更大声地对电话那头的余晚道："我已经找到人组队了，你重新加一下队伍。"

"好的。"余晚应下后，把电话插上耳机放在桌上，接受了厉深的邀请。这次队伍里面除了厉深，还有一男一女，厉深也没有介绍，直接在电话那头说："跟随。"

余晚点了"跟随"，看着屏幕上的自己，又开始跟着厉深一起跑，耳机里偶尔会传来狗叫声，还有厉深轻微的呼吸声。余晚的心跳没来由地加快，放在键盘上的手都有些不知所措。

"我们还是去刚才那个地方，你注意躲避Boss的群攻，还有给我们加血，记得要先选中。"

"嗯，知道了。"

有了上一次的经验，余晚的操作总算比刚才熟练一些，再加上厉深多了两个帮手，打起Boss来快了许多。

"加血。"

厉深的话音一落，余晚就飞快地选中他，把技能扔了出去。队伍里的妹子发了条消息："你怎么只给他一个人加血？"

余晚有点儿尴尬，正准备输入什么，对话框里又弹出一排字。

小王子：“她的群体治疗还在冷却时间。”

奥利奥赫本：“那也是我比较急吧，我快死了啊！”

小王子：“你死了不影响全局。”

厉深什么时候变得这么伶牙俐齿了，他以前明明不是这样的。

好在这个时候她的群体治疗又能用了，赶紧给所有人回了一下血。

Boss双拳难敌四手，最后成了他们的刀下亡魂，打完之后，厉深就解散了队伍，其余两个人又骑马跑走了。厉深的声音再次从耳机里传来：“通关了，你可以继续去做剧情任务，练练手，晚上我再带你过副本吧。”

“好，谢谢。”

这通电话到这里，已经完成了它的使命，可两人谁都没有先挂电话。厉深的呼吸声又透过听筒传来，像是吹在余晚的耳边，竟染得她的耳郭有些烫。余晚觉得自己该说点什么，哪怕会冷场。于是她真的聊了起来：“其实我之前也做过游戏主题的婚礼，新人是在游戏里认识的。”

“嗯。”厉深应了一声，算作回应。

余晚继续道：“我和他们沟通的时候，他们说他们每天都一起在网上打游戏，很有默契，也很开心彼此有共同的爱好。但是结婚后不久，他们就离婚了。”

“为什么？”

“因为他们觉得对方一天到晚只会打游戏，什么家务都不做。”

厉深沉默了两秒，低低地笑出了声：“胡娇和俞世敏不会有这种烦恼，他们有很多钱请别人做家务。”

“哈哈，也对。”余晚跟着笑了起来，“你知道吗？他们离婚的时候，还在朋友圈里直播分装备，我差点笑死。”

听见厉深克制的低笑声，余晚想，自己这段聊天总算是没有垮掉：“那我不打扰你了，你去忙吧，我晚上再找你。”

“嗯。”

厉深的声音伴着狗叫声一道传来，余晚忍不住又多问了一句：“你家养的是什么狗呀？”

厉深道：“柴犬。”

余晚有点儿惊讶：“咦，我的邻居也养了一只柴犬。”不过说是“邻居”也不太恰当，别人是对面别墅区的，说“邻居”是自己高攀了。

厉深倒显得不是很意外：“小区里有好多户养柴犬的，我看到过几次。”

“哦，这样啊，柴犬挺可爱的。”

“是挺可爱的。”

像是听懂了主人在表扬自己，厉深家的狗子又汪汪叫了几声，余晚听着狗子精力十足的叫声，似乎可以想象它缠着厉深的场面：“那我挂啦，你陪你家的狗玩吧。”

“嗯。”

这次是真的挂了，电话那头再没有厉深的声音后，余晚还坐在椅子上看着手机发呆。通话记录上最近的一个号码是厉深的，她把这个号码保存下来，又试着用它搜索了一下微信，竟然还真的搜出来了。她就这么盯着这个微信，发了五分钟的呆。她在思考，她要加个厉深的微信好友吗？余晚很犹豫，如果加的话，好像显得她太殷勤了，可是厉深主动要了她的号码，还带她打游戏，她加个他的微信好友，也算礼尚往来吧？想到这个词，余晚的脸上便一热，她记得当初厉深加她微信好友时，用的就是这个词。

那个绿色的按钮像是带着某种召唤，不停地蛊惑着她。余晚伸出手指，不管不顾地往屏幕上戳了几下。系统提示她申请已发送，余晚仿佛做完了一件大事，深深地吐出一口气。她不知道厉深会不会通过自己的好友申请，如果他拒绝了的话，也没什么大不了，至少她知道了他的态度。

她把尚无什么反应的手机放到一边，去找了魏邵给她说的那个师傅。这位师傅是个专业的代练，游戏打得确实不错，余晚不知道魏邵是从哪里把她找来的。她加了余晚的企鹅号，给她发了几个视频链接，都是胡娇在游戏里的一些比赛录屏。余晚看完后，确定自己就算再练一年，也是打不过她的。

在师傅给她发的另一份文件里，主要分析了胡娇的打法和弱点，因为胡娇的号有点儿多，他们也不知道到时候她会用哪个号跟他们比，文件夹还分成了几个，对应她不同的号，余晚在一瞬间真的有种自己马上要去打职业赛的错觉。

就在她头疼地学习着这些资料的时候，被遗忘在一边的手机忽然响了一声。余晚低头看了一眼，是一条新消息提醒。

厉深通过了她的好友申请。

余晚愣了那么一瞬，然后眼角慢慢地弯了起来。再去看那些堪比专业课资料的文件时，余晚觉得似乎没刚才那么枯燥难懂了。她把文件夹挨着点完，发现最后一个文件夹并不简单。

余晚问："师傅，最后一个文件夹是什么不得了的东西？"

师傅可能是去查看文件夹了，过了一会儿才发来回复："哦，不好意思，我发错了，那个是游戏的同人文，哈哈哈哈哈哈！你就当没看到吧！"

余晚想，那么多写着"18×"的标题，她实在想当没看到都难。

一整个下午，余晚一头扎进了游戏里，一直到明显的饿意传来，才在跟师傅约定了明天的上线时间后下了线。点了晚上的外卖，余晚走到阳台上，舒活着全身的筋骨。

对面那栋别墅的柴犬这会儿没在院子里，这让余晚有点儿失望。她站在阳台上做了十分钟的操，别墅的门突然打开了，柴犬从里面一溜烟儿地跑到了院子里。余晚的眸子一亮，柴犬也似有感应般，仰头朝她的方向叫了一声。

余晚靠在阳台上，笑着朝它挥手，她和这只狗子已经神交好几天了，不知道厉深家的柴犬是不是也这么可爱呢?

一个颀长的人影跟在柴犬后面从别墅里走了出来，他穿着宽松的白色毛衣和牛仔裤，双手插在裤兜里。见柴犬对着一栋小洋楼叫，他也微偏过身子，朝那栋公寓看过去。

余晚的手还挥在半空中，笑容就这么凝固在了脸上。这一刻她想起了周晓宁对她说的那句话：你俩是什么孽缘?

厉深也露出意外的神色，他愣了一瞬，才开口道：“你家住这里？”

他的声音不大不小。两栋楼之间只隔着一段不算宽的路面，余晚站在六楼，刚好能听见他说的话。

她张了张嘴，答道：“是啊，没想到这只阿柴是你家的。”

“汪。”柴犬仰头看着她，兴奋地冲她摇尾巴。

厉深微微朝柴犬的方向垂下头，余晚看不清他的神情。

“真巧。”

她听见他这么说。

第三章　维纳斯的吻

真的是巧。要不是余晚知道自己没有故意选这里，都要怀疑自己是厉深的跟踪狂了。她的房子和厉深的房子虽然一个是小洋楼，一个是别墅，但都是同一个开发商修的，算是同一个小区里的两个不同种类的商品房。既然在一个小区，小区路面自然也是相通的，也就意味着，余晚只要走下楼，穿过一条路，就能到厉深的家门口——巧得可怕。

两人之后都没再说话，厉深难得地在院子里和柴犬玩，余晚隐约听见他称呼狗为Lily。这是来自前男友的激烈报复吗？余晚嘴角扯了一下，很快又看开了。算了，Lily这么可爱，她原谅他了。

一辆豪车慢吞吞地从相隔在他们中间的路面上开过，厉深抬眸看了一眼，揉了狗子两把，站起了身："我先进屋了，晚上游戏见。"

"好的。"余晚应下，她总算知道为什么隔壁别墅的大爷每天都能出来打太极，而厉深很少出现在院子里，因为隔壁大爷没有粉丝。

尽管这里住的人都非富即贵，但也有她这种穷邻居混迹在小洋楼里，保不齐就有哪个是厉深的超级粉丝。

厉深进屋之后，柴犬也跟了进去，余晚关上窗户，又在阳台上欣赏了一会儿风景，她的外卖就送到了。

小区保安管理得非常严格，外卖和快递都是不能进来的，要取东西，必须业主自己出去拿。余晚套了一件羽绒服，在冷风里走了十多分钟的路才把外卖给取了回来。她想，她下次还是自己做晚饭吧，哪怕是下碗面呢。

吃完晚饭，余晚先跑去阳台看了一眼，厉深和柴犬都不在花园，她又跑回来，打开了电脑。

“小王子”已经在游戏里了，余晚上线以后，主动跟他打了招呼：“我来了。”

小王子：“嗯，你在哪里，我去找你。”

渔舟唱晚：“我在翠湖边上看风景。”

厉深那头没再回复，余晚估计他是在来翠湖的路上。游戏为了给玩家更强的代入感，季节都是随着现实世界的季节一起变化的，因此此时，翠湖周围也是一片白雪皑皑的景象。

她不知道翠湖春天时是怎样的景色，但即便是冬天，也不会给人萧条的感受。这片湖，有点儿像丽泽公园的湖呢，不知道游戏制作时是不是有参考丽泽公园？不过在余晚心中，还是丽泽公园的雪景美得更加深刻。

湖边又来了一男一女两个玩家，男的穿着灰色长袍，女的穿着红色长裙。余晚看着眼熟，想了一会儿，猛然记起是在哪里见过他们。

这不就是之前杀了她两次的神经病吗？

渔舟唱晚：“我在翠湖边上看到杀我的人了。”

小王子：“什么？”

渔舟唱晚：“我刚开始玩游戏的时候，莫名其妙地被人杀了两次。”

小王子：“为什么杀你？”

渔舟唱晚：“我也不知道，好好的突然就冲过来杀我。”

小王子：“我马上到了。”

简单的五个字，安定了余晚的心，余晚这才反应过来，她竟然在看到他们的第一时间，就跑去跟厉深说这事了。

没用多久，厉深也到了翠湖边上，那两个杀过余晚的人还没走。

小王子：“这两个人之前在论坛被人挂过，说他们恶意杀等级低的玩家。”

难怪她顶着这个59级的号在这边站这么久，他们一直没有理她。

小王子：“他们杀了你两次？”

渔舟唱晚：“对，本来还想杀我第三次，幸好我跑得快……”

厉深没有再回复消息，余晚正想问他去哪里刷副本，却见“小王子”突然对那两人扔了一个大招，两人的血槽顿时空了一半。

厉深第二个剑招过去时，被偷袭的人也反应过来，飞快地跳开。翠湖边一瞬间就失去了刚才的平静，变成了绚烂特效乱飞的战场。余晚整个人还有点儿蒙，但看见厉深的血量掉了，本能地跑上去给他加血。

对方两个人都不是奶妈，又吃了偷袭的亏，一直被厉深压着打。厉深又一轮群攻技能过去后，红衣女人倒下了，男人也只剩四分之一的血。他在世界频道骂了几句脏话，嗖的一下，从原地消失了。

这个余晚知道，该游戏十分文明，在游戏里骂脏话是会被关大牢的。

世界频道因为这事一下子热闹起来，之前被恶意杀过的玩家，还给厉深刷了一个喇叭表白。厉深没有做任何回应，只给余晚发了一条消息：“走吧。”

渔舟唱晚：“去哪儿？”
小王子：“跟随我。”

余晚点了“跟随”，就没再操心，全心全意地打起字来。

渔舟唱晚：“刚才太刺激了！我也想去给你刷喇叭！”
小王子：“不用，他们两个在暗鬼门的悬赏榜上。”
渔舟唱晚：“哦……”

她还以为他是特地去为她报仇的。

渔舟唱晚：“我们这是去哪儿啊？”

小王子：“我想了一下，以胡娇的水平，你这几天再怎么升级都是打不过她的，估计你的竞争对手也好不到哪儿去，最可能的结局就是，你们三个都会输给她。”

小王子：“胡娇要你们玩游戏，主要是为了婚礼，我们不如换个思路，先了解一下游戏里的结婚系统。”

余晚一愣，她觉得厉深分析得很对。

渔舟唱晚：“华生你发现了盲点！”
小王子：“那我们先去月老庙结婚。”
渔舟唱晚：“什么？”
小王子：“不结婚怎么了解？”

渔舟唱晚：“比如看看攻略？”

小王子：“也行，那你先看吧，要练级再找我。”

余晚看他停了下来，心里忽然一急，她飞快地在键盘上又敲了一行字，生怕慢一秒他就下线了：“等等！我觉得还是亲自结一下婚比较好！”

小王子：“嗯？”

渔舟唱晚：“我们去结婚吧！”

余晚激情地打完这行字，立马又被尴尬支配了：“我是说，游戏里的人物结婚。”

小王子：“我知道。”

渔舟唱晚：“结婚有什么要求吗？”

小王子：“彼此愿意就行。”

渔舟唱晚：“好的。”

是她俗了。

她发完这两个字后，厉深又动了起来，带她去月老庙结婚。《江湖不好唬》虽然并不是个恋爱游戏，但结婚系统做得十分出色，因此在玩家之间还流传了一个说法，叫“没有在《江湖》里结过婚，就等于没有玩过这个游戏”。

月老庙就跟现实世界的民政局一样，每天都有人来登记结婚，遇到高峰期，还得排长队。这会儿月老庙的人倒是不多，余晚和厉深前面只站着三对玩家。

小王子：“结了婚之后还可以办婚宴，只是得花钱。”

渔舟唱晚：“啊，魏总之前给我说了，游戏里的花费都可以找公司报销，办婚宴的钱我来出吧。”

小王子：“那他有没有说，如果最后胡娇的婚礼你没拿下，这些钱还报销吗？”

渔舟唱晚：“好尖锐的问题。”

电脑对面的厉深笑了一下，手指在键盘上敲道：“我来出就可以了，你到时记得全程录屏，做方案的时候说不定能用上。”

渔舟唱晚：“嗯。”

渔舟唱晚：“不过婚礼的钱还是我来给吧，不能你出了力还出钱啊。”

小王子：“你不也出了人吗？”

说起来，她这个号都是厉深的啊！她出了什么人啊！

排到他们时，月老要求他们一人给五十个金币。余晚看着面前身着一套中式Lolita（洛丽塔）小裙子的人，有点儿傻眼：“这个是月老？”

小王子：“嗯。”

渔舟唱晚：“这也太可爱了吧，而且她一点儿都不老啊！”

不仅不老，性别好像也不对吧！

小王子：“给钱吧，倒计时要结束了。”

余晚慌忙地点击确定，把自己的五十金币交了出去。

交完钱后，可爱的Lolita月老发了一根红线给他们。收到红线后，余晚的屏幕上就弹出一个系统提示框，让她点击“为他系上”。

她按照提示点了，她的游戏人物就自动踮起脚尖，在厉深的游戏人物的头发上系上了红线的一端。紧接着，厉深的人物将另一端拿了起来，系在了她的游戏人物的头上。

屏幕上炸开一个特别喜庆的烟花，跟着弹出一行字：恭喜“小王子”和“渔舟唱晚”结为夫妻，从此以后相知相伴，仗剑江湖！

小王子：“可以了。”

小王子：“婚宴我们明天再办，我准备一下。”

渔舟唱晚：“好的。”

小王子：“我带你参观一下月老庙，你注意截图和录屏。”

渔舟唱晚：“嗯。”

余晚跟着厉深在月老庙逛了起来，月老庙并没有庙，就像他们的月老一点儿都不像月老一样，但景色十分别致，余晚截屏的手就没有停过。

这里也有一片湖，虽然没有翠湖那么大，水位也很浅，但湖水十分清澈，倒映着周围的花草山石，仿佛一张水墨画卷。湖的中央有一棵枝繁叶茂的大树，树干很粗，可能需要四个成年人才能合围。

余晚查了一下，这是相思树，月老庙的网红景点。在月老庙登记完的新人，可以携手穿过湖泊，走到相思树下，然后将在月老那里买的姻缘绳系在上面。

小王子：“我带你过去。”

渔舟唱晚：“好。”

厉深刚才买了姻缘绳，拉着余晚穿过湖面，把红色的丝带系了上去，姻缘绳闪烁了两下红光后，在树枝上消失。

厉深正准备告诉余晚在哪里可以查看这个姻缘绳，忽然收到了大学室友竹竿发来的消息。

被中年发福扼住咽喉："哈哈哈哈哈哈，深哥，我刚看到世界频道的通知了，你终于还是娶了你自己的小号！"

小王子："我把小号给别人用了。"

被中年发福扼住咽喉："谁？"

小王子："Lily。"

被中年发福扼住咽喉："就是当初跟你假扮新人到处骗婚庆公司的Lily吗？"

竹竿记得这么清楚，是因为当初厉深跟着Lily到处去招摇撞骗时，借的衣服是他的——还是最贵的那一件。

大四上学期的课已经很少，厉深挑了没课的一天，和余晚约好去跑婚庆公司。为了让自己看上去更像要结婚的人，他特地找竹竿借了西装。

全寝室四个兄弟，只有竹竿买了西装，厉深站在镜子前，一边扣衬衣扣子，一边抱怨："竹竿，你真的太瘦了，你的这件衣服穿在我的身上，怕不是我动一下就要当街爆衫。"

竹竿担心自己衣服的安危，连忙走过去看了一下情况。自己的衣服穿在厉深的身上确实不太合身，他穿这件衬衣的时候，明明很宽松，到了厉深这里，连他手臂上的肌肉线条似乎都能隐隐地看出。

"哎哎哎，你还是别穿了，确实有点儿小，我只有这一件，之后面试还要穿的！"

竹竿说着，就想去扒厉深的衣服，被厉深躲了过去："你做什么？大清早就来脱我的衣服，终于还是忍不住对我下手了是吧！"

其他两个室友听见这话，纷纷探出脑袋，还发出意味不明的起哄声。竹竿气得脸都红了，众目睽睽之下，又不好再去扒他的衣服：

“反正我就这一件，你要是给我弄坏了，照价赔偿！”

厉深露出一个受伤的表情：“我们一起睡了四年，我竟然还比不上一件衣服。”

另外两个室友又开始起哄，竹竿恨不得骂厉深一句“流氓”：“只把衣服借给你，裤子还我！”

厉深闻言，把挂在椅子上的西服裤扔给了他：“我本来就不打算穿，你的裤子太小了，我穿不下。”

另外两个室友已经控制不住地大笑起来：“哈哈哈，厉深，竹竿是哪里太小了？”

厉深朝他们扬了扬眉：“你们说呢？”

“哈哈哈哈哈哈哈哈哈！”

竹竿要气哭了，想当初Lily还是自己撺掇他认识的，真是悔不当初!

厉深勉强穿好衬衣，又拨了拨自己的头发，拿起西装外套出去了。外面有些热，厉深将衬衫的袖子挽到小臂处，外套也没有穿，直接搭在了手腕上。

余晚约他见面的婚庆公司叫甄爱，厉深也没有听过，只按照她发来的地址赶过去。

他到的时候，余晚已经等在楼下。她穿了一条红色的连衣裙，还化了点儿妆，站在树荫下看手机。厉深扬唇，走上去叫她：“Lily。”

余晚仰起头来，见厉深穿着一件不合身的西服衬衫，站在阳光下对她笑。他的眉眼甚至嘴角弯起的弧度都像是得了神的眷顾，被雕刻得那么精致又恰到好处。余晚看得出了神，隔了两秒才想起要回他的话：“啊，厉深，你来啦。”

“嗯。”厉深故意甩了甩自己的刘海，笑着问她，“我今天这身打扮，看上去怎么样？”

余晚道：“是比之前成熟些了，就是衬衫有点儿小？”

“哈哈。”厉深笑道，“找竹竿借的，他太瘦了。”他说着，又打量起余晚，“你今天看上去也成熟多了，我总算有点儿相信你比我大一岁半了。”

“呃……”余晚无意识地挽了一下耳边的黑发，“一岁半本来就不怎么看得出来啦。”

厉深笑着将自己没挂外套的那只手臂递给她，示意她挽着自己：“走吧，未婚妻。”

明知道他说的是今天扮演的角色，余晚却控制不住地红了耳朵。她挽上他的右手，和他一起走进了面前那栋写字楼。

甄爱婚庆公司在七楼，余晚来之前已经提前和他们预约了。走到门口，就有前台的妹子来询问他们：“请问是余小姐和厉先生吗？”

“是的。”余晚的心里有些紧张，生怕别人看出什么端倪来，“我之前在你们的网站预约过的。”

“好的，两位这边请。”

前台妹子带他们去沙发上坐下，又给他们倒了两杯水：“请问两位来之前了解过我们公司的策划吗？有没有比较喜欢的？”

“没有。”余晚摇了摇头，“你们这里谁最厉害呀？”

前台笑着道：“我们的策划都是有多年从业经验的，都很厉害。既然两位没有指定的人选，那我就帮两位叫一位策划过来，行吗？”

“好的。”

余晚应下后，前台就去叫人了，没过一会儿，一个二十多岁的年轻男子走过来，面上还带着喜庆的笑：“两位就是余小姐和厉先生吧？我是甄爱的婚礼策划，蒋正，你们好。”

他伸出手，显得很热情，厉深站起身和他握了握手，笑着打了一声招呼。

蒋正在他们对面坐下，脸上还挂着职业微笑：“首先恭喜两位，两位真是郎才女貌，十分般配啊。这里呢，我想先了解一下两位大概想办一场什么样的婚礼，以及预算是多少。”

余晚下意识地坐直身体，把准备好的台词背了出来：“我们想举行一场草坪婚礼，婚期在10月份。因为我们两个才毕业一年，经济不是太宽裕，所以想做简单一点儿。”

“好的，明白，我这边之前策划过几场草坪婚礼，我先给你们看看。”蒋正说着，打开带过来的笔记本电脑，给余晚点了一个文件夹出来。

余晚找的这家婚庆公司规模算中等，余晚看了他展示的几个婚礼现场，觉得做得也没有比自己好。

“如果预算有限，我推荐这家餐馆，草坪的租金很低，离用餐的地方也近，既方便又实惠。你们觉得怎么样？”

厉深见他看过来，便笑笑道：“我怎么样都可以，主要是我们家晚晚要喜欢。”

他一句“晚晚”，炸得余晚心里放起了烟花。蒋正看着她泛红的耳尖，在心里鄙视地想：呵，又是两条爱情的走狗。

脸上露出温和的笑，蒋正看向一旁微垂着脑袋的余晚，问她：“余小姐觉得怎么样呢？有什么想法可以说出来，我们一起讨论。”

余晚轻咳了一声，提醒自己办正事要紧：“我觉得这几个有点儿过于简单了，我们双方的父母也会拿一点儿钱出来资助我们，因此我想办得比这些稍微好一点儿。”

“好的，我明白了。”蒋正换了一个文件夹，点开给她看，“余小姐看看这些，有没有比较喜欢的？”

余晚朝屏幕看过去，这几个现场和刚才的相比，也就草坪大了一些，鲜花多了一些，本质上没有一点儿区别——都是千篇一律、被人用烂了的方案。带她的老师评价她的那些话，她觉得用在蒋正身上也完全合适。

她朝蒋正笑了笑，道：“我们回家再商量一下，可以吗？”

“可以可以，有什么事随时联系我。”

余晚收下他递过来的名片，和厉深走了出去。走出写字楼之后，余晚呼地吐出一口气。这个举动引得旁边的厉深一笑，他看着她，眉眼都是弯着的：“很紧张吗？刚才看你很镇定的样子啊。”

余晚拍拍自己的心口，道：“我刚才心跳得好快，好怕被他们发现。”

厉深笑着道：“没事，一回生二回熟，多做几次就习惯了。不过下次我们最好换个名字。”

余晚有些惊讶地看着他：“你还准备陪我跑婚庆公司吗？”

厉深扬扬眉梢：“你不是说要了解A市婚庆行业的整体水平吗？他一个人代表不了全行业吧？”

“唔……”余晚的心里十分感动，说实话，这种事要她一个人来，她还真有些不敢，有个男生陪在身边，她安心多了，“不会耽误你学习吗？”

“不会，我都挑没课的时候出来。”

“那好。”余晚看了看时间，对他道，“我今天还约了其他两家婚庆公司，我们现在过去吧。”

“好。”

就这样，接下来的一个月，厉深陪余晚跑遍了A市大大小小的婚庆公司，不管是中式婚礼、西式婚礼，还是各种主题的婚礼，他们都了解了一遍，姓氏也照着百家姓往下走着。这不是一件轻松的事，余晚甚至不知道，如果没有厉深陪着她，她还能不能坚持下来。辛苦是辛苦，不过收获也是很显著的，至少她明白了，大家的水平都挺烂的。她也去过A市有名的婚庆公司，但别人一看她和厉深的打扮，就知道他们只是普通客户，给出的方案也只是普通方案。这让余晚有些不开心，没钱尽管不能办一场豪华的婚礼，但也可以办一场特别的婚礼吧？可是大部分的策划并不愿意动这个脑子。

被人看出是同行的情况也有，好在大家还维持着表面的和谐，没有直接动手。

今天也是假扮情侣的一天，她和厉深跟一个策划来丽泽公园看了场地，这里风景优美，是很多新人都会选择的婚纱照拍摄圣地。

聊完之后，余晚把策划送走，拿着两瓶刚买的水回去找厉深。厉深坐在公园的长椅上等她，轻闭着眼睛，微仰着头，看上去像是睡着了。

余晚愣了一下，这一个月他确实很累，要上课、要陪她跑婚庆公司，还要考虑毕业的事情。她下意识地放轻脚步，走到他跟前，弯腰看他。

“厉深？”她小猫似的叫了他一声，闭着眼睛的人毫无反应。

温和的阳光打在他的脸上，黑发和睫毛下都投下一片浅浅的光影。他美好得像是从画中走出来的少年，美好得……余晚没把持住，凑上去偷亲了他。

在碰到厉深的唇之前，余晚从来没想过自己会做出这么大胆的事情，这种感觉比她拿着毕业证从C市跑到A市来时还要紧张和刺激。但荷尔蒙的刺激只是一瞬间的事，余晚很快意识到自己做了什么，忙不迭地要和厉深拉开距离。就在她的唇离开厉深的唇的那一刻，厉深突然抬起手，按住了她的后脑勺。

那是厉深和余晚第一次接吻，是余晚吻的他。现在网上都喜欢用他在参加《天籁之音》决赛时评委说的那句话来评价他——被女神吻过的男人。

每次看到这些评价，厉深想起的都是丽泽公园温暖的午后，那个轻柔又绵长的吻。

被中年发福扼住咽喉：“不是，等等，这是你和Lily和好了的意思？”

被中年发福扼住咽喉：“我是不是可以去跟狗仔爆料了？”

竹竿在大四寒假就搬出宿舍去了实习公司。他和厉深不一样，厉深想当一个歌手，而他只想当一个幕后的音乐人。虽然最后失败了，但这不重要。他去实习以后，对厉深和余晚的爱情故事就没有再关注了，他对他们最后的记忆是他们在大学校园里狂撒狗粮。后来毕业时再回到学校，厉深已经和余晚分手，还抛弃了音乐，应征入伍了。

看着屏幕上竹竿发来的夺命连环问，厉深在键盘上轻轻地敲下了一行威胁的字："如果我从狗仔那里看到任何有关我的绯闻，就唯你是问。"

被中年发福扼住咽喉："那你一定要洁身自好一点儿啊。"

竹竿还有一句没发的话是：深哥，你没有否认第一点。

渔舟唱晚："我现在有些新的灵感，我下线去修改一下方案，明天婚宴的时候你再叫我吧。"

余晚突然发来了一条消息，厉深看见后回复道："好，还是明天晚上吧，我八点的时候上线。"

渔舟唱晚："好的。"

余晚下线以后，就趁着还有感觉，赶紧改起了自己的策划案，厉深看着她的头像黑下去，也关掉电脑，出去跑步了。丽丽见他要出去，便汪汪叫着跟在他身后，似乎是想一起。厉深把它拦在花园里，关上了栅栏。

不满的狗叫声还在身后响着，厉深重新系好刚才被丽丽扯开的鞋带，抬头看了一眼小洋楼的方向。余晚的房间拉着窗帘，深色的帘子里透出白色的光。他微微勾了一下嘴角，跑了出去。

第二天，厉深只有下午的行程，白天他上了一下游戏，把晚上婚宴要用的东西准备好，然后写了一会儿歌。下午迟璐来接他，去录制一档打歌节目。

他的新歌刚上线几天，公司给他安排了一些宣传，这次的打歌节目就是其中之一。原计划是傍晚就能结束，但因为粉丝在节目录制前发生了冲突，所以节目延迟了。

厉深的助理小董出去打探回来后，气呼呼地讲："黄越的粉丝也太霸道了吧，粉丝的位置都是节目组安排好的，她们非要把牌子挂到深哥那边去，深哥的粉丝肯定不答应啊，就和她们吵起来了。"

黄越是这届《天籁之音》的亚军，比赛的时候就和厉深传过不和，现在出道了，也是处处和他针锋相对。厉深听了情况，皱了皱眉问小董："现在情况怎么样了？没出什么状况吧？"

"没有，节目组把黄越的粉丝挂的牌子都拆了，她们还不服气呢！"

厉深道："人没事就好，让那些小姑娘别和她们吵，犯不着。"

小董一听就急了："怎么犯不着啊，你不在乎，但粉丝不能不在乎排场啊！黄越的牌子都挂到你这边来了，算什么事！"

厉深看着她，沉默两秒，问："你该不会也是我的粉丝吧？"

小董心想：深哥你今天才知道吗?

厉深靠在椅子上笑了一声，道："行了，我唱歌是让你们听歌的，不是让你们出去帮我打架的。"

小董心想：不行了，好想发微博，今天也是吹爆深哥的一天！

在节目组的调解下，节目终于开始正常录制，延迟了这么久，厉深坐上回程的保姆车时已经七点半了。他跟余晚约好是八点上线，现在是赶不及了。

小董在前面开着车，厉深坐在自己的位置上，拿出手机想给余晚发条消息。经纪人迟璐坐在他旁边，见他一上车就开始玩手机，忽然想到了之前吴冕跟她说的话。

迟璐的眸色暗了几分，看着旁边的厉深问："听说你最近又开始玩游戏了？"

厉深给余晚发消息的手指一顿，目光扫向了前排开车的小董。尽管背对着厉深，小董也不自觉打了一个寒战。不怪厉深怀疑她，因为她就是被厉深拉去组队的“奥利奥赫本”。小董夹着尾巴不敢说话，权当没听见他和迟璐在聊什么。

厉深收回目光，不在意地道：“嗯，随便玩玩。”

迟璐似乎是有些不太高兴他玩游戏，眉头紧了紧：“你最近的行程确实比之前少，但别忘了你8月还要发新专辑。”

“没忘，歌我也在写。”

“那最好，春节后就要开始录歌了，你的曲子要抓紧写。另外，为了保证曝光率，我会给你安排几档合适的综艺。”

“嗯。”

“后天拍杂志照，我让小董一早去接你。”

“嗯。”

迟璐抿了抿唇，说了这么多，还是没把最早的问题问出口——吴冕跟她说厉深找自己要了余晚的电话号码，她想问问他跟这个余晚到底是怎么回事。

“没别的事了？那我睡会儿觉。”厉深已经收到了余晚的回复，他调低椅背，把放在车上的鸭舌帽扣在脸上，闭上了眼睛。

刚出道那会儿，厉深在外面睡觉时还没有扣鸭舌帽的习惯，后来星耀有个女团的小“爱豆”，趁他睡觉的时候偷偷地拍了一张照发到微博，瞬间引爆了粉丝。迟璐当时非常生气，立刻让公司删除了这条故意炒作暧昧的微博，还发了一条声明谴责。她对待同门小“爱豆”也是如此强硬的手腕，拉了不少粉丝的好感。之后这个小“爱豆”渐渐地就在团里看不见了，厉深也养成了在外面睡觉时把脸遮得严严实实的习惯。这个习惯最开始只是为了保护自己，可现在看在迟璐眼里，更像是要将人拒于千里之外。她看了一眼他握在身侧的手机，黑色的手机屏令她无从窥探任何信息，就像厉深这个人一样。

“你现在才刚起步，最好把心思都放在事业上。”迟璐最后说了这么一句，不知道是规劝还是警告。

这次，过了好久，厉深才嗯了一声。

余晚七点过就登上了游戏，这个时候厉深还不在。魏邵给她找的师傅倒是在线，师傅一见她上来，就把她拉去比武场PK，不到五分钟，余晚就在她的刀下立地成佛。

性感代练在线接单："四分五十七秒，比上次进步了十秒，可喜可贺。"

性感代练在线接单："你试试你老板给你的号。"

渔舟唱晚："那个号我试过了，不能加血死得更快。"

性感代练在线接单："那个号输出厉害，如果你能在死之前先把对手搞死，还是可以的。"

渔舟唱晚："你觉得我先搞死对手的概率是多少？"

性感代练在线接单："取决于你挑谁做对手。胡娇的话，0。"

渔舟唱晚："我想也是呢，我现在另辟蹊径了。"

渔舟唱晚："哦，对了，我好像忘记给你说了！今晚我办婚宴，你也来参加呀！"

余晚的师傅一时摸不着头脑，余晚玩游戏这么多天技术没见长，倒是把自己给嫁出去了？她玩了这么久都还单着，难道是因为技术太好了？

性感代练在线接单："我现在才看到，你多了一个头衔。"

余晚的脸上一红，她新多的那个头衔叫"小王子的夫人"。她给师傅解释了一番婚宴的缘由，师傅总算是释然了，就是不知道师傅如果知道小王子是厉深会是什么反应。

手机嗡嗡振动了两下，余晚低头一看，是厉深发来的消息。

“我今天可能要晚点儿上线，录节目耽误了一会儿。”

余晚读完他的话，拿起手机回复道：“好的，我知道了，你先忙自己的事吧，我在游戏里等你。”

厉深没有再发消息过来，但他应该收到自己的回复了，余晚把手机放回原位，又和师傅去PK了。

八点的时候，世界频道里忽然热闹了起来，余晚开始没有留意，还是师傅告诉她，她才看见的。

正版Lily：“不是说今天八点要举行婚礼吗？怎么只看到新娘在线，新郎还没来？”

椒盐小饼干：“我也是看到帖子，特地来参加婚宴的，已经八点过了，还举不举行啊？”

余晚见他们提到帖子，马上去游戏论坛看了一眼，果真有一篇邀请大家参加婚宴的帖子浮在最上面，发帖的人就是小王子。

到场的玩家都可以参加游戏里的婚宴，虽然喝喜酒需要给新人付五十个金币，但婚宴上的酒水和礼物都是游戏里用得上的道具，再不济都能涨点儿经验。一般会办婚宴的玩家都不会把酒水和礼物准备得太差，大家花五十个金币基本是稳赚不亏，便都乐得参与。不过新人准备的东西有限，参与的宾客若超过上限就喝不到喜酒了，很多玩家都赶在八点准时上来了。

渔舟唱晚：“不好意思大家，新郎工作耽误了一会儿，要晚点儿到。”

全服最骚小骷髅：“晚点儿是晚多少啊？我可是作业都没写完就上线了！”

你打不着我：“新郎真的是工作耽误了吗，不会是逃婚了吧？”

吃了吗：“哇，我还是第一次遇见逃婚的，真刺激！”

不知是不是见多了婚礼现场的突发状况，余晚显得格外淡定，仿佛“被逃婚”的新娘不是她一样，她甚至觉得这些小屁孩儿没什么见识。逃婚算什么？她还遇见过小三带着人来大闹婚礼现场呢。

她正想输入什么，世界频道上又跳出来一行字。

小王子：“谁说我逃婚了？”

刚刚还吵吵嚷嚷的玩家安静了下来，余晚敲着键盘的手也跟着停了下来——厉深来了。

新郎出现，玩家们的抱怨自然也停止了，大家都等着他们开婚宴。

余晚私敲了厉深：“你工作忙完了吗？”

小王子没有回复，但厉深的电话直接打了进来。余晚看见后，赶紧把电话接了起来：“厉深？”

“嗯，不好意思我来晚了。”厉深一边回余晚的话，一边单手敲着键盘。

余晚听见他的声音，弯了眼角：“没关系，在游戏里结婚来晚不要紧，你在现实世界里结婚别来晚就行。”

她这句话没怎么过脑子就说出口了，说完以后才意识到……能撤回重说吗？

“呃，那个，我这是职业病！”余晚赶紧为自己找借口。

厉深的声音听上去倒不介意，还带着点儿似有似无的笑意：“结婚真有人去晚吗？”

“有啊，结婚当天突然不想嫁了的都有呢！”

“那你们工作还挺辛苦。”厉深看着屏幕上的系统提示，对电话那头的余晚道，“准备好了吗？我开婚宴了。”

“嗯，开吧。”

“我们的婚宴是照着胡娇和俞世敏那场做的，你可以参考一下。”

“好的，我会全程录屏的。”

“嗯。”厉深应下，点击了“开始婚宴”。

游戏里的婚宴酒席都有模板，几个选择大同小异，婚宴开始后，在线的玩家都会收到一个邀请，可以选择参加或不参加。

余晚和厉深已经被传送到了婚宴现场，很快，越来越多的玩家聚集到了这里，当人数达到饱和时，就不能再进来玩家了。

宾客来了后，会先给新人红包，就是五十个金币，再说一句祝福的话，然后就可以在位置上拿酒水和礼物了。余晚和厉深站在一起，接受玩家的红包和祝福，大家的吉祥话来来去去都是那几句，余晚一边应付着，一边问厉深：“酒水和礼物你准备的什么？贵吗？”

厉深道：“不算贵。”

“不算贵”这三个字很引人遐想啊，她正想说要不婚宴的花销还是一人出一半吧，屏幕上就跳出来一段语音祝福。

宾客的祝福是可以发语音的，但基本上不会有人这么做，因为麻烦。

余晚看着那个叫“被中年发福扼住咽喉”的血痕杀手，好奇地在语音上点了一下。

“你们两个是不是复合了啊！我应该祝你们百年好合还是友谊地久天长啊！”

“是竹竿，别理他。”厉深的声音从耳机里传来，跟着是快速的键盘敲击音，余晚猜测，厉深可能去私敲竹竿了。

“接待得差不多了，我去放孔明灯。”

余晚有些惊讶：“还有孔明灯？”

“嗯，俞世敏和胡娇在游戏里结婚时，放了九百九十九盏孔明灯。”

余晚有非常不好的预感，她总觉得胡小姐会要求在现实的婚礼上也放孔明灯。

余晚没有在现实中看过大规模的孔明灯，游戏里九百九十九盏孔明灯燃放时的虚拟场景带给了她巨大的震撼。它们在夜空里缓缓地上升，化作天边的一颗颗星，每一颗星都寄托着一个美好的心愿。

“好漂亮啊。”她忍不住感叹。

“嗯，很美。”电话那头的人如是说。

他们两人欣赏着孔明灯，小董看着游戏里铺张的婚宴，汗都要急出来了。深哥这是什么情况？从他带妹打本的时候她就应该知道事情并不简单！她赶紧给厉深打了电话，发现打不通，只好给他发消息：“深哥，你怎么在游戏里结婚了！还这么大张旗鼓！要是你这个号被狗仔扒出来，他们可以写一万字小论文了！”

过了好久，她才收到厉深回复的消息：“没关系，我娶的是自己的小号。”

小董觉得还是深哥狠。

厉深：“不要告诉你璐璐姐。”

这场婚宴在游戏里自然引起了一场轰动。余晚没有多余的时间看玩家在游戏论坛里津津乐道，她忙着把自己的方案又修改了好几遍，头发都多掉了几根，而日子也在她的脱发中大步踏进了和胡娇PK的那天。

余晚最后还是决定用厉深给她的小号，主要是桃花寨血厚，另外她还给自己买了减伤和加治疗的装备，再加上厉深本来就有一个自动回血的手环，今天余晚的战术就是争取做活得最久的那个。

她和其余两个策划准时抵达了胡娇的半山别墅，客厅里，气氛严肃得宛如高考考场。而主考官就是踩着高跟鞋缓缓地从楼上走下来的胡大小姐，今天她换了一个干练的发型，一头金色的大波浪做成了漂亮的盘头，侧边别着一个精致的蝴蝶发夹。高腰的阔腿裤随着她的走动晃起一层层涟漪。

她走到沙发上坐下，习惯性地托着腮。不知道是不是为了和他们打比赛，上次见面时她留的指甲已经修剪过，颜色也换了一个。

余晚和其余两个策划都站起身，和她打了招呼。胡娇点点头，对他们道："一周不见，你们过得还好吗？"

余晚觉得胡娇这句话非常欠啊。

大家笑着说自己过得很好以后，胡娇也笑了："我之前问过你们有没有玩过《江湖不好唬》这个游戏，不管你们以前有没有玩过，现在肯定都玩过了。我家里有一间专门的电脑房，等会儿我们就去那里比赛。"末了她还补充，"里面的电脑配置都是最好的。"

她说着，让家里的阿姨准备些吃的，等会儿送上去，又饶有兴趣地问余晚他们："你们在游戏里多少级了？"

一个男策划答："我满级了，90级。"

另一个女策划答："我也90级。"

余晚不自在地咳了一声："我80级。"这还是她这几天不停地做任务充钱拿双倍经验升上来的。

胡娇哦了一声，站起身道："那从等级高的先开始吧，我们可以上去了。"

除了余晚外的两人都是90级，两人在上楼的路上猜了个拳，最后女策划赢了，男策划被派出去打头阵。后上场的人肯定会有优势，一来胡娇已经跟人比了一场，或多或少会疲劳，二来也可以探探胡娇的底，看她到底打算怎么打。

由于余晚等级最低，她反而捡了个便宜，排在了最后一个。这大概就是古人说的"塞翁失马，焉知非福"。这下，她不仅可以知道胡娇的底，还能知道前两个人的成绩。如果他们两个都如厉深说的那样输给了胡娇，那她……也可以安心地输了。

男策划用的号是血衣教，余晚看了看，和魏邵给她找的那个号装备差不多，胡娇用的是自己最拿手的巫蛊教，也是满级外加全身金闪闪的装备。

因为现在是冬天，所以游戏里比武场的环境也自动切换成了雪景。巫蛊教的大招就是从水里召唤骷髅，余晚猜测胡娇身上肯定有火符，能够把周围的雪都融化成水，这样她就占尽了天时地利人和。

比赛开始后，男策划先发制人，他和胡娇的号乍一看好像差别不大，但一打起来，胡娇熟练的操作就让她和他拉开了差距。余晚看得眼花缭乱，她觉得高手和她玩的根本不是同一个游戏。

屋里键盘的敲击声噼里啪啦地响着，音响里的游戏特效声也没有停过，胡娇从头到尾都很从容，把自己的技能和周围的环境结合得很好。如余晚想的那般，她身上确实有火符，只是余晚没想到她有那么多，就跟用不完似的。巫蛊教的这些符咒都是需要花钱买的，每次开出的属性随机，胡娇身上这一抓一大把的火符，不知道是充了多少钱。

男策划也发现了这些，被胡娇打得头上开始冒汗。

也许是因为胡娇在游戏里是有名的充值大佬，所以比武场周围来了很多玩家，兴致勃勃地围观这场比赛，更有甚者，还在旁边下起了注。

比赛打到现在，胡娇的赢面已经很明显了，在她发起最后一轮攻击后，血衣教弟子倒在地上，不幸身亡。

“胡小姐果然很厉害。”男策划嘴上说着恭维的话，脸色就没这么好了。他出师不利，接下来与胡娇对战的女策划也没见得多开心——显然，胡娇这是跟他们动真格地打啊。

女策划用的号是满级六音谷，可输出也可治疗，算是一个比较全面的门派。但缺点也明显，因为技能全面，所以都不拔尖，比输出比不过血衣教，比治疗又比不过桃花寨。

胡娇没有换号，还是用的刚才的巫蛊教，已经比过一场，她身上的火符消耗了不少，女策划本以为打起来会比刚才轻松，但她低估了有钱人的凶残程度。胡娇身上的火符就跟从小叮当的口袋里变出来似的，永远扔不完。

六音谷的女弟子也倒在血泊中之后，余晚下意识地吞了吞唾沫。嗯，这样，她好像可以安心地上去死了。

登录上她80级的账号，屏幕上顿时多出一个穿着红色衣裳的桃花寨女弟子。胡娇看见后，手指微微一顿，目光第一次从屏幕上移开，落在了对面的余晚身上。

余晚被她盯得神经紧绷了起来，不明白她是什么意思。余晚也朝胡娇看过去，见她对着自己露出一个十分玩味的笑："渔舟唱晚？"

"嗯。"余晚猜测着她的用意，轻轻地点了一下头。

"有些意思。"胡娇笑了一下，重新看向了电脑，"这场我换一个号。"

余晚的心里打鼓，难道胡娇要换一个更厉害的号蹂躏她？比武场其他的玩家也纷纷猜测胡娇会换哪个号，等胡娇的新号登上来之后，所有人都傻了眼——她竟然也换了一个桃花寨的奶妈号。

围观的群众全沸腾了，90级奶妈对80级奶妈，两个人是准备打一年吗？每一场都开庄下注的玩家，这次押的直接是"这场比赛两个小时内能结束吗"。

"我挑战你了，接受吧。"胡娇用新登入的号向"渔舟唱晚"发起了挑战，余晚点了"接受"后，被系统传送到了比武场正中。

胡娇先朝余晚扔了一个普攻，余晚发现虽然同是奶妈，但胡娇的攻击要比她高很多。受伤之后，她的手镯开始自动慢慢地回血，余晚躲得离胡娇远远的，给自己放了一个治疗技能。因为带着装备，所以余晚的治疗量还是很可观的，血槽一下子就回满了，旁边坐庄的玩家忙活了一阵，把"两个小时"改成了"两个月"。

胡娇又开始攻击她，余晚转头拼命地跑，她打架的技术虽不怎么样，但逃命的技术还是可以的。

坐在对面的胡娇发话了："你一直跑什么，真打算和我打两小时是吗？"

胡小姐不仅要打人，还不准别人跑。奈何她是客户，还是大客户，余晚只能认㞞。她操作着角色上去和胡娇正面对抗，打了好多次才只有一次打中了胡娇。胡娇受伤后也能自动回血，余晚打她一下，她啥也不用干就能自动恢复一半以上的血。

围观的人都在起哄，也没人走，大家心知肚明，打两个小时不过是玩笑话。根据比武场规则，比武超过十分钟，双方伤害都将翻倍，而且治疗量会减半，超过十五分钟，会再次翻倍和减半，越到后面，死得越快。

余晚挨过十五分钟，血量就明显要见底了，这个时候她的存活时间已经是三个策划中最高的，因此她也基本放弃了抵抗。当"渔舟唱晚"也倒在比武场中央后，余晚反倒是大大地松了口气：这场游戏高考终于结束了。

打完以后，胡娇和余晚留下还没散场的群众，双双下了线。三位婚礼策划站在一边没说话，就等着胡娇先开口。

胡娇连比了三场，有一些累，她活动了下手腕，朝他们的方向瞥去一眼："没想到你们三个都挺菜的。"

房间里很静，三个策划安静地微笑，过了会儿，还是那位男策划率先沉不住气，开口问道："胡小姐，我们三个都和你比完了，您看是先看谁的方案呢？"

胡娇喝了一口手边的咖啡，开口道："余晚吧。"

余晚一愣，心里涌上一股金榜题名的狂喜。她按捺住激动的心情，走上去对胡娇十分专业地说："感谢胡小姐的信任，策划案我已经带来了，什么时候方便和您聊聊呢？"

胡娇还没说话，刚才发问的男策划就有点儿不服气："胡小姐，既然我们三个都输了，您能说下您是以什么依据做出的选择吗？"

胡娇看了他一眼，微微仰起下巴："我想选谁就谁，需要什么理由吗？"

虽然余晚是被选中的，但还是想感叹一句：胡小姐真的很有个性。

男策划的脸色都变了，胡娇站起身，大发慈悲般地说："首先，她是在比武场里坚持时间最久的人，其次，也是最重要的一点，你们三个人当中，只有她一个人的号是结了婚的。"

胡娇的话说完，三个人都沉默了，因为胡娇一开始提出的条件是要打赢她，所以大家全身心地投入了PVP之中，如果不是厉深提醒，余晚也会忘记结婚系统这回事。

胡娇见他们都不说话了，便对余晚道："你跟我去书房。"

"好的。"余晚拿起自己的大挎包，跟着胡娇去了书房。胡娇家的书房很大，她站在胡娇的对面，把笔记本电脑从挎包里拿出来，放在了书桌上。

胡娇微微仰着头，看着她开机，冷不丁地问了一句："你和厉深是什么关系？"

余晚已经酝酿好的台词被她这么一问，全部卡在了喉咙里。她从电脑前抬起头，用明亮的眼睛注视着胡娇，莫名给了胡娇压力。

胡娇轻笑了一声，抬眸看着她。这是胡娇第一次这么认真地打量余晚，她浅咖色的短发晕着书房顶灯的光，右鬓的头发挽在耳后，耳垂上戴着一只银色的花形耳钉，末端缀着一颗珍珠。她的身材修长，今天还穿着高腰的小皮衣和哈伦长裤，更是拉长了这种比例，打底的白色衬衫的领口复古简洁，给人的整体印象就是干练、整洁，还有漂亮。

余晚迎着她的目光站在书桌前，胡娇收起眼里的审视，开口道："前两天渔舟唱晚和小王子的婚宴，我也看到了，小王子就是厉深的号。"

余晚的眸子动了动，镇定地答："渔舟唱晚是厉深的小号。"

胡娇觉得这个操作真是厉害。

"你是想告诉我，你和厉深没有关系是吗？"胡娇看着余晚，眼里缀着点儿兴味的光，"你不用紧张，我不是狗仔，也不是厉深的疯狂粉丝，我不会去爆他的料，也不会去妨碍他，我就是好奇。”

厉深从歌唱比赛出道也就半年多的时间，他在这么短的时间内能红成这样，除了星耀成熟的运作，跟他本人的实力也分不开。这令胡娇对他产生了一点儿兴趣，只不过她之前在星耀的活动上见到他时，他本人表现得十分冷淡。他那么冷淡的一个人，竟然会在游戏里和人结婚，实在是非常出乎胡娇的意料，因此现在看见“新娘子”出现在面前，她忍不住就问了。

余晚想了一会儿，道：“我们是大学时期的朋友。”

“哦。”胡娇不轻不重地应了一声，不知是信了几分，但她也点到即止，没有再追问，“你的方案，给我看看吧。”

“好的。”余晚又从通勤包里拿了一份纸质版的方案递给胡娇，自己坐在电脑前，对胡娇道，“现在的方案只是我的初步构想，我想听听胡小姐的想法，再对方案进行调整。”

“嗯。”胡娇翻开她递过来的文件，应了一声。

“我想先了解一下，胡小姐的这场婚礼，预算大约是多少呢？”

胡娇道：“我和世敏的爱没有预算。你就按照你的想法做吧，不差那点钱。”

“好的。”余晚应下，又问，“那除了游戏主题，您对婚礼还有什么具体要求吗？”

“有。”胡娇看向了她，“你在游戏里结了婚，应该知道月老庙是什么样的吧？我希望婚礼现场能尽量还原，那棵相思树和那片湖泊必须有。”

余晚微微蹙眉，那棵相思树她见过，很大，要找一棵这么大的树不容易，就算有，周围也不一定就能用作婚礼场地。

“怎么，很难吗？”

余晚微笑道：“胡小姐放心，我一定会找到合适的场地的。”

“嗯，那就好。”胡娇略微思量，又道，“哦对了，还有婚礼主持人，我要找一个和游戏里的月老很像的。”

余晚的心里想着“游戏里那个Lolita月老，真的成年了吗”，面上也便表现出困难的神情。

“这个也有问题？”胡娇的语气有些不满。

余晚抬起头面向她，笑着道：“没有，我会去找的。”

胡娇这才满意：“你和厉深‘结婚’的时候，也放了九百九十九盏孔明灯对吧？我的婚礼现场也要放孔明灯，数量可以不用这么多，但看上去得壮观。”

果然该来的都会来，她之前的预感应验了。余晚在电脑里任命地敲下胡娇的要求，手指顿了顿，察觉到哪里不对：“那个，胡小姐，我没有和厉深结婚。”

“你懂我的意思就行。”胡娇说完，又好奇地看着她，“你英文名叫Lily吗？说实话我真有点儿烦厉深的粉丝，游戏里最近涌进来好多Lily，还成立了一个Lily公会。”

余晚把电脑转向胡娇的那侧，自己站起了身来：“胡小姐，我跟你说下我的方案。因为是游戏主题，所以我在设计时运用了大量的亚克力牌，利用亚克力牌透明的属性，我们可以做出和游戏界面很相似的效果，你看看，这是我做的几张效果图。”

余晚把效果图点开，胡娇的注意力果然被吸引了过去。透明的亚克力牌里面有图片和文字，经过特别的设计和布置，确实很像游戏界面。

胡娇的眉梢轻轻地一挑，道：“这个点子我喜欢。”

余晚笑着继续介绍：“我打算把这个运用到礼宾台、照片墙、迎宾背景还有宾客座位表这些地方，你看这个座位表，是不是很像游戏里的高手榜？”

胡娇嘴角微翘，看了一眼余晚：“魏总说你是他们公司最好的婚礼策划，看来你还是有点儿真材实料的。”

余晚宠辱不惊地道：“胡小姐喜欢就好。”

她和胡娇粗略聊下来，也用了一个小时，从楼上下来的时候，另外两位策划已经走了。胡娇派了司机送余晚回去，余晚刚坐上车，魏邵就给她打来了电话。

“听说胡娇那边进展不错？”

余晚感叹道：“哇，老板的消息真快，我才刚跟胡小姐聊完。”

魏邵笑了一声，问她：“我还听说，你是靠在游戏里结婚赢过了其他两个策划的？”

“哈哈，这就叫出其不意，我们做婚礼策划，本质还是婚礼对吧。”

“有道理。你和胡娇聊得怎么样？”

“方案她基本满意，不过提出了几个比较难实现的要求，我会尽力去解决的。”

“那好，我明天在公司等你，顺便请你吃一顿好的犒劳你。”

“谢谢老板！”

挂断魏邵的电话，余晚又想到了厉深，这次多亏了厉深帮忙，她才能进展得这么顺利，怎么都得感谢人家。她在微信里找到厉深，点开对话框，思考要怎么和他说。

“我刚才和胡小姐打完比赛啦，虽然最后输了，但她还是选择了看我的方案。这次多亏了你帮忙，非常感谢，如果你方便的话……”

如果你方便的话，我请你吃个饭吧。

这段话最后一句是这样的，但余晚删删改改了好几次，迟迟没有发出去。到底要不要写请厉深吃饭呢？按理来说，这种情况肯定得请别人吃个饭意思意思的，可是她和厉深的关系微妙，再加上厉深本身是个公众人物，也不见得方便跟她一起吃饭。余晚还在犹豫，车子忽然来了一个急刹，手机差点儿从她的手里掉出去。

“余小姐，你没事吧？不好意思，刚才路上突然跑出来一只猫。”司机抱歉的声音从前排传来，余晚重新坐直身体，把脸侧的乱发拨到了耳后。

“我没事。”她朝司机的方向笑了笑，示意没事。司机又跟她道了次歉，再次发动了车子。

余晚调整好安全带，顺手拿起手机，看见屏幕上的内容后顿时傻了眼。刚才的急刹让她在无意中点到了屏幕，那行邀约的话已经发出去了。

虽然微信有撤回功能，但撤回的痕迹还是会保留，厉深看到后，会不会问她："你又撤回了什么见不得人的消息？"

余晚心想：算了，见不得人就见不得人吧，撤回要紧。于是飞快地点了"撤回"，看见那段文字在屏幕上消失，她才放下了心。

厉深："你为什么撤回了？是突然改变主意不想请我吃饭了吗？"

比撤回更尴尬的是什么情况？就是现在这个情况。

余晚："你作为一个明星，回复消息竟然这么快？"

厉深对着手机不自觉地勾起唇，回复她："我正好在玩手机。"

余晚："我没有别的意思，就是怕突然请你吃饭不太合适。"

余晚："胡小姐这事是真的很感谢你。"

厉深："我也没做什么，胡娇喜欢你的方案，是你自己的功劳。"

余晚微微抿起唇，这个意思，就是不用请他吃饭了吧？也没什么，她的心意传达到了就行了。

厉深："至于吃饭，我先记下了。"

余晚看着这条消息，眼里的情绪变了好几次，才发了一个“好”字。屏幕慢慢地暗了下去，余晚侧头看着窗外不断变化的景色，意识到自己回A市这么久，还没有好好在这座城市逛过。

她和厉深一起走过的大街小巷已经有了变化，鳞次栉比的写字楼里的小公司也可能换了一批又一批，厉深的口味呢？还和以前一样吗？她记得他曾经喜欢喝奶茶，白桃乌龙口味的，他也喜欢吃烤肉，最爱的是星光百货总店的莉莉丝烤肉，还有甜点馆的榴梿千层，余晚受不了那个味道，但厉深很喜欢。

她想起了第一次和厉深一起吃饭的时候，不停地挑选着食物的自己。那时她刚和厉深在一起，为了感谢厉深陪自己跑了一个月的婚庆公司，她特地请他出去吃饭。余晚身上的钱不多，本来想再攒两个月再请他去吃顿大餐的，但那天在丽泽公园，她偷亲了他，她总要……对他负责任吧。

她厚着脸皮找周晓宁借了点儿钱，把这顿大餐提前了。钱是有了，但吃什么是个问题。余晚喜欢吃牛蛙，可是吃蛙要吐很多骨头，这个不太雅观，余晚在“牛蛙”上打了个叉。火锅和串串也可以，但是一吃起来她可能就刹不住车，第一次一起吃饭，还是不要吃得太多吧？为了自己的形象，余晚也叉掉了这个。海鲜呢？要剥壳，也不够淑女。她突然好喜欢和周晓宁一起出去吃饭，自己不用在意吃相。

余晚选来选去，还没做出决定，厉深就自己找了上来：“我们去吃烤肉吧，这周六莉莉丝烤肉打折！”

“打折”两个字成功吸引了余晚，她立刻点头答应了：“好，那么我们到时就在莉莉丝烤肉见吧。”

“嗯，我十一点半在门口等你。”厉深说完这话，嘴角跟着翘了起来。

竹竿他们在厉深身边起哄，余晚听见男生们的声音，不觉有些害羞：“那我先挂啦。”

“好。”厉深打开凑在边上的竹竿，甩了个白眼给他。

周六，余晚一早就去了星光百货，她担心今天打折会抢不到位置，便特地提前去了，没想到厉深竟然到得比她还早。两人在莉莉丝烤肉的门口遇上，同时愣了一下。

“不是约的十一点半吗？你怎么这么早就来了？”厉深看着她问。

“我怕今天打折导致人多，所以来早点儿。”余晚说完，偷偷地抬眸瞄了厉深一眼，“你怎么也这么早？”

“我也担心抢不到位置。”厉深笑着把刚才服务员给他的排号单拿出来，递给余晚看，“我已经排到号了，服务员说大概十一点半过来就行。”

“哦，好。”余晚一仰头，就和厉深的目光撞上了。丽泽公园长椅边的那个吻，又浮现在她的脑海，余晚的脸不受控制地烧起来。

厉深似乎也想到了相同的事，耳朵也有些泛红。那天吧，虽然是余晚先亲的他，但他紧跟着也变本加厉地讨回来了，他从来不知道，他竟然会那么贪恋一个女子的唇。

他错开余晚的目光，咳了一声道：“我们在商场里随便逛逛吧，等时间差不多了再过来。”

“好。”余晚跟在他旁边，一起往商场走去。

厉深走着走着，忽然伸出手，拉住了余晚垂在身侧的右手。余晚的心一跳，只感觉一股热流顺着手掌蔓延到四肢百骸。她透过商店的玻璃门，偷偷地看着厉深映在上面的身影。厉深虽拉了她的手，却不敢看她，故意偏过头看着边上的专卖店。他耳朵尖还没消下去的粉红色恰好落进了余晚的眼里，余晚的心脏扑通一跳，世界上怎么会有这么帅气又可爱的男人，她这个老阿姨真是赚到了。

两人在星光百货的专卖店逛了一圈，什么也没买，但又总觉得好像收获了很多。经过一个卖冰激凌甜筒的小车前，余晚馋了，拉着厉深走过去：“这个甜筒看上去好好吃啊！”

厉深可还记得她说过的话：“好吃也不行，你不是不能吃冰的吗？”

余晚没想到自己当初随口一说，厉深竟然记到现在，还跟她的妈妈一样限制她吃冰的东西：“偶尔吃一点点没事的。”

厉深故意板着脸拒绝她：“那也不行。”

余晚撇了撇嘴，为一个冰激凌跟他撒娇：“我就吃一口啦，你买一个，给我吃一口就行！”

“嗯……”厉深故作思考片刻，纵容地看她一眼，“好吧，那我买一个，你只能吃一口。”

“好的，我保证只吃一口！”

厉深走到小车前，跟服务员买了一个抹茶口味的冰激凌，他记得上次余晚喝奶茶点的就是抹茶味，她应该喜欢这个味道吧。

看到他拿着冰激凌甜筒走回来，余晚小小地鼓了鼓掌，兴奋地凑上去：“我先吃一口，剩下的给你。”

“嗯，不能太大口哦。”

“知道了。”余晚张开嘴，在奶油上咬了一口，冰激凌的刺激瞬间浸透她的牙齿，让她不自觉地抖了一下，“好冰哦，但是好好吃，好甜呀！”

厉深在她吃了一口后，真的把甜筒收走了。看着奶油上一个模糊的牙印，厉深笑了笑，道：“真的很甜吗？我也试试。”

他在余晚咬的位置咬了一口，然后说：“嗯，真的很甜！”

甜筒车服务员无话可说，心想：你们两个能走远点儿去吃吗？

临近十一点半，厉深看时间差不多了，就拉着余晚到楼上的餐厅去。莉莉丝烤肉的门口已经坐着很多等号的人，余晚和厉深没站几分钟，服务员就叫了他们的号。

空出来的双人位刚好在一个包间里，余晚和厉深坐下，服务员把菜单拿过来让他们点菜。厉深把菜单给了余晚，余晚看着上面的菜，又开始做排除法：五花肉，要裹着生菜吃，嘴巴得张好大呀，吃相太难看，不行；排骨要吐骨头，她怎么可以当着厉深的面吐骨头呢，也不行；牛里脊肉，服务员会帮你剪成小块小块的，虽然吃着倒是斯文，但是一份就要一百多块……

余晚权衡之下，还是点了贵点儿但是吃着斯文的牛里脊肉：“我要一份这个牛里脊，再要一份掌中宝。”

“好的，还要别的什么吗？”

余晚看向厉深：“你要点什么？”

厉深道：“我要一份猪五花，再要一份芝士排骨吧。”

他们点的菜没过一会儿就送来了，厉深先烤了五花肉。桌上放着一篮生菜，还有五花肉的好伴侣青椒、蒜和蘸酱。烤肉的香气飘出来后，余晚努力抑制着自己的唾液分泌，厉深烤好后，先夹了两片到她的碗里，余晚看着碗里烤得喷香的肉，只想问为什么要这样考验她……

“你怎么不吃？不喜欢吃五花肉吗？”厉深见余晚迟迟没动筷子，便朝她看了过去。这些肉都是厉深亲手烤的，余晚舍不得不吃，她朝厉深笑了笑，夹了一片肉，只蘸了点儿酱就直接送进了嘴里。她真是太聪明了，也可以不裹生菜呀！

厉深问她：“你不要生菜吗？裹点儿生菜再放点儿青椒和蒜，简直是人间极品啊！”

余晚摇摇头：“不用了，你烤得很好，这样吃就很好吃了。”

“真的吗？”厉深朝她笑了起来，“那我多帮你烤点儿。”

余晚被他笑得心都要化了。

这顿烤肉，厉深一人承担了烤肉师傅的角色，就连牛里脊都是他亲自剪的，每次有东西烤好，他都会先夹给余晚，然后再兴致勃勃地去烤其他的。余晚见他吃得都不多，又默默地把自己碗里的东西夹到他那边去。最后结账打折，是客人自己去转店里的一个转盘，转到几折就几折，最差是九折，最好是五折。余晚不相信自己的运气，便让厉深上去转，厉深果然是个隐藏的幸运儿，给她转了一个五折回来，还一脸求表扬的神情。余晚踮起脚，伸长手臂在他的头顶揉了一把，开心地跑去结账了。

从莉莉丝烤肉出来，余晚盘算着和厉深去看场电影。她抬头看了看走在身边的厉深，问他："你接下来还有什么事吗？"

厉深摇头："没有，你想去哪儿？我陪你啊。"

他这话说得极其自然，就像是陪她做任何事情都是天经地义的。余晚又害臊起来，她觉得厉深可能是传说中的"天然撩"。

她故作轻松地问他："你想看电影吗？"

"可以啊，就在星光百货看吗？"

"嗯。"

电影院和莉莉丝烤肉在同一层，两人并肩走了过去。等候大厅挂着许多电影海报，余晚拿手机查了下，她想看的场次都没有位置了，有位置的她又不太想看。

厉深见她盯着手机皱着眉头，想了一下，提议道："不然我们去学校吧。"

余晚抬起头来看他："去学校？"

"嗯。"厉深弯下腰，凑到她跟前，以一双漂亮的眸子注视着她，"其实我早就想试试在学校里约会了。"

大学校园绝对是学生情侣约会的圣地，余晚读大学的时候没有谈过恋爱，没想到毕业之后还享受了一次校园恋爱。

厉深不知跟谁借了一辆可以载人的自行车，让余晚坐在后座，骑车带她逛起了A市音乐学院。

迎面的风穿过余晚身前的宽厚肩膀，轻轻地拂起她的黑发，她一只手扶着厉深的腰，一只手将被风吹乱的头发理到了耳后。

"大学情侣必做的十件事排行榜第三位，骑单车，Get！"

厉深的声音被风带到耳边，余晚在后座哈哈地笑，怕逆着风厉深听不清她的声音，还特地提高了音量问他："那排行第一的是什么啊？"

厉深回过头，笑着看她："当然是晚上在学校的小山坡这样那样啦！”

余晚的脸一瞬间涨得通红。

这个单车骑下来，整个音乐学院暗恋厉深的女生都知道了一件事——厉深有女朋友了。这以后，余晚几乎每天都会去学校找厉深，两个人的身影出现在学生食堂、琴房、操场、图书馆，没给单身狗一点儿活路。原本暗恋厉深的女同学还在暗自伤怀自己的失恋，遭遇这一波接一波的狗粮后，只想把他们打死。

终于有一天，厉深邀请余晚去学校的小山坡。

已入深秋，学校种的银杏大片大片地变成了黄色，将路面铺成金灿灿的一片。A市音乐学院有一条著名的银杏大道，每当这个季节，都美得像是童话世界。许多校外人士也会在银杏最美的时节慕名而来，校园里随处可见拍照赏银杏的人。

今天余晚过来，也是冲着银杏的。银杏刚开始变黄的时候，校园网上就开始更新照片，学校还会把一个大致的最佳赏银杏时间段发到网上，以供特地来看银杏的人士参考。

余晚特地挑了工作日来，没想到人依旧不少。他们走在银杏大道上，将厚厚的银杏叶踩得咔嚓咔嚓响，余晚兴奋得蹦蹦跳跳：“你们学校好漂亮啊！真羡慕你们在这里读了四年书！”

厉深抬起手，用手机对着面前的余晚拍了张照：“你在这里待四年就看习惯了。”

余晚发现他照了相，跑到他的身边要看照片：“啊，你怎么照得这么随便啊！”

厉深笑着道：“你随便照照都很好看。”

他的小嘴也太甜了吧！

“来都来了，我们也照点儿相啊。”余晚把厉深拉到自己的身边，点开了手机的自拍模式，“你再靠过来点儿？”

厉深把脑袋贴在余晚的脑袋上，冲着镜头比了个心。

咔嚓一声，余晚按下快门，对着照片研究了一阵，道：“虽然我们两个很好看，但是都看不见银杏了呀！”

厉深笑出了声：“这里人这么多，不好照的，要不我们换个地方？”

余晚好奇地看他：“你们学校还有其他地方可以看银杏吗？”

“没有。”厉深凑到她耳边，故意压低声音道，“不过我们学校还有小山坡，平时是情侣必争之地，现在大家都来这里了，那里肯定没人。”

余晚的耳朵在他的吐息下变得通红，厉深使了坏，还故意说：“你的耳朵怎么这么红，真可爱。”

她把厉深推开，转过身道：“我不去，那里又没有银杏。”

“没有银杏，但是有别的啊。”

余晚回头看了他一眼：“有什么？”

“你去了就知道。”厉深说着，朝余晚笑了起来，“你放心，光天化日的，我不会把你怎么样。”

她才不信呢，上次在丽泽公园，还不是光天化日的。但余晚忍不住好奇，还是跟着厉深去了。

学校的小山坡就是一片草地，这里还真没什么人，但有一把吉他。厉深把余晚牵到吉他前，让她在草地上坐下。余晚见他把吉他拿了起来，便问：“这把吉他是你的？放在这里都不怕丢吗？”

厉深抱着吉他坐下，面对着余晚：“我这把吉他不值钱，没人会要，等放寒假的时候，我去换一把好的。”

余晚哦了一声，看着他问：“你要唱歌吗？”

“嗯。”厉深轻轻地拨动琴弦，吉他发出一段轻柔的曲调，“我写了一首歌，唱给你听听。”

“好啊好啊。”余晚对厉深的歌很感兴趣，抱着腿坐在对面看着他。

厉深清了清嗓子，再次拨动了琴弦：“这首歌的名字叫——Lily。”

温柔的音符从指间流泻而出，厉深将萧瑟的秋风唱成了春风。

Lily，想为你在花园里种满鲜花

Lily，想为你捧上满天星光

Lily，想对你说尽世间所有情话

想我的指尖，将你的眉眼仔细描画

我遇见一个叫Lily的姑娘

在一个明媚的夏天

我们的故事，不会随着夏天结束

春去冬来

一年，十年，一百年

Lily，这首曲子我依然为你轻唱……

这是余晚第一次听厉深唱歌，她知道他是音乐学院的学生，她知道他说话的声音很好听，但她从不知道，他唱歌竟然可以好听成这样。

那个干净的少年穿着简单的卫衣和牛仔裤，抱着吉他，坐在草地上对她深情地唱着歌——只唱给她一个人，她想她一辈子都忘不掉这个画面。

吉他声停下来后，厉深看着她，期待地问："怎么样？"

余晚啪啪啪地鼓起了掌："天哪，你唱得太好听了！你以后肯定会成为大歌星的！"

厉深的眼睛渐渐地被笑意填满："你喜欢吗？"

"很喜欢！"

"这首歌是写给你的。"厉深看着她，神情是那么专注，"My Lily。"

"余小姐，我们到了。"司机的声音从前排传来，余晚回过神，冲他点头道了声谢。

到家以后，余晚把包扔在床上，走到阳台上拉开窗帘看了一眼，见厉深的院子里没有柴犬的身影，更没有他本人。她就这么盯着他的院子看了一阵，走回桌前，打开了电脑。

厉深的那首《心尖刺》，她听过很多遍。她买了数字版，整夜整夜地循环，熟悉到厉深在哪个音节换气都记得，可是*Lily*那首歌，她再也没敢听。

她在音乐软件上打下Lily这个单词，第一个搜索结果是厉深在《天籁之音》上演唱的现场版。点开播放，她听着厉深熟悉的声音透过音响传来。

Lily，满园春色是因为你而盛放
Lily，溪水是因为你而流淌
Lily，还有我胸口，持续跳动的心脏
都只因为你

他的演唱引得观众放声尖叫，就连评委老师都激动地说："他的声音质量很高，而且音色很高级，既温柔又低沉，非常性感，就像是，被女神吻过的男人。"

音频在观众的尖叫声中结束了，而余晚早已在电脑前泣不成声。

第四章　伤疤

余晚费了很大的劲儿才止住眼泪，等她拿出一支烟走到阳台上时，才发现已是深夜。

厉深的院子里还是静悄悄的，余晚手中打火机的光在夜色中一亮，很快又熄灭。烟头燃了起来，余晚吸了一口，将积聚在胸口的阴郁一起吐了出去。她之所以喜欢这个牌子的烟，是因为它的味道细腻清淡，还带着草莓味，可是现在吸起来，也只品到一嘴苦涩。她一个人靠在阳台上，看着沉沉的夜色，依旧只将一支烟抽到一半，便掐灭了烟头。

拉上窗帘，余晚换了身衣服，去浴室泡澡。走到镜子前，她看见了自己两只红肿的眼睛，没想到她到了这个年龄，还有哭成这样的一天。

余晚从化妆台找了一对眼膜，对着镜子贴好后，坐进了浴缸。今晚要早一点儿睡，她可不想明天顶着一双胡桃眼去公司。

次日清晨，闹钟准时叫醒了余晚，她发现人果然不能犯懒，一周没去公司打卡，差点儿就起不来床了。

早高峰的地铁一如既往地挤，即使余晚住的地方离公司只有四站，也不得不提前一个小时出门。出写字楼的电梯前，余晚特地又拿出小镜子检查了一次自己脸上的妆容，才笑着走了出去。

“余晚，你来啦？”赵欣正好在办公室门口接水，余晚一进来，她便看见了，“恭喜你啊，连胡小姐那么难搞的客户都拿下了！”

余晚走到自己的位置上，把大挎包放下来，看着她笑道：“还早呢，她提了好多要求，我还不知道怎么办。”

“加油，我看好你哦！”赵欣捧着水杯，走到自己的位置上坐下，好奇地望向她，“我听魏总说，你为了拿下这个案子，还在游戏里结婚了？我真没想到，那晚结婚的渔舟唱晚就是你啊！”

余晚整理东西的手一顿，她侧头看了赵欣一眼：“你也知道这事？”

“你们那场婚礼现在还在论坛首页挂着呢，我能不知道吗？”赵欣说着，把椅子滑到余晚跟前，特八卦地问她，“那个小王子，是谁啊？”

“没谁，就读书时的一个朋友，他刚好在玩这个游戏，就帮了下我。”

“哦，这样啊。”赵欣不怀好意地笑了起来，“我看他办婚宴很舍得啊，是不是读书的时候就暗恋你啊？”

余晚拿起桌上的笔记本电脑，冲她笑了笑：“你这个月接了几个单子了？还想不想过年了？”

她问着八卦呢，能别提这么扫兴的事吗？

“魏总在办公室？”

赵欣点了点头，把椅子滑回了自己的桌前：“嗯，一大早就来了。”

余晚微微点头，抱着电脑去找魏邵了。魏邵听见敲门声，头也不抬地应了声：“进来。”

余晚推开门，探进半个身子：“魏总？”

听见她的声音，魏邵终于停下手上的工作，朝她看了过去："来了？"

"嗯。"余晚笑着走进去，在魏邵对面坐了下来，"我来给你汇报一下胡小姐的婚礼。"

魏邵微微点头："我听你说她提了几个难搞的要求？"

"对，主要是场地和主持人不太好找。"余晚把电脑打开，将胡娇的诉求都跟他说了一遍，"场地只能我挨个儿去跑了，主持人我打算先在群里问一下，看看有没有人认识符合条件的。"

每一行都有每一行的圈子，余晚的微信里也有好几个婚庆行业相关的群。

魏邵嗯了一声，从桌上翻出一份文件，递给了她："A市以及A市周边所有可以举办户外婚礼的场地都罗列在了上面。"

余晚把文件接过来，粗略地扫了一眼，抬头对魏邵道："行，那我先去办了。"

"嗯，有什么困难，你随时可以跟我说。"

"好的。"

余晚收好东西准备出去，魏邵又叫住了她。他盯着她的脸审视了两秒，问她："你的眼睛怎么了？哭过了？"

是不是搞婚礼策划的男人心思都特别细腻？她抹了这么厚的粉，他竟然还能看出来。余晚笑了笑，道："没有，就是最近熬夜打游戏，睡得不好。"

魏邵没再追问，只点了点头，问她："中午想吃什么？"

余晚道："老板请客，随便吃什么，只要够贵就行。"

魏邵莞尔："行了，你去忙吧。"

一整个上午，余晚都在筛选婚礼场地，大致确定了哪些地方有大树，还亲自跑了现场看合不合适。另外她也给自己的群里发了消息，问问有没有身高一米五五的女主持人——她特地上游戏官网查了资料，月老的身高就是一米五五。附加条件是形象可爱、声音甜美。

她这个要求在群里引起了讨论，由于婚礼主持的特殊性，司仪不会个个都顶好看，那样会抢了新人的风头，但到底也是司仪，对形象气质还是有要求的，余晚提的这种要求在司仪里却算是罕见了。见大家讨论的话题越跑越偏，余晚又默默地加了一句："是新娘要求的。"

群里的朋友都说帮她问问，余晚在群里发了一个大红包，又跑到婚礼论坛上发了一篇求主持的帖。

中午魏邵请她吃了大餐，但满心只有工作的余晚也没吃几口，就跟一个场地的负责人约好，下午去看场地。

"魏总你慢慢吃，我要去看场地，没时间吃了。"

坐在她对面的魏邵笑了一声："你这个员工，怎么比我这个老板还忙？"

余晚一边收拾，一边道："没办法啊，这些场地都得提前几个月预订的，胡小姐说了，最迟春节前，场地必须确定下来。"

她说着，又拿了一个吃的在手上，就准备走了。魏邵叫住她道："要我送你去吗？"

余晚摆摆手，步子飞快地往外走去："我坐地铁过去就可以了。"

她小跑出餐厅，魏邵看着桌上还剩一大半的菜，无奈地笑了起来。

余晚去看的场地在A市郊区，也是在一个公园内，这个公园里有一个教堂，平时还会有新人在这边举行教堂婚礼。

"就是那棵树，你看看够不够大。"场地负责人领着余晚往前面走去。余晚抬眸看着不远处的树，有点儿失望："还有比这个更大的树吗？"

负责人道："这已经是我们公园里最大的树了，还要大的话，就只有那边的森林里有，但那边的树长得比较密集，也不符合你的要求。"

余晚听他说完，绕着树走了一圈。刚开始胡娇要求树必须跟游戏里一样，就连品种都得是相思树，后来还是余晚好说歹说，她才同意不限制品种，只要长得像就行。

余晚这一圈绕下来，抱歉地对负责人道："不好意思，这棵树还是小了些。"

"没关系，你说的那种树，不太好找啊。"

余晚笑了笑，问他："我可以去森林那边再看看吗？"

"可以。"负责人道，"我这边还有点儿事，就不陪你一起了。"

"好的，今天真是麻烦你了。"余晚目送负责人离开，独自一人往森林的方向走去。

森林里的树长得很高，不过树干都不粗，游戏里的那棵相思树要四个成年人才能合围。余晚逛了很久也没有看到合适的，她只能拿出资料把这里用笔画掉，再去别的地方看看。

森林里的小路不太好走，余晚还穿着有跟的鞋子，经过一个小土坡时，她不注意摔了一跤，撑在地面上的手掌顿时擦破了皮。余晚嘶了一声，看着散落在身边的电脑和资料，无奈地叹了一口气。她把东西重新装回包里，从地上爬起来，一瘸一拐地往回走。

坐地铁返回A市时，已经五点过了，余晚没有再去公司，换了7号线坐回了丽泽公园。走到小区门口时，她忽然听见有人在叫自己："余晚，你怎么了？"

余晚提着高跟鞋，回头看了一眼，一辆越野车停在自己身后，有个男人从驾驶座的窗户里探出半个脑袋。他戴着一顶鸭舌帽，帽檐压得很低，但她光听声音就能认出他是厉深。

余晚张了张嘴，没喊出他的名字："哦，我刚才不小心崴到了脚。"

厉深朝她只穿着袜子的脚上看了一眼，微微蹙眉："上车，我送你进去。"

余晚怕在这里和厉深说太久，他会被人发现，只迟疑了片刻就爬上了车。她的袜子已经走得有些脏，白色的羽绒服上也蹭了些污渍。厉深一边发动车子，一边问她："你去哪儿弄成这样的？"

余晚道："去帮胡小姐看婚礼场地。"

厉深的车子缓缓地开进小区大门，他偏过头，又看了一眼她的脚踝："你去看过医生了吗？你的脚有点儿肿。"

余晚也看了看自己的脚踝，是有些肿："没关系，我回去敷一下应该就行了。"

"你家里有药酒吗？"

"好像没有。"

厉深沉默了一阵，对她道："去我家吧，我那里有药酒。"

"啊？不用了吧？"余晚紧张了起来，对她而言，去厉深家远比脚肿严重。

厉深没有听她的，把车停在了自己家的门口。他走下车，绕到副驾驶座将余晚从车上扶了下来。

屋里传来狗叫的声音，似乎是知道主人回来了，厉深一打开门，柴犬就围着他的腿转起了圈。

"别闹，丽丽，进去。"厉深稍微挡了挡它，把身后的门带上。余晚听见他叫"丽丽"，下意识地问出口："它不是叫Lily吗？"

厉深愣了一下，看了她一眼，扶着她往里面走："Lily是你的名字。"

余晚的身子微僵，心思百转千回。她垂下头，跟着厉深走进了客厅。

客厅朝向花园的那面墙没拉窗帘，能够看到外面渐渐地入夜，屋里开着暖气，隔绝了外面的寒意。厉深扶余晚在沙发上坐下，起身去了楼上："我去拿药酒，你坐一会儿。"

"嗯。"余晚把羽绒服脱下来放在一边，环顾着厉深家的客厅。正对沙发的那面是电视墙，巨大的液晶电视旁边放着一盆长势很好的绿植，另一侧立着一把吉他。余晚多看了两眼，似乎是想辨认这把吉他是不是后来厉深买的那把。柴犬凑到她身边，在她的小腿肚上舔了一下。

“汪。”

突如其来的湿痒令余晚笑出了声，她看着蹲在自己跟前的柴犬，问它：“你叫丽丽吗？”

“汪汪。”丽丽看着她，一双大眼睛格外吸引人。

余晚想起网上许多柴犬的魔性表情包，忍不住抬起手捏了一下丽丽的肉脸。

“哈哈，真的和表情包好像。”余晚轻轻地拉了一下丽丽的脸，就听厉深的脚步声从楼梯上传了过来。余晚吓了一跳，飞快地松开丽丽的脸，把手放在了身后。

厉深走过来，目光有意无意地扫过她，余晚稳住表情，装作刚才什么都没有发生。厉深忽然笑了一声，余晚抬头朝他看去，就见他笑着问自己：“丽丽的脸好捏吗？”

他果然还是看见她欺负他家狗子了！

她故作镇定地答：“手感还挺好的。”

厉深的嘴角抿着笑，在她身边坐了下来：“先冰敷一下，再上药。”

他说着，就抬起余晚的脚放在自己的腿上，作势要将她的袜子脱下来。余晚赶紧弯下腰，按住厉深的手，阻止他脱自己袜子的动作：“不用不用，我自己来就好。”

厉深侧头看了她一眼：“你自己好弄吗？”

“好弄好弄，你放着我来就行。”

厉深没再说什么，帮余晚找了几个靠垫，好让她把脚垫高点儿，然后将做好的冰袋放在了她裸露的脚踝上：“敷好了以后，擦点儿这个活络酒，很管用的。”

“嗯，谢谢。”余晚看着他把药酒放在自己面前的茶几上，而他的狗蹲在自己的脚边，舒服地打着盹儿。

这情况果然有哪里不对啊，她刚才应该坚持回家敷脚的。

厉深站在她身边，注意到她泛红的掌心，眉头微蹙：“手也受伤了？”

“啊，嗯。”余晚下意识地缩了缩手，不想让厉深看见，“擦破点儿皮而已。”

厉深没说什么，又转身走了，再回来的时候，手里拿着一瓶医用酒精。他把酒精拿在手里，在余晚身边蹲下：“把伤口清理一下，你不怕感染破伤风吗？”

余晚的脚还敷着，不方便动作，只好把手递给他。厉深在棉签上蘸好酒精，在余晚的手心轻轻地擦拭，酒精的刺激让余晚有些疼，可现在的情况让她忍住了没叫出来。像是怕弄疼她，厉深的动作很轻柔，余晚看着他小心翼翼的动作，心里更加难受。

将她的袖子往上挽起一截，厉深重新换了一支蘸好酒精的棉签，正准备涂在余晚手上，却瞥见她的手臂内侧有一条很浅的旧疤痕。

他的目光一凝，抬起头来看她：“你这道伤是怎么来的？”

余晚听见厉深这么问，才意识到什么，飞快地缩回了手。

厉深放下棉签，也没有再去捉她的手，只是看着她问：“你手上的伤是什么时候弄的？”

余晚微微抿着嘴角，厉深对她的一切都很熟悉，他们分手的时候，她的手上还没有这道伤痕。

似乎是察觉到两人间气氛的变化，趴在地上打盹儿的丽丽也抬起头，看向余晚。

余晚不怎么自在地笑了笑，开口道：“这个是在之前的一场婚礼上，小三带着人来闹事的时候不小心弄伤的。”

厉深的眉头微动：“小三闹事？”

“嗯。”余晚道，“那个新郎挺渣的，小三是他的初恋，他一边舍不得初恋，一边和现任女友结婚，最后翻车啦。初恋带着一大帮子人来砸婚礼现场，最后特警都出动了。”

这件事虽然过去一年多了，但余晚记忆犹新，那天不仅没有办成婚礼，大家还都进了局子。新郎的初恋不知从哪里找来的社会人士，全带着家伙，她手上的伤就是混乱之中被人砍的。好在所有人都只是轻伤，没有闹出人命来，她在医院缝了两针，第一次开始怀疑自己的工作。婚礼理应是喜悦和幸福的，可她策划的婚礼并不是都被人祝福的。后来魏邵跟她说，新人都没认清和自己结婚的是个什么人，又怎么能要求他们做婚礼策划的认清自己的客户。

余晚养好伤后，重新振作起来，投入工作，只是手上这道疤，直到今天还能看出痕迹。

厉深听她说完，眸色渐渐地暗沉，他和余晚分手的时候，她还只是个在业界内艰难求生的小策划，如今她能接下胡娇这样的大单子，这几年肯定吃了不少苦吧。

他在余晚的身边坐下，语气淡淡地道：“看来你这几年过得也不轻松。”他弯腰揉了丽丽两把，又道，“不过也成长了。”

余晚的眼眶莫名有些发酸，厉深偏头看着她，拿过她藏在身后的手，问她：“还会疼吗？”

“早就不疼了。”余晚笑了笑，看着面前的人，“你这几年才是变结实了许多，你以前身材可没这么好。”她说到这里，声音渐渐地低了下去，“当兵很辛苦吧。”

“还好，习惯了。”厉深松开她的手，沉默了一会儿，问她，“我以前身材很差吗？”

余晚不自觉地笑了起来：“也还好啦，比大学校园里那些白斩鸡强多了，但肯定跟你现在没法比。”

现在他的胸膛更宽厚了，肌肉线条也练出来了，即使穿着西装，都掩盖不了他身上蕴藏的那股力量。

咕，余晚的肚子突然叫了一声，打破了室内和谐的气氛。她的脸瞬间有些发烫，呵呵笑着给自己打圆场：“那什么，我中午没怎么吃饭，下午又一直在外面跑，有点儿饿了，哈哈哈。”

厉深愣了愣，偏过头去笑了一声。余晚很喜欢吃东西，他还记得曾经由于他们拮据，吃不起好吃的东西，她看着图片直接就哭出来了。

他从沙发上站起来，道：“你之前不是说请我吃饭吗？我看择日不如撞日，就今天吧。”

“啊？”余晚有点儿意外，但也没有拒绝，“可以啊，你想去哪儿吃？”

厉深瞥着她敷着冰袋的脚：“你的脚都这样了，还想去哪里吃？叫点儿外卖在家里吃吧。”

这么随便的吗？不过既然是她请厉深，当然是厉深说什么就是什么。她摸出手机，正儿八经地点开了外卖软件：“你想吃什么？”

厉深想了想，道：“不是都说吃什么补什么吗？你脚崴了，不如吃点儿猪脚补补吧。”

她在认真地思考厉深是真的想吃猪脚，还是在拐弯抹角地骂她是猪。

在外卖软件上点了一份卤猪脚，余晚问他：“还要别的吗？”

“你看着点吧。”

余晚找了一家自己觉得很好吃的农家菜，把他们的招牌菜都点了一遍，外卖送来以后，厉深开车到门口去取，又开车回来。

因为余晚的脚伤了不方便动，厉深也没在饭厅里吃饭，直接把菜都摆到了客厅的茶几上。余晚一边啃着卤猪脚，一边想，厉深说得没错，她这几年确实是成长了，第一次和他一起吃饭时，她非常在意形象，现在她都敢当着厉深的面啃猪脚了。

吃完饭，余晚看天色也不早了，不好再赖在厉深家里：“我的脚敷得差不多了，今天谢谢你了，我先回去了。”

厉深看了一眼外面黑漆漆的天色，也没有再留她，他又拿了一瓶止痛化瘀的喷雾过来，递给了余晚：“这个你也拿着吧，比药酒方便，在外面也可以喷。”

“好的，谢谢。”

“这几天少走点儿路，你的脚需要静养。”厉深从鞋柜里拿了一双新的棉拖鞋出来，拆开放在余晚脚边，“穿这个回去吧。”

厉深的鞋码是44码，这鞋余晚穿进去显得十分小巧。她穿好拖鞋，提起自己的高跟鞋，朝厉深笑了笑：“谢谢，下次把鞋还给你。”

“嗯，你能走吗？”

“可以，已经好多了，那我不打扰你休息了。”

“嗯，回家记得擦药。”厉深把余晚送到了门口，看着她穿过小区路面，走进了单元楼。等到余晚房间的灯亮起来，厉深这才牵着丽丽，一起返回了屋里。

余晚的脚经过一个晚上的休息，第二天肿消了一些，但仍旧隐隐作痛。厉深说她需要静养，她也想静养，但她的工作不允许。她从鞋柜里找了一双好走的平底鞋，背着电脑和资料去上班了。到公司的时候，正好和小学徒涂佳佳坐的同一班电梯，涂佳佳见她一瘸一拐的，扶着她走出了电梯。

“余老师，你的脚怎么了？”

“没事，不小心崴了一下。”余晚边走边跟她说，“我最近都在忙胡娇的婚礼，你的策划案改好了的话，拿给赵欣帮你看。”

“好，你不是要我了解A市婚庆行业的整体水平吗？我正在了解呢！”

两人聊着走进了办公室，余晚在自己的办公桌前坐下，把魏邵给她的那份清单拿来看了一会儿，给周晓宁发去了一条消息。

余晚：“宁宁，你知道A市或者A市周边，有哪里的酒店有这样的树吗？”

周晓宁在定欧大酒店当销售，主要负责销售各种宴席，其中也包括婚宴，余晚想，她对A市的酒店肯定比自己熟悉。

宁宁：“你这个是游戏里的月老庙啊！”

余晚：“是的。”

宁宁：“A市可能不好找啊，京南公园你去看过没有？”

余晚：“昨天刚去了，树不够大。”

宁宁：“那你去十里山水看看，那个酒店真的漂亮，山环水绕的，说不定会有。”

十里山水庄园酒店也在魏邵给的清单里面，不过已经出了A市，在D市的边界了。那里有一个景区，酒店就修在景区里面。

余晚：“那我这两天先跑一趟十里山水。”

她其实想今天就去的，不过她的脚实在不适合跋山涉水，只能缓一天再出发。从A市到十里山水庄园酒店整整坐了三个半小时的车，坐得余晚腰都疼了。她来之前提前联系了酒店，销售部的小邓出来迎接了她。听说余晚这次来是为筹备胡娇和俞世敏的婚礼，销售部门的人格外热情。

“余小姐，你发给我的图片我看了，你来之前我也自己找了一下，还真有很像的，我先带你过去看看。”

“行。”余晚跟着小邓往里走，一路上不禁感叹这里确实漂亮。当然，这里同时也是整个景区最贵的消费场所，在这里住一晚，最便宜的房间也是四千元起步，要在这里办婚礼，那就更贵了。

十里山水的房间有些像四合院，是四面合围修建的，从中间往外一共修建了三层，占地约六万平方米。酒店的中央是一片大草坪，一般举行婚礼都在这个场地。

不过小邓带余晚去的是靠山边修建的西餐厅，餐厅面朝青山绿水，用的都是落地玻璃窗，透过窗户看出去，不仅可以看见山水，还能看见院子里的一棵大树。这树不高，但树干很粗，和月老庙的那棵相思树外形相似。余晚找了这么多天，终于找到一棵，有些激动地上去看了一圈。

“这是我们规划酒店的时候就在的树，我们特地保留了下来，在它对面修了西餐厅。怎么样，符合你的要求吧？”小邓笑眯眯地看着余晚。

余晚仔细瞧了一阵，对小邓道：“树是可以，但是这个院子有些小，恐怕坐不了那么多嘉宾。你们餐厅的落地窗可以拆除吗？”

把落地窗拆除之后，餐厅就是一个开放的环境，嘉宾的座席都可以安排在那里。

小邓道：“餐厅可以改装，不过所有费用都需要新人承担。”

余晚点了点头，费用方面，胡小姐应该是没问题的：“我回去和新人商量一下，再约个时间请她亲自来看场地。”

“行。”

余晚和小邓聊完，返回了A市。她第一时间联系了胡娇，跟她约看场地的时间。

和胡娇再次去十里山水庄园酒店时，余晚没有再忍受三个半小时的车程，因为来接胡娇的直接是一架私人飞机。余晚淡定地接受了这个设定，跟着她蹭了一把私人飞机。

这次销售部门的经理都直接出来迎接了，胡娇听他们介绍完，总体还是满意的，只有一点：这里没有湖水。

十里山水确实是有山有水，但这个院子里刚好就没有水，余晚早就做好了方案，把电脑拿出来给她看：“湖水的话，我打算用镜面材质来做，结合现场的灯光，可以打造出逼真的效果。这里有我以前做的几个现场，你可以看看。”余晚把自己以前做过的湖面效果给胡娇一一展示，“而且用镜面来做比真湖水更好的一点是，你们的礼服和鞋子都不会打湿。我这里还有视频，灯光师可以配合你们，把涟漪的效果都做出来。”

胡娇看完视频后，点了点头道：“效果还是很好的，观礼席位是设在餐厅里？”

“对，落地窗都会取，然后整个院子我打算都做成湖水效果，新人从正对树的那面出来，路引会从餐厅一直做到树下，主持人在树下等你们，完成仪式。”余晚解说着自己的方案，“宴会的话，在酒店的中餐厅举行，离这里不远。”

胡娇想了想，又问：“那孔明灯呢？这里到处都是树，应该不能放吧？”

余晚露出一个职业微笑：“孔明灯很容易引起火灾，就算是城里很多地方也是禁放的，因为确实引起过很多事故，我们办婚礼最主要的还是安全，对吧？”

胡娇看她：“那你的意思是不放了？”

“不用真的放，我会在现场布置LED屏，到时会给你和新郎一盏真的孔明灯，你们写好愿望点燃，然后放飞，LED屏和灯光会配合呈现许多孔明灯集体升空的效果。当然，为了安全，那盏真的孔明灯也会系上线，用于控制高度和事后回收。”

胡娇这个人虽然挑剔难伺候，但也不是不讲道理的，孔明灯确实不太安全，她想了一会儿，点点头：“行，那就按照你的意思办，不过我要提前看效果。”

“好的，没问题。”

“另外，婚礼当天我要包下整个十里山水。”

直到余晚回到A市，还没有从胡娇霸气的“包全场”中走出来。最可怕的是，她还得计算包下整个十里山水庄园酒店需要多少钱，这会对她造成二次伤害。

拖着疲惫的身子走到单元楼下，她遇到了正准备去夜跑的厉深，厉深看见她，停下来问：“你这么晚才回来？”

“是啊。”余晚勉强地笑了笑，“今天陪胡小姐去看场地，费了些时间。”

厉深微微蹙眉：“吃饭了吗？”

“嗯，刚才在商业街吃了碗面。”

厉深看了一眼她的脚踝：“脚呢，好些了吗？”

余晚点点头：“好多了，你给的药很管用。”说到这里，她忽然想起自己上次还穿走了一双厉深的拖鞋。

“啊，你的拖鞋还在我那里，我上去给你拿下来，你等我一下。”

“不用了。”厉深叫住她，“不急，下次再给我就行。回来了就早点儿休息吧，工作忙也要注意身体。”

余晚停下脚步，笑着看他：“我感觉身为当红明星的你，好像没有立场说这种话啊。”

厉深扬了扬眉梢道：“我身体比你好。”

“哦。”

“我比你年轻。”

“那我这个老人家先上去睡觉了。”她朝厉深挥了挥手，准备转身上楼，不料厉深再次叫住了她。

“胡娇的婚礼场地定下来了吗？”

“嗯，在十里山水，你到时候肯定也要去吧。”毕竟这可是号称半个娱乐圈都会到场的婚礼，“我今天又切身地感受了一下胡小姐的有钱，她说结婚当天要把整个十里山水包下来。”

比起她来，厉深倒是显得比较淡然：“会有很多名人明星去他们的婚礼，为了安全，也是包场比较好。”

“话是这么说啦，但十里山水真的很贵。”那是很多新人想都不敢想的贵，“要是我的话……”

余晚的话戛然而止。她和厉深还在一起的时候，厉深问过她：你每天帮别人策划婚礼，有没有想过自己的婚礼是什么样子的？余晚当时说，策划婚礼真的很累，自己的婚礼就搞简单点儿吧。厉深问她怎么个简单法，余晚笑笑说，只要有你在就行了啊。

余晚话说到一半没了声音，厉深看着她，问她："如果是你的话，就怎样？"

余晚笑了两声，道："如果是我的话，我才不会花这么多钱包场呢。"

当然，她也包不起。

厉深听了她的话，也跟着笑了一下："你是胡娇的婚礼策划，她婚礼花的钱越多，你拿到的提成就越多，你不是应该高兴吗？"

余晚觉得他说得好有道理："今晚我应该吃两碗面的？"

厉深被她逗得一笑："行了，你先上楼吧。"

"嗯，那你慢慢跑。"余晚说着，拿出门禁卡，在门外刷了一下，推门走了进去。厉深收回落在她身上的目光，从她的单元楼前跑走了。

胡娇的婚礼场地定下来后，余晚心里的一块大石也落地了，不过接下来还有婚礼司仪、甜品台、花艺、宾客伴手礼等需要确定的事情等着她，余晚连喘气的时间都没有。

因为游戏是古风的，所以婚礼现场的甜品台也有讲究，胡娇指名要迟清轩的糕点师傅来做，糕点品类也是她亲自挑选决定的——都不是迟清轩的糕点，是她从游戏里扒拉出来的。

金主发了话，余晚只能去办，迟清轩在A市很有名，平时各个店面都是人满为患，要买糕点都得排队。余晚联系了好几次，才和他们的糕点师傅见上面，和他来来去去沟通了半个月，终于把样品给做出来了。

离春节只有几天了，在全国大部分员工都无心上班，只想过年的氛围里，余晚风雨无阻地带着刚从迟清轩拿到的糕点去给胡娇试吃。地点还是在胡娇的半山别墅，今天新郎俞世敏也在。余晚还是第一次见到俞世敏，他是当红演员俞凯泽的堂哥，而俞凯泽就是厉深献唱主题曲的电视剧《最后的旅程》中的男主角，这剧余晚还追完了。

俞世敏和俞凯泽有几分像，余晚看着，也生出了几分亲切，她把迟清轩的糕点盒子打开，跟胡娇他们道："这是迟清轩的师傅做的样品，你们先看看，还有什么地方要改的，回头我再跟师傅沟通。"

"嗯。"胡娇微微直起身，打量着盒子里的糕点。这次余晚送过来的糕点一共有五个品种，她挨着看了一遍，单从外观来看，和游戏里的糕点已经很相似了。

"这个是水晶龙凤糕吧？"她拿起一个糯米做成的龙凤形状的红色糕点，"不愧是迟清轩的大师傅，做得真精致。"

她把糕点递到俞世敏嘴边，对他道："世敏，你尝尝味道怎么样？"

俞世敏就着她的手咬了一口，咽下后，笑着对她道："你知道我不喜欢吃这些，这个糕点软软糯糯的，也不会太甜，你应该会喜欢的。"

胡娇手上那个龙凤糕，俞世敏只吃了一口，胡娇也没有再去拿新的，直接又咬了一口，尝了尝："嗯，口感很好。"

她放下龙凤糕，又拿了一个玉露团递到俞世敏跟前，这次她没说话，俞世敏主动尝了一口。

胡娇问他："甜吗？"

俞世敏点点头，笑得眼睛都弯了起来："嗯，很甜。"

吃了成吨狗粮的余晚从胡娇的大别墅离开，浑浑噩噩地回了小区。是谁告诉她，有钱人的爱情都不幸福的？有钱人的幸福你们根本想象不到！

"汪汪。"迎面传来两声狗叫，听上去有些耳熟。余晚还没反应过来，一只柴犬就冲到了自己近前，兴奋地叫着。

"啊，不好意思啊！"遛狗的女生使劲拉着柴犬，生怕它挣脱束缚冲上去咬人家一口，"丽丽别闹了！"

"汪汪。"丽丽还在冲余晚叫，余晚弯下腰，摸了摸它的头，跟它打招呼，它终于安分了下来。

“这只狗和我认识。”余晚抬起头，看了一眼对面牵着狗绳的女生，“丽丽是我邻居家的狗，不过我好像没见过你。”

“哦，那啥……我是丽丽的主人的表妹！”小董机智地给自己安了一个表妹的头衔。

表妹？余晚打量着她，她可从来没听厉深说过他还有一个表妹。她想了想，觉得这个女生很可能是厉深的助理之类的。

余晚没有戳破她，顺着她的话道：“这样啊。”

“对对，我的表哥回老家过年了，我就帮他照顾几天丽丽。”

余晚微微一愣，厉深回老家了？她看着小董，问她：“你不回家过年吗？”

“哈哈，我家就在A市。”

余晚没有再追问，又逗了一会儿丽丽，就跟它道别了。回到家里，她拿着手机坐在沙发上，想了一会儿，还是给厉深发了一条微信消息：“我刚刚在楼下看见一个女生在遛丽丽，是你的助理吗？”

发完后，她等了一会儿，厉深暂时没有回复她。她放下手机，换了一套衣服，又去接了一杯水，再出来的时候，手机屏幕上已经躺着一条新收到的消息。

厉深：“对，是小董，我回老家几天，这边有小孩儿，怕狗，就没把丽丽带过来。”

余晚：“哦，这样啊，你是什么时候走的？”

厉深：“今早。”

厉深：“我初三就回来。”

余晚的嘴角轻轻地撇了一下，她又没问他什么时候回来。

厉深：“你呢？不回家过年吗？”

余晚："今年就不回了，公司刚搬到A市，我手上还有胡小姐的婚礼，事情多。"

厉深："不放假？"

余晚："春节期间公司倒是有几场婚礼，不过我都不用跟，可以休息。"

厉深："那就好好休息几天。"

余晚："为什么你放假的时间比我还多？"

厉深看着她发的这条消息，忍俊不禁："可能因为我过气了吧。"

谁过气你也没过气好吗？你的新歌还在各大榜单上名列前茅呢。

厉深："我回来后要开始给新专辑录歌，也要忙了。"

余晚："哇，你要出新专辑了？"

厉深："嗯，预计8月份。"

厉深："这边有小孩儿一直缠着我，回头再聊。"

余晚："好。"

余晚发完这条消息，便放下了手机，没再打扰他。

今年周晓宁也没有回家过年，除夕夜又是她和余晚两人一起过的。这次周晓宁带了一大瓶酒，是她之前特地在网上买的网红果酒。

"我跟你讲，我这瓶酒是好不容易才抢到的！"周晓宁一手提着酒，站在余晚家门口，正准备换鞋，就看见鞋柜里摆着一双蓝色的拖鞋——44码，这一看就是男人的拖鞋啊！

她拿着拖鞋，眼神犀利地审视着余晚："老实交代，你是不是有男人了？"

余晚面上一红，把她手里的拖鞋夺回来，放回了鞋柜里："你不要乱说，我上次把脚扭伤了，邻居好心借给我一双拖鞋穿回来。"

“邻居？”周晓宁对这个说法持怀疑态度，“哪个邻居？”她自己问完，忽然脑中灵光一闪，声音都高了几个度，“不会是厉深吧！”

“不是。”

“那就是了！”

周晓宁认定这双拖鞋是厉深的，她甚至特地上网查了一下厉深的鞋码是不是44码。余晚很无奈，任凭周晓宁怎么追问，都不跟她透露分毫。周晓宁把她的反应当作是默认了，在饭桌上跟她干杯的时候，说的祝词都是：“祝你今年早日和厉深复合！”

除夕有周晓宁在身边，也还算热闹，初一、初二余晚在家休假，难得睡了两天懒觉。余晚初二上午醒过来时，她的整个朋友圈都被大雪刷屏了。余晚套上毛茸茸的睡衣，踩着拖鞋走到阳台边上看了一眼。外面果然是银装素裹的一片，别墅区全被大雪覆盖。再远一点儿的丽泽公园也是白茫茫的一片，只是隔得远，她的楼层又不高，看得并不真切。

余晚想起她刚来A市的那年也下过一场这么大的雪，也许是那年冬天和厉深一起看的雪中的丽泽公园美得太过深刻，之后几年，只要一下雪，她就想去丽泽公园看看。现在她又回来了，还正好遇见了大雪，余晚几乎没有犹豫，就裹上她最贵的那件羽绒服去丽泽公园看雪了。

今天外面寒风刺骨，气温创了入冬以来的新低，虽然余晚把羽绒服拉得严严实实，还戴了围巾和帽子，还是有点儿扛不住，但这种寒冷在她看见雪中的丽泽公园后，都变得不值一提。也许这几年A市变了很多，但丽泽公园还是和当初一样，美得令她想哭。

因为正好是春节，又下了这么大的雪，所以丽泽公园的人很少，余晚一路走过来，只看见几个跟她一样兴奋于雪景的小姑娘，剩下的就是值班的工作人员了。

她走到湖边，看着眼前的景色。丽泽公园的湖很大，周围还种满了桃花，春天桃花开的时候，满枝头的粉红似是要将湖水都染成春天的颜色。现在桃花虽然都还没开，但皑皑白雪覆在树枝上，投影在湖面上，又像是为湖水上了一层冰雪的妆。

余晚从衣服兜里拿出手机想拍几张照，但气温太低，她的手也太凉，手机竟然半天都没有反应。试了好几次，终于把手机点开拍了些照片，余晚刚一转身，就看见一个迎面走来的男人。

男人戴着口罩和帽子，也穿着羽绒服，手里和她一样拿着手机。余晚看了他两眼，眸子微微睁大："厉深？"

她熟悉厉深，如同厉深熟悉她一样。

厉深沿着湖边走到她跟前，低头看着她："你也来看雪景吗？"

"对。"余晚点了点头，"你不是说初三才回来吗？"

厉深道："小董跟我说，丽丽天天在家闹脾气，我只好提前回来了。"

"哈哈，谁叫你不把丽丽一起带走。"余晚说着，注意到厉深的手机开着录音功能，便好奇地问，"你在录什么？"

厉深下意识地看了一眼手机屏幕，跟她解释道："我在录公园的声音。"

"公园的声音？"

"嗯。"厉深转过身，面对着湖面，把手机递了出去，"我的新专辑的主打歌准备以丽泽公园为主题，便想收集一些公园里的声音，也许可以作为创作的素材。"

"哦！"余晚恍然大悟，"这个想法很不错啊，不过现在大冬天的，公园里都没什么声音。"

厉深笑笑道："安静也是公园的声音之一。"

余晚觉得几年不见，厉深说话很有哲学范儿了。

"人声，风声，落雪的声音，鸟鸣的声音，自行车铃铛的声音，还有公园里献唱的人的歌声……"光是这些声音，就能在厉深的脑海里勾勒出整个丽泽公园的轮廓，"新专辑就叫PARK吧。"

余晚愣了愣，问他：“我是不是全世界第一个知道你的新专辑叫什么的人？”

厉深偏过头来看她，虽然半张脸被口罩挡住，但眼睛弯了起来：“不是，第一个人是我。”

余晚在心里翻了个白眼：“幼稚。”

厉深正准备说话，旁边经过的两个女生停下来对着他窃窃私语。厉深下意识地按下帽檐，把头埋得更低：“我好像要被认出来了。”

“啊？”余晚这才注意到，离他们不远的两个年轻女生正好奇地看着这边，“现在怎么办？”

厉深故作淡定地收起手机，背过身子，然后猛地拉住余晚的手，说了一句：“跑！”

余晚整个人还没反应过来，已经被厉深拉着在公园里奔跑了起来。那两个女生的尖叫伴随着“厉深”这个名字，都被呼呼的冷风刮到了身后，越来越远。

跑了没一会儿，余晚就渐渐地体力不支，她一边喘着气，一边想：为什么她也要跟着一起跑啊？

“等、等一下，她们好像没有追过来。”一口气跟着厉深直接跑到了丽泽公园的西门口，余晚差点儿就要交待在这里了，“休、休息一下。”

厉深听她这么说，才停下了脚步，他泰然地站在那里，连一口粗气都没有喘，和余晚狼狈的样子形成鲜明对比。

“你还好吧？”

余晚直起腰，看了他一眼：“还好，你、你怎么这么能跑？”

厉深微微扬眉：“这样就叫能跑？我感觉只热了个身。”

哦对，她想起来了，厉深每天晚上都要夜跑，还有两年当兵的经历，体力肯定好。

“你每天晚上跑多久啊？”她问厉深。

厉深道：“每天跑十公里，跑完就睡觉。”

“十公里？”

“嗯，在部队的时候养成习惯了。”他说着，低头瞥着余晚，“倒是你，体力好像比原来还差了。”

余晚发誓，她真的没有想歪。

余晚和厉深还在一起的时候，厉深就说过她体力差。他那个年纪的男性精力特别旺盛，余晚每次都被折腾得不行。她一想到这些，脸就不自觉地开始发烫，幸好这会儿戴着帽子和围巾，不太容易被看出来。

“咯，那啥，我们还是不要站在这里了，万一等会儿你又被认出来，我可跑不动了。”

厉深笑了一声，和她并肩一起往小区走：“你应该锻炼一下身体了，之前不是看你在跑步吗，是不是没有坚持？”

余晚心里苦：“那阵子是天天玩游戏，现在每天到处跑，一下班就不想动了。”

“运动贵在坚持，要是你想跑步，可以和我一起，我每天夜跑的时候叫你。”

虽然和厉深一起跑步听上去很有吸引力，但她想想还是算了：“跑十公里我可能会死。”

她的话让厉深笑出了声。听着从他的胸腔里发出的低沉悦耳的笑声，余晚又默默地红了耳朵。厉深的声音真的是很好听啊，随便笑一笑都像是一首动听的曲子。

走回小区后，两人就各自回了家，余晚重新爬上温暖的床，拿出电脑开始看花艺公司发给她的方案。

厉深回去后先补了个眠，本来是想一觉睡到自然醒，不料刚躺下半个小时，就被放在床头的电话吵醒了。微蹙的眉头显露出不满，厉深探出手，拿过电话看了一眼，是经纪人迟璐打来的电话。

“璐璐姐，什么事？”

他的声音带着刚睡醒时的慵懒，听上去比平时更为性感，电话那头的迟璐顿了一下，才开口问：“你在睡觉？”

“嗯。”

“不好意思吵醒你了，我打电话是想问，你今天上午有没有去过丽泽公园？”

厉深猛地一皱眉，心里大致有了数：“怎么，有人拍到我的照片了？”

“只拍到了一个背影，没什么明显特征，不确定就是你，不过……”迟璐的口气比刚才严肃了几分，“照片上还拍到一个女性。”

厉深抿着薄唇，没有说话，迟璐在电话那头问：“你知道如果被证实照片上的男人是你，对你有多大影响吗？我已经趁这张照片还没多少热度把它压下去了，你被拍到时穿戴的所有衣物，今后都不要再用了。”

“嗯。”他今天穿的那件羽绒服是他回老家时妈妈刚给他买的，现在也只能对不起他的妈妈了。

“另外，和你一起被拍的女性是谁？你不要告诉我是你亲戚。”

厉深握着手机的手指略微收紧，他沉默一会儿，开口道：“前女友。”

“前女友？”迟璐气得一笑，“厉深，你知道你在做什么吗？都是前女友了还纠缠不清？”

迟璐打这通电话前，想过最坏的情况是厉深可能瞒着她和公司偷偷地谈恋爱了，而对象很可能是之前在他的梦呓中出现过的余晚。她万万没想到，照片上的人竟然会是他的前女友。

“这几年男明星被爆料崩‘人设’的新闻没少看吧？都是他们身边的女人爆出来的。该断就断干净，你不要拎不清。”

厉深安静了半晌，最后只应了个嗯字。

迟璐动了动嘴角，还是没把他逼得太紧，以工作结束了这通电话：“后天开始录音，我会叫小董去接你，别忘了。”

“嗯。”

挂断电话后，厉深上网搜了一下迟璐说的照片。照片现在虽然还挂在微博上，但博主的评论和转发数都只有几百条，只要没有别的团队过来运作，热度就不会再进一步扩大。他点开照片，首先看了被自己拉着朝前跑的余晚。她也背对着镜头，浑身裹得严严实实，只露出了几根头发丝。感谢冬天。他如是想。

这件事有惊无险地过去了，不过厉深迎来了一个更大的难题——他在录音之前竟然感冒了。起因就是被他留在家里过年的丽丽激烈地报复了他——它竟然在他晚上睡觉时把他的被子给叼走了。

厉深是半夜被冷醒的，当时丽丽正叼着被子蹲坐在地上望他，一脸无辜的样子。

厉深当时没在意，把丽丽赶出去，锁上门，盖上被子又继续睡了，第二天早上醒过来就感觉头有些晕。厉深这个人，平时不常感冒，但一感冒起来，就会一下子很严重，还不容易好。他自己吃了一片退烧药，又蒙着被子睡了下去。

余晚刚给花艺公司回复了一封邮件，就看见手机收到一条新的消息。

厉深：“难受。”

余晚愣了一下，拿起手机回复他：“你怎么了？”

厉深：“发烧了，都是丽丽的错。”

她相信厉深是真的发烧了。以前他生病的时候就格外喜欢缠着她，还一定要喝她做的牛奶粥才会好转。

余晚：“你吃药了吗？”

厉深："吃药没有用，我要喝你做的牛奶粥。"

她觉得厉深现在烧得很严重，她立马换了身衣服，跑到厉深的家门口去按门铃了。

"汪汪汪！"厉深没有反应，倒是丽丽一直在里面叫个不停。余晚担心厉深晕倒在里面了，刚拿出手机准备给他打通电话，就听见门锁咔嗒一声打开了。

厉深裹着被子，直接从楼上下来了，脸上带着不自然的红。余晚愣了一下，问他："你怎么样了？烧得很厉害吗？"

厉深看见门外站着的余晚，清醒了一瞬，确认自己没看错人后，他嗓音微哑地问她："你怎么来了？"

余晚抿了一下嘴角，抬手摸了摸他的额头："好烫啊，你要不要去医院？"

厉深道："不用，我吃了退烧药，过一会儿应该就没事了吧。"

"你先进屋，别在门口站着。"余晚把他推进门里，顺手带上身后的门。丽丽冲到她身边，围着她开心地叫。余晚蹲下身，捏了捏它的脸："丽丽，你做什么了？"

"汪！"丽丽狗脸无辜，表示自己什么也没做。

"算了。"余晚放过了丽丽，发现厉深不在了，她起身走到客厅，见他就那样裹着被子直接在沙发上睡下了。

她走过去帮他重新整理了被子，他睁开眼，看见身旁的人，伸手抱住了她。

"晚晚，我要喝牛奶粥。"

她以为他经过三年成长了！今天才发现，没有！他还是一生病就跟她要牛奶粥，不吃还不会好！谁惯的这个毛病！好吧，好像是她自己。

"好好好，我去给你做。"

听见余晚这么说，厉深才松了手，继续在沙发上睡了起来。

余晚叹了一口气，先给他做了一个冰袋敷在额头上，然后走到他的厨房里看了一圈。冰箱里的食材还是很丰富的，牛奶什么的都有。她从米缸里取了一些米出来，卷起袖子开始做粥。丽丽一直在旁边捣乱，余晚赶了它几次都没有用，最后只好把狗绳拴上，绑在了花园里："你就乖乖在这里待着吧。"

"汪汪汪！"丽丽用生动的表情跟她诠释了"丽丽不要，丽丽委屈"。

余晚没有被它的大眼睛迷惑，回厨房继续煮粥了，粥煮好以后，厉深还在沙发上睡。她把他额头上的冰袋拿下来放到茶几上，轻轻地推了推他的肩膀："厉深？"

"嗯？"厉深含糊地咕哝了一声，带着浓浓的鼻音，竟然有点儿性感。

余晚咳了一声，再次推了推他："起来喝牛奶粥了？"

听见"牛奶粥"三个字，厉深终于把眼睛给睁开了。余晚把他扶起来，还是把被子给他裹得严严实实的。

厉深整个人都不在状况内，只茫然地看着余晚。余晚把粥端起来，递到他跟前："喝吧，小心烫。"

厉深垂眸看了看她手上的碗，又抬起头来看了看她："你不喂我吗？"

本着不和病患一般见识的高贵精神，余晚拿起勺子舀了一勺粥，放在嘴边吹了吹，笑着对他道："少爷，用膳了。"

"嗯。"厉深这才满意了。

慢吞吞地喝完一碗粥，厉大少爷又倒头就睡。余晚从他家里找了一支体温计出来，帮他量了一下体温，见他只是有一点儿低烧，才放了心。余晚帮他重新换了一个冰袋，又把在外面罚站的丽丽放进来，收拾了一下东西，便离开了厉深的家。

厉深这次是被丽丽舔醒的，他睁开眼，对上丽丽的大脸，然后默默地把它拨开了。

他的脑袋还有些昏沉，他皱着眉看着客厅，不明白自己为什么会睡在沙发上。

“汪汪。”丽丽在他旁边叫着，厉深盯着它，脑海里猛然闪过了几个画面——他抱着余晚，还让余晚喂他吃东西。

厉深顿时有些慌，唰地站起身，又仔细想了一阵，快步走到厨房看了一眼。炉盘上放着一口小锅，锅里剩了些牛奶粥，已经凉了。别慌厉深，也可能是你在自己迷迷糊糊的时候煮的呢！你这几年不是已经学会自己煮牛奶粥了吗？

他极力稳住自己的情绪，去卧室找到了自己的手机。微信还停留在他和余晚聊天的页面上，第一句话就是“难受”。他把自己和余晚的聊天记录看完了，不，那不是聊天记录，那是大型羞耻现场。他一个人在客厅站了半晌，最终还是没敢给余晚打电话，只发了一串省略号过去。

余晚很快回复了他：“你醒了？好点儿了吗？”

厉深：“嗯。”

他真的想死的心都有了：“不好意思，我烧得有些糊涂，我以为……”

我以为，我们还没有分手。

他输到这里，手指顿了顿，又把最后几个字删除了。

厉深：“不好意思，我烧得有些糊涂了……”

余晚：“没关系，我知道那是你的第二人格干的。”

他现在好想穿越回去，把他的第二人格掐死。

因为感冒的事，厉深决定扣丽丽两天零食，并且提醒自己晚上睡觉一定要锁卧室门。

已经下午三点过，厉深这一天只喝了一碗牛奶粥，这会儿又有些饿。他把炉盘的火打开，拿勺子搅了搅锅里剩下的牛奶粥。锅里的粥慢慢地被加热，香气也溢了出来，厉深用勺子舀起一勺，送进了自己嘴里。粥的温度不冷不热，刚好可以喝，香浓的牛奶味和熬得入口即化的大米顿时充盈着口腔，带来难以名状的幸福感。厉深微微地勾起嘴角，心想，余晚熬的牛奶粥果然比他自己做的好喝。他把锅里的粥喝完，便给迟璐发了一条消息，说自己嗓子发炎，要延迟一天进录音棚，然后挨了一顿批。

初五，厉深正式开始给新专辑录歌，而他之前为某时尚杂志拍的杂志照也被官博公布了出来。这期杂志有一个厉深的专访，封面也是他，粉丝早就期待不已了。杂志官博刚把试阅的照片放出来，粉丝就蜂拥而至。

为了提高销量，官博这次试阅的图都非常心机，比如放出厉深站在窗边脱衣服的图。白色的毛衣被他微微向上提起，他露出一小截腰腹——即使是这样小面积的裸露，也足以引爆粉丝的尖叫。

“啊啊啊啊啊啊！深哥的小蛮腰！”

“杂志什么时候上，我买爆好吗！”

“想在深哥的腹肌上攀岩！都不要拦我！”

“这么性感的厉深，不如我们把他……”

“深深请你继续脱。”

“一人血书求深哥演电影。”

“什么时候开演唱会！我要去见你！立刻！”

微博很快就被厉深的粉丝轮上了热搜，余晚晚上回家的时候，也在自己的首页看见了。图片上的厉深确实非常性感，浑身上下都在散发荷尔蒙，这种半遮半掩的样子实在比全裸更加引人遐想。某条热评简洁有力的“想睡”二字，惹得余晚扯了一下嘴角。她们是想睡厉深，而她，是睡过厉深。

那年冬天，A市第一次下雪，还是一场难得一见的大雪。一个摄影爱好者拍的大雪中的丽泽公园在网络上走红，很多情侣特地跑去丽泽公园“打卡”，余晚和厉深也没能免俗。

大雪中的丽泽公园美得震撼，余晚那么怕冷的一个人，都不顾一切地直接在雪地上躺下，让厉深给她拍照。厉深拿着手机，飞快地对着她一通连拍，赶紧把她从雪地上拉了起来。余晚的衣服、帽子还有头发上都沾着雪花，厉深一边帮她拍打着，一边问她：“冷吗？”

“还好！”余晚用冻得通红的手翻着厉深的手机相册，挑了几张自己觉得最好看的保存下来，“我要设置成我的屏保。”

厉深听后，大惊小怪地道：“哎？你的屏保竟然不是我吗？”

“谁要用你啊！”余晚把自己原先的“招财进宝”屏保换成了雪地里的照片。在厉深的强烈要求下，他们又一起拍了一张合照，用来设置成自己的手机桌面。

天快黑的时候，两人才从丽泽公园离开，厉深先送余晚回了她租的房子，才自己回了学校寝室。

寝室里现在只剩厉深和竹竿还回来住，下个月，竹竿也要从寝室搬出去了。厉深回到宿舍时，里面一个人都没有，他打开灯，坐在电脑前给余晚发消息：“寝室里只有我一个人，好可怜呀。”

余晚这会儿已经洗完澡了，舒舒服服地窝在床上，对着手机笑了起来：“这么惨吗？”

阿深：“对呀！我也不想住寝室了！”

Lily：“那你要出去租房吗？”

厉深不是A市本地人，不住学校的话，只能在外面自己租房子。

阿深：“嗯，下个月竹竿也要搬出去了，我不想一个人住在寝室，好可怕的。”

Lily：“你一个大男生还怕这个？”

阿深："难道你不怕吗？晚上一个人玩着电脑，突然听到身后传来一点儿声音，都不知道该不该回头啊。"

Lily："你别说了，我已经开始想象了。"

阿深："没关系，你要是害怕的话，我可以过去和你一起住啊。"

她是不是被套路了？这个才是厉深的目的吧？

看着厉深发过来的这个提议，余晚的耳朵微微发红，她知道这个年龄段的男性都精力旺盛，她平时虽然和厉深也有亲亲抱抱，但始终没有更进一步的亲密举动，如果他搬过来和自己一起住的话，那肯定会……不行，光是想想，余晚就觉得自己整个人都要烧起来了！

Lily："我这边房子很小。"

阿深："不要紧的！我们寝室也不大啊！"

Lily："我的床也不大。"

阿深："那不是刚好吗？"

大灰狼！露出尾巴了吧！

Lily："你果然是为了睡觉。"

阿深："不，我是为了和你一起睡觉。"

Lily："如果是单纯的睡觉，我可以考虑考虑。"

阿深："我很单纯的，你在想什么？"

为什么，一副她要强暴他的样子？

最后，厉深还是在一个温暖的周五如愿以偿地搬进了余晚租的房子里。学校还没有正式放寒假，厉深也就没有把全部东西都搬过来。

余晚的门钥匙他已经拿到了，他拖着行李箱来的时候，余晚还在上班。交往这半年来，他虽送余晚回过很多次这里，但一次也没有上来坐过。这次，他终于可以正大光明地进来了。

如余晚所说，房子很小，装修也是最简单的，进门的地方一边是小型橱柜，一边是卫生间，里面靠墙的位置摆着一张一米五的床，床正对的位置是四扇窗户，窗前摆着一张电脑桌和一张两人座小沙发。

厉深把东西提进屋，打开靠在另一侧墙面的衣柜。这是个三开门的衣柜，里面原先挂满了余晚的衣服，今天因为厉深要过来，她特地收拾出一小半的位置留给他。

厉深看了看余晚挂在里边的衣服，翘着嘴角把自己带过来的衣服一件件挂了进去。收拾好后，他特意拍了一张照发给余晚。

阿深："我已经到了，东西也收拾好了。"

阿深："我的衣服已经正式进入你的衣柜了。"

他一定要用这么色气的表达方式吗?

Lily："我今天要加会儿班，可能七点过到家，你晚上想吃什么，我顺便带回来。"

阿深："你带什么我吃什么，我很好养活的。"

Lily："那我买点儿冒菜和烧烤?"

阿深："好的！等你哦！"

她到家的时候，正好是晚上七点半，提着打包回来的冒菜和烧烤，余晚一打开门，就看见厉深只穿着一条短裤站在门口。

余晚愣了一瞬，尖声叫了起来："你在做什么啊！为什么不穿衣服！"

厉深也愣了一下，然后看着她道："我看你还没回来，正准备洗个澡，你要是再晚一点点进来，就可以看到我一丝不挂啦。"

她才没有想看到！她不承认！余晚两颊绯红地别开了脸。

厉深把刚刚脱下来的衣服又一件件地穿了回去："既然你回来了，我们就先吃饭吧！我等会儿再洗澡。"

余晚无奈地把餐盒放在小桌上，脱下外衣在沙发上坐了下来："你就不能到卫生间里面去脱衣服吗？"

厉深无辜地道："我们在寝室都习惯了，再说，刚才明明是你看了我，要尖叫也是我尖叫吧。"

余晚没有理会他，他倒是自己巴巴地凑了过来："你买了些什么？"

他坐得离余晚很近，他身上的气息一下子就笼罩在余晚周围，狭小的空间里，这种感觉进一步被放大，令余晚的心跳都跟着加了速。她抿了抿唇，往旁边挪了挪："你坐过去一点儿啦，不要挤着我。"

厉深不服气地道："明明是你的沙发太小啦，我一坐下来就被塞满了！"

"我早就说过我这里很小了，是你非要过来的！"

"好啦好啦，我们就挤一挤嘛！"他说着，又不知是有意还是无意地，往余晚的身边靠了靠。

余晚那侧已经退无可退了，只好任他贴在自己的身边。两人把晚饭吃完，厉深收拾好桌子，把垃圾袋放到了门口。回来的时候，余晚已经坐在桌前打开了电脑。

厉深好奇地凑过去："你在做什么？"

余晚推了推他贴得太近的脑袋，盯着屏幕道："有个策划案还要再改一改，你先去洗澡吧。"

厉深的眸子动了动，点点头道："那我先去洗澡了。"

"去吧去吧。"余晚说完，又严厉地补充道，"去卫生间里脱衣服！"

厉深朝余晚撇了撇嘴，拿着毛巾进了卫生间。没过一会儿，房间里就传来水流的声音，余晚听着哗哗的水声，在心里松了一口气。其实她手上的这个策划案并不需要改，她只是不知道该怎么面对和自己共处一室的厉深。虽然他们在一起半年了，也有过亲密的举止，但同居……她还是有些手足无措啊！厉深大学还没毕业，浑身上下都散发着青春的荷尔蒙，这对她的刺激实在是太大了。

她盯着电脑发了好一会儿呆，听见厉深在卫生间里叫她："晚晚，我忘记拿内裤了，你帮我把内裤拿过来一下吧。"

他是老天爷特地派下来让她渡的劫吧？

"我、我不知道你放在哪里啊，你自己拿吧！"

"哎？那我就光着出来拿了哦。"

她听见厉深真的在开门了，忙道："你别出来，我帮你递进去！"

"哦，好吧。"厉深的声音听上去透着一丝遗憾，"我就放在行李箱的最上面，你打开箱子就能看见了。"

"嗯……"余晚走过去打开箱子，果然看见了一条男士内裤。她用两根手指夹起目标，都没好意思再看第二眼，就走到卫生间门口敲了敲门。

门锁轻响后，厉深从门里探出一颗湿漉漉的脑袋。他冲着余晚一笑，对她道："谢谢。"

"不用，你下次……"余晚话还没说完，就被一股力道一把拽进了卫生间。

她眼前的景色一花，最后定格下来的，是厉深那张近在咫尺的脸，好看得犯规。

他把余晚抵在浴室的瓷砖上，呼吸轻轻地拂着她的面颊。余晚看见他腰间围着一条浴巾，抿抿嘴角，不敢看他的脸："你撒谎，你是故意骗我过来的。"

厉深笑了笑，低头抵着她的鼻尖，每说一个字，唇瓣都会轻轻地从她的唇上擦过："你不是也撒谎了吗？你明明没有工作要做。"

余晚的心脏跳得快要爆炸，浴室里都是沐浴乳的味道，连原本应该冰凉的瓷砖都烧得滚烫。

“为什么要躲着我？”厉深的声音越来越低，最后像是轻飘飘的羽毛，撩过余晚的心尖。

余晚不敢直视他的眼睛，只低着头，盯着两人的脚尖。

“晚晚……”厉深叫她的名字，带着彼此心知肚明的情绪。余晚感觉到他贴自己越来越近，却不想推开他。花洒不知道什么时候被碰开了，温热的水流和厉深的吻一起，铺天盖地地洒满自己全身。水流的声音和粗重的喘息声混杂在一起，在这间小小的浴室里回响了很久。厉深不仅闯进了她的生活，也闯进了她的身体。

第二天早上，余晚一觉睡到了十点。睁开眼后第一反应是：完了，上班迟到了！她鲤鱼打挺般地坐起身，身体的酸痛紧跟着提醒她昨晚发生了什么，也让她记起今天是周六。她重新躺回去，脸上滚烫。厉深没在屋里，不知道跑到哪里去了。他搬过来果然是早有预谋啊，正经男性哪会带着安全套搬家的！

她一个人冷静了一阵，拿过自己的手机，发现上面有一条厉深的留言。

阿深：“亲爱的宝贝晚晚，我出去买菜啦！今天中午等我来给你露一手！爱你爱你。”

余晚想，你昨晚已经露了好几手了。

那天中午，厉深买了很多菜回来，也确实给余晚露了一手——差点儿就把她的厨房给烧了，最后两人是点的外卖。

余晚想到这里，不由得一笑，她留意了一下杂志发售的时间，然后点进官方店，先把宝贝加入了购物车。

杂志是第二天上午十点准时开售，分为特别版和普通版，特别版会赠送一张厉深的印签海报，限量三千本。余晚在十点钟的时候，准时点进了自己的购物车，但是她昨天加进来的限量版杂志已经显示失效了。

这才过了几秒钟啊！现在追星女孩儿的实力都这么强大的吗？她不死心地不停刷新着页面，希望谁没有付款而被取消交易，她就可以捡漏了。然而没有，一个都没有。她对着灰下去的“限量海报版”沉默了一分钟，选择了旁边还能继续购买的普通版。

关掉网页，余晚还是不甘心，杂志赠送的海报就是厉深脱衣服那张，她去微博找到同款图片，然后设置成了自己的屏保。设置好后，余晚欣赏了一下，屏幕都还没黑下去，就听赵欣在后面惊讶地道：“原来你也喜欢厉深啊！”

余晚被她吓了一跳，想要掩饰什么般飞快地按掉屏幕，点开了电脑：“我没有啊。”

“那你还用他的照片做屏保！”

“我只是觉得，他的照片当屏保还挺好看的。”

赵欣略无语：“当然，因为人好看嘛。”赵欣习惯性地把办公椅滑到她的身边，兴致勃勃地跟她说，“这张照片是这次的杂志照，限量版的送同款海报哦！”

“哦。”余晚表现得不那么感兴趣，过了一会儿，她幽幽地问，“那你抢到限量版了吗？”

赵欣道：“抢到了呀！我加了一个小群，里面有个妹子专门干这个的，她抢这些东西可厉害了！”

余晚眉头一跳：“还有这种操作？”

“对啊，她一个人抢到了五十本！收到后再给我们快递过来。”

五十本？余晚觉得，真是旱的旱死，涝的涝死。

令她没想到的是，这次限量版杂志发售后引发了一场小风波。跟她一样没有抢到限量版的粉丝还有很多，她们不像余晚一样好说话，再买一本普通版就完事了，她们集体在微博圈了杂志官博，开始骂他们这次限量版搞得有多不科学。

余晚下班回家看见这条消息上热搜时，再次感叹了现在追星女孩儿的强大。不过她们骂得也不是没有道理，限量杂志没有限制每个ID的购买数，确实会有黄牛囤货然后高价卖出。别的不说，帮赵欣买杂志的姑娘不就是靠这个赚钱的吗？

官博被骂得出来道了歉，说这次确实是他们考虑不周，但限量版再开也是不可能的，只能下次改进，追星女孩儿们并不满意，最后还是厉深亲自出来发了一条“限量版自拍”的微博才平息了事态。

杂志风波过去没几天，ABA电视台今年的纪录片也播出了，乔以辰配乐加上厉深配音，巨大的噱头早在年前就引起了关注。有了热度，ABA也以他们精良的制作回馈了观众。这次的纪录片以啤酒作为主题，和上次的红酒主题算是姐妹篇。啤酒在大众眼里要比红酒更亲民、更随意，但看完ABA的纪录片以后，会发现啤酒和红酒一样拥有悠久的历史，并且喝起来可以比红酒更为讲究。

纪录片播出之后，收到了很多好评，不仅收视率创了历年来的新高，网络点击量也是一路飙升。在纪录片的最后，厉深用他特有的温柔低沉的嗓音，缓缓地说道：“今天的所有疲劳，也在一杯啤酒中结束，好梦，宝贝。”

一句“宝贝”，又把他送上了热搜。

“啊啊啊我不行了，深深叫我宝贝了！”

“今晚，我们都是深哥的宝贝！”

“有没有姐妹做了语音版的，我要设置成铃声！”

“好吧，那句宝贝给你们了，深哥的人我抱走了！”

“深深，你才是我的大宝贝！”

这部纪录片余晚也看了，做得真的不错，节目组本身就很用心，乔以辰的配乐和厉深的配音更是锦上添花。至于那句“宝贝”，她只能说粉丝没有听过厉深真正性感的“宝贝”是怎么叫的。

不管怎么说，这个春节，厉深的粉丝过得很热闹充实。正月过后，大家又重新回到了忙碌的工作和学习中，年的氛围也渐渐消退。

2月底，余晚和花艺师一起去了胡娇的别墅，跟她商量花艺的事。这次俞世敏不在，余晚看见胡娇一个人坐在沙发上就放心了。

“胡小姐，这是唯婷花艺的许总，你和俞先生的婚礼上的鲜花都由他负责设计。”

胡娇听了余晚的介绍，略微点头：“唯婷我听过，是国内顶尖的花艺公司了。”

许总忙客气地笑道：“胡小姐过奖了，能为您的婚礼设计花艺，我倍感荣幸。”他恭维完胡娇，把带来的电脑打开，给胡娇讲解起来，“余小姐之前应该把设计方案发给您看过了，因为她为这次婚礼设计的配色是红、橙、绿，所以我们在挑选鲜花的时候，主要选择了红色和橙色色系的花卉……”

他们在这边讨论的时候，厉深正在A市音乐学院彩排。

3月，A市音乐学院要举办校庆，因为是五十周年，所以搞得特别盛大，不仅邀请了很多在幕后工作的知名校友，也邀请了厉深这样的当红歌手。A市音乐学院创办这么多年，为华语乐坛输送了不少歌手，这次虽然没有把所有人都请来，但确定能出席的人也璀璨得像是在办小型演唱会了。

在校生自然是都疯了，尽管今天只是彩排，好多人也按捺不住，跑过来偷看。校方出动了大半警卫力量，保护知名校友的人身安全。

厉深上台的时候，穿了一身低调的黑衣，就连帽子都是黑色的。他戴着墨镜，帽檐又压得很低，几乎看不见脸，但是当音响里传出《心尖刺》的前奏时，围在外面的学生就开始放声尖叫。学校的警卫努力维持着现场的秩序，学生们就在连厉深的面都没见到的情况下跟他合唱完了这首歌。

厉深一彩排完，就被护送着离开了学校，坐回保姆车后，他才把帽子和墨镜摘了下来。一直跟在他身边的小董也长长地呼出一口气，大学生真是充满激情，她好怕刚才他们会突破警卫直接冲进场馆。

“深哥，是直接回家吗？”小董今天不用开车，安心地窝在副驾驶座，看着厉深。厉深接下来没有行程了，他点了点头，道：“嗯。”

司机把车开了出去，厉深透过窗户打量着自己的母校。这里有他很多的回忆，只可惜今天不能好好地看看。

他们是从学校的侧门离开的，这条街有不少小吃，小吃店要到晚上十点过才会收摊。经过一家卖方酥锅盔的小店，厉深的目光动了动，他对前排的司机道：“这里停一下。”

小董紧张起来，回过头来看他：“怎么了？”

厉深道：“那家店的锅盔很好吃，我好久没有吃过了，你去帮我买一个吧。”

行吧，深哥想吃，她怎么能不买。她看了一眼那家不起眼的小店，门口竟然还排着五六个学生：“这个还要排队吗？”

“嗯，这家店的锅盔在我们学校很有名，随时过来买都要排队。”厉深也看向了队伍，“现在排了这几个人，应该二十分钟就能排到了。”

她抹了一把脸，对厉深道：“深哥，我不是不想下去帮你排队，只是你的保姆车有粉丝认识的，万一等会儿有学生认出来，把车给围了怎么办？”

厉深道：“我让司机把车开到前面去，找个隐蔽点儿的地方停车。你买好之后打车过来找我们。”

小董腹诽：他就这么想吃吗？

“好的。”她朝厉深露出一个微笑，打开车门准备下去买饼子了。

“等等。”

小董停下身来回头看他。

厉深道：“买两个，都要牛肉的，多放点儿香菜。”

“好……”

小董下去排队以后，司机便把车开出去了，厉深投在锅盔店的目光也收了回来。

以前余晚最喜欢他们学校的这家方酥锅盔，他经常帮她排队，买给她吃。

几年过去，锅盔店的生意还是一如既往地好，而他和余晚却早不是从前那样。

他从兜里拿出手机，看着屏幕想了一会儿，还是点开了余晚的微信。

厉深：“我今天回了趟学校，正好经过方酥锅盔店，你想吃吗？”

余晚刚到家，看见厉深的消息后，想都没想地回复道：“想！”

余晚：“我已经好久没吃过了！”
厉深：“那我顺便帮你也买一个？”
余晚：“好啊，谢谢！”

厉深笑了一下，问她：“你回家了吗？”

余晚：“嗯，刚到。”
厉深：“那我到家时给你打电话。”
余晚：“好的，我要牛肉的，多放香菜。”
厉深：“嗯。”

他收起手机，有些自嘲地笑了笑。这几年，他一直告诉自己，他已经忘掉了余晚，可他不仅没有忘掉，还连她的口味都记得一清二楚。他微抿着嘴角，戴上帽子靠在椅背上，等小董回来。

过了二十多分钟，小董才拿着两个锅盔找到了他们的车。厉深听见开门的声音，拿下帽子，睁开眼睛看了看她：“锅盔还热吗？”

“不怎么热了，你趁现在吃吧。”她一边爬上车，一边把手里的锅盔递给了厉深。厉深收下，却没有吃，小董看着着急：“老板说要趁热吃啊，否则饼皮就不酥了。”

厉深道：“我就喜欢吃不酥的。”

小董腹诽：那您吃什么方酥锅盔呢，吃馒头不好吗？

厉深回到小区的时候，锅盔只剩一点点热度。他给余晚打了通电话，让她下楼来拿，电话还没挂断，他就听那头传来关门的声音。他忍不住牵起嘴角，她是真的很喜欢吃这家的锅盔啊。

余晚没用一分钟就出现在了他的面前，她连衣服都没有换，直接在薄款的居家服外面套了一件大衣就跑了出来。

厉深把用纸袋装着的锅盔递过去，对她道：“已经凉了，可能吃起来没有刚出炉的好吃。”

“没关系没关系，能吃到我已经很感动了！”她把纸袋接过来，发现里面装着两个牛肉锅盔，“有两个，你不吃吗？”

“不了，晚上吃东西容易长胖。”

余晚心想：哦，那你还给我买了两个。

锅盔都是单个分装的，她拿了一个出来塞到厉深的手里：“你不是要夜跑吗？吃了去跑步，消化掉就好了。”

厉深笑了一声，拿着手里的锅盔，没说什么。余晚咬了一口自己手里的锅盔，虽说已经凉了，但表皮还是有些酥的，她幸福地眯了眯眼，问厉深：“对了，你是怎么去买的？不会被认出来吗？”

“我让助理去买的，今天刚好去那边彩排。”

余晚抬眸看他：“彩排？你有什么演出吗？”

“嗯，马上就是音乐学院五十周年校庆，要举办一场晚会。”

“哦！”余晚好奇地问他，“谁都可以去听吗？”

“当然不是，音乐学院的学生可以去，剩下的都是要有邀请函才能入场的。”

“哦……”余晚失望地垂下眼帘，那是没人给她发邀请函了。

厉深见她这副样子，想了想问：“你想去看吗？你想去的话，我可以帮你要一张邀请函。”

“真的吗？”余晚的眼睛又亮了起来，“晚会是哪天举行？”

“3月5号。”

余晚拿起手机查了一下自己的行程：“啊，我3月5号要去外地见一个婚庆主持，不知道能不能赶回来。”

胡娇的婚礼主持很难找，她打听了这么久，总算找到一个符合要求的，只不过人家在外地，还得她亲自过去面谈。

厉深道：“没关系，我可以先帮你把邀请函拿到，你要是回来了就可以去看。”

“啊，那谢谢你了。”余晚有些不好意思，“又欠你一个人情。”

“我要一张邀请函很容易的，你不用放在心上。”厉深说到这里，看了余晚一眼，“对了，我收到胡娇的婚礼邀请函了，挺漂亮的，那个也是你设计的吗？”

余晚哈哈笑了两声：“是我和设计师一起做的，胡小姐很挑剔，改了好多次呢。”

厉深微微点头，举起手里的锅盔朝余晚笑了笑：“我先回去了，谢谢你的锅盔。”

“不客气不客气。”

等到厉深走远了，余晚才反应过来，锅盔不是他买的吗？

校庆当天，A市音乐学院人潮汹涌，除了在校的学生和受邀的嘉宾，还来了很多媒体。厉深的许多粉丝也闻风而动，拿着“长枪短炮”奔赴现场，但这次学校的安保做得很严，没有邀请函的全被拦在了校门外。

余晚在外地见完了主持人，还没到A市，厉深就已经登台演唱了。微博上很多音乐学院的学生在发视频，还有媒体也在不断地更新报道，余晚拿着手机，在动车上看完了全场。

厉深上台的时候，现场的尖叫声达到了顶峰，《心尖刺》这首歌实在太红，许多不追星的人都因为电视剧对这首歌耳熟能详。余晚看着视频，几乎从头到尾没听清厉深在唱什么，耳边全是现场观众的集体大合唱，不过也不要紧，因为厉深人也好看。看了一眼挎包里厉深给她的邀请函，余晚叹了一口气。她在厉深下台以后，给他发了一条消息。

余晚：“我还是没赶得及，邀请函浪费了。”

早知道这样，还不如把邀请函送给赵欣，让她去现场嗨一把。

厉深被护送着坐上保姆车后，才抽空看了一眼手机。手机上有不少未读消息，他扫了一眼，点开了余晚发来的那条。

现在已经九点过了，余晚竟然还没有回来？

厉深：“你到哪里了？”

余晚：“我还在动车上，还有半个小时就到A市了。”

厉深：“那你到了之后怎么回家，有人去接你吗？”

余晚：“老板说过来接我。”

厉深的眉梢轻轻地一动，他心想：老板？晚上十点跑去高铁站接员工的老板？

厉深：“你的老板就是那天郭经理的婚礼上的魏总吗？”

余晚：“对，他人挺好的。”

厉深哼笑了一声，是挺好的。

“深哥，那家锅盔店还没有关门哎，要我再去帮你买两个锅盔吗？”小董在车子经过学校小吃街时特地往外看了一眼。

今天是正式演出，迟璐也陪着厉深一起来了，她听小董这么说，便问：“什么锅盔？”

小董指了指窗外：“就是那家有学生排队的方酥锅盔，深哥喜欢吃。”

迟璐跟着看过去，见那只是一家小店面，还破破旧旧的，有些诧异地问厉深：“你喜欢吃这个？干净吗？”

“还行吧，学生哪有那么挑剔。”他戴上帽子，对小董说，“今天就不吃了。”

“哦。”小董见他盖着帽子，挡着脸，悄悄地瞥了迟璐一眼，飞快地收回了目光。迟璐的脸色有些不好，厉深一副不准备再搭理谁的架势，她便侧过头去问小董：“你给他买过？吃坏肚子怎么办，是不是录音又延期？”

小董觉得自己很无辜，莫名被迟璐的炮火扫到：“应该不会吧？我买的时候看了，老板做得还挺卫生的，而且这家店开在学校外面，每天卖那么多个给学生，要真有问题，早就关门了吧。”

迟璐面带愠色地看着她：“我看你是跟在厉深身边久了，现在也学会顶嘴了是吗？”

行吧，璐璐姐心情不好，而惹她心情不好的人又一副老僧入定的样子，显然是不打算管。这个哑巴亏，只能她这个小助理吃了：“对不起璐璐姐，我以后不会了。”

迟璐抿了抿唇，靠在椅背上没再说什么。小董回过头，从后视镜里瞧了瞧厉深。深哥最近跟璐璐姐好像有点儿不对盘啊，现在娱乐圈，经纪人和艺人互不对付也不是什么稀奇事，甚至粉丝都天天骂明星经纪人，要真发展到深哥和璐璐姐对抗起来……那她一定坚定地站深哥，哼！

把厉深送回家，小董和迟璐都走了。厉深惯常地夜跑完，回房间冲了个澡。出来的时候，他特地朝余晚家的方向看了一眼，发现她房间的灯已经亮了起来。

他想了一会儿，放下手里的毛巾，给余晚发去了一条消息。

厉深：“到家了吗？”

余晚：“到啦。”

厉深：“你的老板呢？”

余晚：“你说魏总吗？他送完我就走了啊，现在应该也快到家了吧。”

厉深：“哦，那你早点儿休息，晚安。”

余晚微微偏头，看着她和厉深的聊天记录，有些疑惑。他发这条消息，到底是想知道她到家没有，还是想知道魏总到家没有？他什么时候这么关心魏总了？她也给厉深回复了一个“晚安”，拿着睡衣去浴室泡澡了。

音乐学院这个校庆晚会狠狠刷了一波热度，外界纷纷推测，他们今年的招生会迎来一个小高峰。招生会不会迎来新高还不得而知，但是厉深重返母校这件事，把他大学的恋情给引出来了。最先发这则消息的是个经常爆料明星八卦的营销号，有个自称是A市音乐学院的学生的网友给他投稿，说厉深在大学时交往过一个女朋友，还十分高调，几乎整个学校的师生都知道。

大橘为重003：厉深读书的时候就很受欢迎了，他谈恋爱那会儿，学校女生还伤心了好长一段时间。他的女朋友不是我们学校的，还比他大，两个人经常在学校里撒狗粮。

大橘为重003：我们学校的四号琴房是传说级别的琴房，好多歌坛的大神都在那间琴房练过琴，厉深也是。因为是锦鲤琴房，所以很难预约，凡是约上的，都喜欢在里面留下几句豪言壮语。

大橘为重003：现在这间琴房四面墙都被写满了，厉深在里面练琴的时候也写过，不过他和别人写的都不一样，你猜他写的啥。

大橘为重003：他在墙上画了一把伞，伞下一边写厉深，一边写Lily。

大橘为重003：可以说是十分“丧心病狂”了。我还有图片，一起发给你。

营销号把私信内容贴出来，不到一小时就冲上了热搜第一，其他媒体也跟着蹭热度，争相报道“厉深大学恋情”的新闻。

这则消息上热搜后，最先受到冲击的肯定是厉深的粉丝。吃瓜路人本以为厉深的粉丝会哭天抢地，然后微博就会变成大型脱粉现场，再激烈一点儿的话，说不定后援会都会宣布解散！然而，这些操作通通都没有出现，厉深的粉丝都在忙着骂黄越——今年《天籁之音》第二名那位。

“‘大橘为重003’这个小号的‘皮下’已经被扒出来了，就是黄越家的粉，大家不要被带节奏，专心骂黄越就对了。”

“黄越巨巨家真是每次都恶臭，毕竟比赛的时候黄越就抢过深哥话筒，粉丝这么做也只能说随主子了。”

“我们深深女孩儿谁不知道深深大学时谈过恋爱啊，他自己比赛的时候就说过，Lily这首歌是他大学的时候写的。这首歌不是真的爱过写不出来，大家都心知肚明的好吗？倒是你家挑歌谣榜之前搞事，什么心思自己知道。”

“哈哈哈哈哈，黄越的粉丝还以为爆出深哥大学的恋情，我们就要集体脱粉，就没有人给深哥投票了，哈哈哈哈，他家粉丝真甜啊。”

“没什么想说的了，就坐等歌谣榜打脸吧。”

余晚这两天很忙，她听说这个消息，还是周晓宁打电话告诉她的。周晓宁当时开口第一句话就是“你和厉深大学的事被曝光了”，吓得余晚差点儿突发心脏病。

她用最快的速度登上微博，见事态并没有她想的那么糟糕，悬着的心才慢慢地落回了胸口。但她还是担心厉深，想着厉深现在可能正焦头烂额，她不好打扰，便只给他发了微信消息。

余晚：“我看到微博了，你那边现在怎么样？这件事会不会对你造成什么影响？”

余晚：“如果有什么需要我做的，你尽管告诉我。”

厉深刚从经纪人处得知这件事的时候，是真的慌了一下，看完爆料人发的所有消息后，他万分庆幸自己当初写的是Lily这个名字。如果他当时写了余晚，那现在余晚该怎么办？想到这里，他就觉得黄越的嘴脸又可恶了几分。

“现在事情远没有我们想象中的那么糟糕，我觉得你连回应都不用了，歌谣榜举办完了后，这件事自然就过去了。”

华语歌谣榜和音乐盛典是乐坛最有分量的两个颁奖典礼，一个在年初，一个在年底。3月中旬，歌谣榜就要正式拉开帷幕，厉深是今年最大的黑马，很多人都看好他。

“就像你粉丝说的，到时候用奖项说话。”迟璐对厉深道。

厉深坐在沙发上，随口应了个“嗯”。他的语气听不出什么情绪，迟璐沉默了一下，问他：“这个大学的女朋友，是不是你说的前女友？”

“嗯。”

“是不是叫余晚？”

厉深抬起头，看着迟璐，眼神是她从未见过的锐利：“你是怎么知道余晚的？”

迟璐嗤笑了一声，看他这个反应，就知道自己猜对了："你可能不知道，你说梦话的时候叫过她的名字。"

厉深抿紧嘴角，皱着眉头不说话。

迟璐收起脸上的笑意，语带警告地开口："我不管你的前女友是谁，也不管余晚是谁，总之你最好都断干净点儿，你猜下次要是爆出你的现任女友，你的粉丝还会不会这么帮着你？"

厉深垂眸看着地上，过了半晌，才开口道："我知道自己在做什么。"

迟璐的嘴角动了动，还是把到嘴边的话忍了下去："这样最好，你最好不要拿自己的事业来开玩笑。"

厉深蹙着眉："我是个歌手，我的事业是我的音乐，只要音乐好就够了，跟创作音乐的人是不是单身有什么关系？"

"如果你长得丑点儿，那确实没多大关系。"

厉深沉默了一下，道："你的意思是，她们都只是喜欢我的脸，并不喜欢我的音乐，是吗？"

"我不是这个意思。"厉深的实力迟璐当然清楚，他的两首歌传唱度都很广，早就出圈了，绝对不是粉丝音乐，但这并不代表粉丝就不喜欢他的脸了。

"该说的我都说了，你自己好好地想想吧。"迟璐说完，拿着包走出了厉深的休息室。厉深从抽屉里翻出余晚爱抽的那种烟含在嘴里，轻轻地吐出一口气。等心情稍微平复一些后，他找到自己的手机，想登录微博，却发现有两条余晚发来的消息。他读完以后，回复道："没什么影响，公司会处理的。你不用担心。"

余晚一直在关注事件的动态，第一时间就看到了厉深的回复。她正在给他编辑回复内容的时候，手机又响了一声，是微博特别关注的提示音——厉深发新微博了。

厉深V：不好意思，因为我的私事在网上引起这么大的讨论，占用大家的时间和网络资源了。对于这件事，我也进行了深刻的反省，在此郑重地跟大家道歉：我不该在学校琴房的墙上乱涂乱画，破坏学校的公共财产。也请大家引以为戒，自觉爱护公物，做一个讲文明、有素质的人。

第五章　止不住心动

厉深回应的微博和他恋情曝光的微博一样，快速登顶微博热搜。粉、黑、吃瓜路人看见这个热搜后，纷纷好奇地点进来，想看他是怎么回应的，然而所有人都没猜到竟然是这么清奇的姿势。

“哈哈哈哈哈哈哈，本来特别讨厌明星这些破事上热搜，看了这个回应，我决定粉了。”

“深哥简直泥石流，你说得对，如果当初不乱涂乱画，就没这些破事，哈哈哈哈哈哈哈哈！”

“A市音乐学院的学生来说一句，其实在四号琴房涂鸦算是我们的一个校园文化吧，学校重新刷一次墙其实很容易，只是因为上面有很多已经成为歌坛大咖的师兄师姐的墨宝，学校舍不得刷罢了。”

“一直觉得身边的人吹厉深吹得太过了，直到今天看见微博，发现厉深不仅有颜、有才华，还有有趣的灵魂，真香。”

“感谢深深今天给我们上了一堂生动的思品课，也请大家响应深深的号召，自觉爱护公物，做一个有素质的好公民。”

“天啊，深哥真的太可爱了，想那啥。”

“深哥这个回应出来，已经没有人记得最开始是什么事了，顺便上面的热评，我也想……”

余晚看完厉深的回应，沉默了两秒，默默给他点了一个赞。

厉深大学恋情的事就算这么揭过去了，虽然黄越的粉丝还咬着他不放，但华语歌谣榜近在眼前，各家也没有多余的精力去吵架，都在集中火力给自家投票。歌谣榜几个大奖中，观众唯一能直接参与的就是“年度最受观众喜爱男/女歌手”这个奖项，因为这个奖项是纯粹按照投票数高低选出来的。这是厉深第一次入围歌谣榜，粉丝自然想有个好的开头，都铆足了劲儿给他投票。

余晚也每天抽空给厉深投票，赵欣更是每天在公司群里发红包，号召大家去给厉深投票。她觉得在追星这件事上，还是赵欣更加专业。

虽然厉深出道还没满一年，但他是知名选秀综艺出身，再加上他唱了热播剧的主题曲，国民度还是够的，因此，直到这次投票截止前，他的票数都在第一位。

余晚坐在胡娇的大别墅里，等她从楼上下来的时候，顺便把今天的票帮厉深投了，余晚刚锁上手机，胡娇就敷着面膜，慢悠悠地从楼上走了下来。最开始胡娇和她见面时，每次都是精心打扮过才出来的，造型还不带重样。几个月过去，胡小姐也不再为她浪费化妆品和时间了。

余晚见她走过来，主动把电脑和一个包装精美的礼盒递了过去。胡娇低头看了一眼，问她：“这个里面装的什么？”

她因为敷着面膜，说话嘴型不能太大，所以声音听上去便有些僵硬。余晚朝她笑了笑，把礼盒打开，里面整齐地摆放着几款不同造型的红色蜡烛：“这是这次婚礼现场要用到的蜡烛，店主把样品做好了，让我拿给您看看。”

胡娇拿了一支蜡烛，仔细地看了看。这支蜡烛乍一看就是普通的红色，但细心点儿就会发现，每支蜡烛都不是纯粹的红色，而是有不同的暗纹。

“这支蜡烛很漂亮，还有香味。”

“对，这些都是香薰蜡烛，店主是跟我们合作的甜品店老板推荐的。”

胡娇点了点头，把手上的蜡烛放回原位，又拿了另一支出来打量：“我记得跟你们公司合作的甜品店是郁氏？”

“呃，不能算郁氏，是郁总太太的店铺，不过胡小姐要是喜欢，我们也可以联系郁氏的甜点师。”魏邵把公司总部搬到A市来，就是想利用他在A市的人脉，和各行各业的精英合作，打造高端婚礼。

“这家店叫monster？我好像听过。”

余晚道：“这家店是网红店，您可能在微博上看到过，本来我听说是网红店还觉得不太靠谱，去实地看了后，发现店主的手艺和创意都很不错。”

“嗯，这几支蜡烛我还都挺喜欢的。”

余晚听她这么说，在心里松了一口气：“那我就正式和店主签约了，婚礼上要用到的蜡烛数量有些多，店主需要有足够的时间准备。”

“嗯，就照着这样做吧。”胡娇看完蜡烛，撕下脸上的面膜，饶有兴味地打量着余晚，“对了，你之前跟我说，你和厉深是大学时期的朋友？男女朋友那种朋友吗？”

为什么胡小姐这么爱打听她和厉深的八卦？余晚露出一个尴尬又不失礼貌的微笑，没有答话。胡娇反而更有兴趣了：“前几天厉深的大学恋情曝光，我就猜他的女朋友是你。不过你们是怎么分手的？网上的粉丝都在感谢厉深的前女友和他分手。”

余晚笑着打开电脑，对胡娇道：“胡小姐，婚礼主持人的事，我还没有和您说。”

“哦。”胡娇勉为其难地看向了电脑，“就是这个吗？看上去和我的要求不符合啊。”

余晚忙道："是这样的，她的净身高只有一米五六，她平时上台主持都穿着很高的高跟鞋，在台上的打扮也比较成熟，她私下很喜欢穿Lolita小裙子，因此总体而言，她还是符合要求的。这里有一套她拍的LO装写真，您可以看看。"

余晚换了一个文件夹点开，文件夹里面有十来张照片，这些照片的风格和该人之前在台上的照片风格大相径庭，不仔细看的话，很难发现这是同一个人。

胡娇把照片看完，点点头："这么看上去还可以。"

"我找了很久，她的外形是最符合要求的，如果没问题的话，就看看您喜不喜欢她的主持风格了。"

余晚说着，点开了一个视频合集，胡娇站起身，对她说："等下再看，我先去洗个脸。"

"好的。"余晚微笑着目送胡娇离开。

和胡娇把主持人的事谈完，天已经黑了，幸好胡小姐还是比较有人性，又派了胡家的司机送她回去。

到小区后，余晚下意识地朝厉深的别墅看了一眼。自从春节后，她就很少在小区里见到厉深了，就连丽丽都很少出现在院子里了。她每天工作都很忙，厉深的工作也多了起来，自从上次送锅盔之后，他们是不是都没再见过面了？虽然就住在隔着几步路距离的地方，但又好像隔着很远。他们下次见面，该不会是在胡小姐的婚礼上吧？

她一个人在楼下站了一会儿，才走进了自己的单元楼。

几天之后，华语歌谣榜的颁奖典礼正式举行，对乐坛来说，这是一年一度的盛典，对余晚来说，今天只是个普通的工作日。

赵欣从上班开始就很兴奋，一方面是因为歌谣榜，另一方面是她今天终于收到有厉深印签海报的限量版杂志了。她一接到快递的电话，就屁颠屁颠地去前台签收，回来的时候，厉深的海报已经被她打开拿在手里了。

"余晚，你看，是不是很帅！还有签名！"赵欣走回座位，在自己的办公桌前比画着，似乎是想找一个地方把海报贴起来，“算了算了，这种海报还是贴在自己的卧室里比较好。”

因为没有经过第二道转手，所以余晚买的普通版杂志比赵欣更早收到。她瞄了一眼赵欣的海报，右下方印着一个金色的签名：“这个签名是印上去的啊？”

“印上去的也是签名！”赵欣道，“去年《天籁之音》刚比完那会儿，星耀出过一套明信片，都是厉深的亲笔签名，我抢到了！要不要我明天带来给你看看？”

“不用了，谢谢。”她才不稀罕。余晚对着自己电脑上的图片出神。她记得厉深刚开始出去唱歌的时候，整天觉得自己马上要红了，还在家拼命地练习了一晚签名，后来余晚翻了一下他练习签名的小本本，上面写的竟然全是自己的名字。

她当时就语塞了，这小孩儿是准备出去给别人签“余晚”吗？后来厉深还乐呵呵地把这个签名本送给她了。现在这个本子放在哪里了呢？应该是在老家吧？余晚寻思着，下次回家的时候，要顺便找找这个本子。

晚上六点，歌谣榜红毯走秀开始了，明星一个接一个地入场，微博上各种图透也满天飞。余晚这个时候都还没下班，她下午又跑了一趟十里山水，和负责现场布置的人对接。

这次余晚没坐动车，魏邵直接让她买了飞机票，说公司一样给报。飞机坐起来确实节约不少时间，余晚坐上飞机后就睡着了。等她醒过来，飞机已经落地了，她上网看了一眼歌谣榜，结果已经出来了。

厉深今晚一共拿到了三个奖项，分别是最佳新人、最受观众喜爱男歌手和年度十佳金曲奖。这三个奖项里，最佳新人是由评委团评选的，最受观众喜爱男歌手是大家投票投出来的，而年度十佳金曲，是主办方统计了过去一年国内外各大音乐平台歌曲的播放量、销售量，以及各大门户网站的搜索指数、社交平台热度，排出的十首年度最具影响力的歌曲，这也是歌谣榜设置的所有奖项里最具含金量的一个。

厉深排入十大金曲的歌是他去发行的Lily，名列第四，前三分别是丁檬、顾信、司马潇潇的歌。虽然厉深没有挤进前三，但这已经是很好的成绩，不仅粉丝开始狂欢，媒体的稿件也都用厉深做标题。

余晚把电脑装进随身携带的大包里，等坐上地铁之后，又把电脑拿了出来。歌谣榜无疑是今晚最热门的话题，余晚打开微博，感觉全世界除了她在上班，其他人都在追星。

歌谣榜的官方微博下，已经拥有了几百万的评论。

“恭喜今晚获奖的所有歌手！去年一年辛苦啦，今年也要继续努力哦！”

“我檬主今天美爆了！乔以辰也很帅！恭喜获得十佳金曲第一名！”

“啊啊啊啊啊顾信！啊啊啊啊啊啊厉深！我爱你们！”

“热评竟然没有我司马潇潇的姓名吗？”

“厉深拿了个第四，比别人拿第一的还高调，粉丝脸真大。”

“回某热评，首先，厉深的Lily是下半年才发行的，前三的歌都是年初发行的，有更多的时间积累数据；其次，前三都是大佬，厉深还在拿最佳新人，你们脸才不要太大，金曲榜上就没有你家姓名。”

“哈哈哈哈，媒体喜欢用深哥的名字博眼球，这也是深哥的错咯？某家没混出圈的粉丝，就不要在这里酸了。”

“你深靠着蹭电视剧的热度出圈，也好意思拿出来说，真是丢人现眼。”

“对对对，深哥的热度都是电视剧给的，你说人家电视剧怎么就没请你越去唱主题曲呢？”

“热评竟然吵起来了，真精彩。”

“路人说一句，我觉得厉深的《心尖刺》和《最后的旅程》不存在谁蹭谁的热度，它们成就了彼此，缺了哪一个都没有现在的效果。”

“粉丝就别装路人了，恶心！”

余晚看完热评的吵架，已经完全清醒了，她发现大家不上班只追星，也是很累的。但不管怎么说，厉深今晚拿了这么多奖，还是值得高兴的，余晚觉得自己有必要恭喜他一句。

余晚：“恭喜你今晚喜提三座奖杯！”

厉深：“谢谢。”

余晚愣了一下，她以为厉深现在肯定很忙，没想到他竟然秒回了。

余晚：“你今晚很帅哦！”

厉深：“你看了颁奖礼？”

余晚：“我只看到了图片，我今天在十里山水看现场，才回来。”

厉深：“你们工作一直是这么忙吗？”

余晚：“也不是，主要是胡小姐这个单子太大了，事情非常多。”

厉深：“这样的话，你们可以接一单，玩半年。”

余晚：“我也想玩，但工作不允许。”

余晚：“我出地铁了，等会儿再和你说。”

厉深：“嗯。”

余晚走出地铁，又拿手机看了一下厉深的图片。他今晚是真的很帅，黑衬衫搭配白西装，西装上还不知道加了什么，在舞台上闪闪发光。她一路收了不少图片，走回小区里时，一抬头就看见楼下站着一个穿白西装的男人——白西装还在月光下闪着微弱的光。

余晚愣在了原地，厉深回过头，看向了她。余晚这一刻心跳得飞快，眼前的场景让她觉得是那么不真实。她前一刻还在图片上看的男人，下一刻就站在了自己的面前。他和图片上的样子分毫不差，就像是忽然从图上走到了她的跟前。此时的厉深令余晚感到既熟悉又陌生，他们两人曾是热恋的情侣，有过世界上最亲密的接触；而白西装造型的厉深是舞台上令无数粉丝尖叫的巨星，那是余晚从未涉足过的世界。

“回来了？”厉深自然地开口，嗓音是惯常的温柔低音。

余晚稳了稳心神，总算找回了自己的声音：“嗯，你怎么在这儿？”

厉深垂眸笑了笑，看向她问：“我家住在旁边，我在这里很奇怪吗？”

“不是……”余晚发现一遇上厉深，她的表达能力就退化到了幼儿园水平，“我是说，你没参加庆功宴什么的？毕竟你拿了那么多项奖。”

厉深道：“没有，我参加完颁奖典礼就直接回来了，明天还要录歌。”

“哦……”

“我觉得有些闷，在小区里走了走。”厉深看着她，她今天还是一副通勤的打扮，肩上挎着一个大包，看着就很重，脚上穿的是一双平底靴，看来上次扭脚以后，她还是学乖了些。

厉深说完这句话，两人就安静了几秒，厉深有些懊恼，也有些自嘲。今天拿完奖以后，他没来由地就很想见余晚，回来的时候发现余晚家的灯是暗的，就干脆在这里等起了她。现在好不容易把人等回来了，他却又不知道该和她说些什么。他看着站在那里的余晚，忽然觉得，他也许本来就不是想和余晚说什么的，他只是想见见她。

“嗯……再当面恭喜你一次，拿了这么多项奖，感觉怎么样啊？”余晚憋了这么一会儿，终于憋出了一个可以延伸的话题。

厉深轻笑了一声，对她道：“感觉有点儿梦幻，说句欠揍的话，金曲榜前三的人，尤其是顾信和司马潇潇，我是听着他们的歌长大的，没想到还有跟他们同台领奖的一天。”

“哈哈哈哈哈哈哈。”余晚被厉深的话逗笑了，“你敢再说一次吗？我给你录下来，发到网上，你马上又可以上热搜了。”

厉深也跟着低声笑了起来，余晚笑完，好奇地问他：“歌谣榜的奖杯长什么样啊，可以看看吗？”

“奖杯放在车里了。”厉深回头朝自己车库的方向看了一眼，“你要过去看吗？”

“好啊！”

她兴冲冲地跟着厉深走到了他的车库。车库里停着两辆车，一辆是余晚之前见过的越野，另一辆就是厉深今晚参加颁奖典礼的座驾。

厉深打开车门，对余晚说：“三个奖杯都在里面，装在箱子里，有些沉。”

他提了一个箱子出来打开，里面装的是金曲榜的奖杯。奖杯是金色的，最上面的数字代表着这是第几届，下面的小字便刻着得奖的歌曲和排名。

余晚有点儿想伸手去摸，最后还是忍住了：“这个是纯金的吗？”

“那个话筒是纯金的。”

“那也不错了，这个话筒也不小了！”

厉深笑了笑，弯下腰去拿另外两个箱子。余晚也好奇地往里面瞟着，厉深退出来的时候，正好从她的跟前擦过。两人贴得很近，车库又没有开灯，昏暗的空间瞬时滋生出几分暧昧。厉深一时间忘了动作，余晚也像被人施加了定身咒，呆呆地站在那儿，退也不是，进也不是。厉深的呼吸均匀地落在余晚的脸颊上，带着灼热的气息，他被无数粉丝称赞过的睫毛，在空气中轻轻地颤了一下。余晚的心也跟着颤了一下，她看着厉深的唇离自己越来越近，马上就要贴上自己的唇了。被厉深顺手丢在后座的手机忽然响了起来，突如其来的铃音宛如打破了某个魔咒，令两人从梦境中清醒过来。

厉深的睫毛又颤了一下，他移开目光，接起了电话："妈妈？嗯，已经回家了，嗯，谢谢。我会的……"

余晚听着厉深和他妈妈讲电话，脸颊慢慢地烧了起来。刚才厉深是想吻她吗？可更糟糕的是，她刚才竟一点儿都没想躲。她抿着嘴角，用手机打出"我先回去了"几个字，递到厉深的面前给他看了看。

厉深还在听他妈妈说话，他看着余晚背着包，飞快地走进夜色中，眸色沉了沉。他刚才差点儿就要吻上余晚了，如果妈妈没有打电话来，他是不是已经亲上去了？他们现在不是情侣，这个举动明显越了界，他却控制不住自己，在他还没意识到的时候，已经这么做了。

"深深，你在听吗？"

"在。"厉深道，"我会照顾好自己的。"

"那就好，工作也不要太拼了，还是身体要紧。"

"嗯。"厉深顿了顿，对他妈妈道，"妈妈，谢谢你打这通电话。"

"你这个孩子，怎么和自己的妈妈说话都这么客气了？"

厉深笑了笑，没回答，如果没有这通电话，余晚最后应该是甩了他一巴掌然后离开的吧。

余晚这天晚上做了一整夜的梦，梦里都是厉深的睫毛、厉深的眼睛，还有厉深落在自己身上的吻。

第二天早上醒来，她苦涩地牵起嘴角，果然是春天要到了吗？她竟然开始思春了。

可能前一晚的事让两人在事后都感到尴尬，余晚和厉深又有好几天没有联系。再次见到跟厉深有关的人是在3月底，余晚下班回家时，见到一个在小区里遛丽丽的女性。这个女性和上次那个女性又不一样了，丽丽见到余晚，倒是一如既往地热情。和丽丽打完招呼，余晚看着遛狗的女孩儿，问她："你是？"

“哦，我是狗主人的表妹！”

她回家以后，找到厉深的微信，给他分享了一首歌过去。

厉深正在外地录制一档综艺节目，要4月初才返回A市，节目录制中途休息时，他靠在练习室的墙上，把手机拿了出来。

他是把余晚的消息置顶的，一打开微信，他就看见了她分享过来的《你究竟有几个好妹妹》。

“噗。”厉深没忍住，笑出了声，他点开键盘回复她，“你是不是又看见我的助理了？”

余晚：“和上次的小董不是同一个人。”

厉深：“嗯，小董跟我一起来外地录综艺了，这是小苏。”

余晚：“OK。”

厉深：“我不放心把丽丽交给别人照顾，而且它去新环境会不适应，都是让助理来我家。”

余晚：“哦，那你啥时候回来，丽丽一个人待久了不会闹吗？”

厉深：“会，它可厉害了，上次我发烧就是因为它半夜把我被子叼走了。”

余晚：“哈哈哈哈哈哈哈哈哈哈哈。”

厉深：“我再过几天就回来了，你要是有空，也可以去找丽丽玩，我看它挺喜欢你的。”

迟璐坐在一边，看厉深一边发消息一边笑，她的眉头轻轻地蹙了起来。小董也偷偷地打量着厉深，琢磨着，深哥这是有情况啊？这怎么看都像是在和女朋友发消息啊。她心里虽然有这个想法，但是什么都没说，反正璐璐姐也在这儿，要有什么事，也轮不到她插手。

晚上节目录制完以后，厉深回酒店冲了个澡，出来时收到助理小苏发来的几张丽丽的照片，说丽丽闹情绪都不好好地吃饭。

厉深正想和丽丽视频，就听见房门被敲响了，他探出身子，朝门口的方向问了一句："谁？"

"是我，迟璐，我来和你说一下明天的安排。"

厉深从床上下来，走过去给迟璐开了门。迟璐只穿了一件浴袍站在门口，厉深略微皱了皱眉，问她："璐璐姐，你怎么穿成这样就过来了？"

迟璐道："我刚洗了澡，懒得换衣服了。"

厉深抿了抿唇："你穿着睡衣在我的房间，要是被其他人看见，不知道会传成什么样。"

迟璐道："没这样严重吧，大家都知道我是你的经纪人。"

"还是回避一下好，平时你不是老跟我说，一定要注意吗？"

迟璐的嘴角轻轻地动了动，还想说什么，住在不远处的小董打开房门，朝他们的方向看了过来："璐璐姐，深哥，有什么事吗？"

厉深见她出来，便道："璐璐姐说讨论一下明天的安排，你也过来吧。"

"哦，好。"

小董带上门，朝厉深的房间走过去，迟璐在她过来之前，转过身往自己的房间走："我换套衣服。"

小董看着她走进房门，小声地问厉深："深哥，璐璐姐怎么了？"

厉深侧开身，走回了屋里："不知道。"

小董又看了一眼迟璐的房间，跟在厉深之后走了进去。

厉深在外地一共待了七天，完成了综艺节目的录制。返回A市后，他有一天的休息时间，然后再继续录歌。他离开的这几天，丽丽快把家里给拆了，他差点儿怀疑它是一只伪装成柴犬的哈士奇。

"我一不在家，你就要上天了是吗？"厉深坐在地毯上，捏着丽丽的脸。丽丽不满地朝他一顿乱叫，仿佛在说："你这个负心薄幸的男人！"

厉深笑着揉了揉它，对它道："我听小苏说你都不好好吃饭，可是看上去还是一点儿没瘦啊，捏着肉感十足。”

“汪汪！”

丽丽快要骑到厉深的头上了，厉深把它弄下去，安抚道：“行了，我收拾一下东西就带你去散步。”

“汪汪！”丽丽并不买账，似乎想让他现在立刻带它出去。厉深拿它没办法，只好牵着它出门了。

他身份特殊，很少选大白天在小区里闲逛，平时要是遛狗，也是挑在天黑之后。今天为了带丽丽出门，厉深特地戴上了帽子，偶尔经过一两个小区住户身旁，他都会刻意地再把头埋低点儿。

半路上，竹竿给他打了通电话，厉深有些意外，竹竿怎么想着给自己打电话了？接起来后，竹竿说的话更令他意外。

“其实吧，那个，我打算结婚了。”

他万万没想到，他们寝室第一个结婚的人竟然会是竹竿。

“和谁？”

“还能是谁，当然是陈思啊！”

陈思是竹竿毕业后交往的女朋友，厉深也是退伍之后才听竹竿说起这事儿的，没想到，一转眼两人都要结婚了。他拉着走在前面的丽丽，跟竹竿说：“恭喜你了，婚礼打算什么时候办？”

“那个吧……”竹竿不好意思地笑了两声，“其实我还没跟她求婚。”

厉深腹诽：那你说这么多干吗呢？

“你不是最受女生欢迎吗？我便想请教你，怎么跟女生求婚比较好。”

厉深道：“受女生欢迎那是天生的，我没琢磨过这个。”

他哼了两声，对厉深道：“那我就找Lily了，反正我知道她的游戏号。她是做婚礼策划的，肯定知道怎么求婚比较好吧。”

厉深道：“婚礼策划主要是负责你求婚成功之后的事。”

竹竿觉得自己人生中最失败的事情就是有厉深这个室友。

“你别在游戏上敲余晚了，她之前玩游戏都是为了工作，现在很少上线，你要真想找她，我帮你问问。”

“真的吗？”竹竿喜出望外，“深哥你真是我的好兄弟！”

“少来这一套了，有消息了我再联系你。”

“好嘞！”

厉深挂断电话后，特意绕到余晚家的楼下。现在是白天，她家里都没有开灯，也看不出来她在不在家。他围着余晚住的那栋楼转了一圈，看见她家的生活阳台上晾着一件男士衬衫。

厉深脚下的步子猛地一顿，眼睛眨也不眨地盯着那件男士衬衫。余晚应该是刚洗过衣服，阳台上晾了毛衣、外套，还有裙子，而就在这些衣服中间，有一件洗得干干净净的男士衬衫。他跟余晚重逢以来，虽然没有明确地聊起过这个话题，但看得出来她还是单身，可是为什么她家的阳台上会出现男人的衣服？难道就在他去外地录节目的这几天，她交到男朋友了？厉深的眉头紧锁，是她的老板吗？叫什么来着，魏邵？

他站在楼下看了一会儿，牵着丽丽走回了别墅。丽丽在外面遛了一圈，似乎还没有玩够，到了院子里，还闹着厉深跟它一起玩。厉深把它平时喜欢的玩具拿过来，关上院子门走了出去。

余晚就住在挨着他的别墅的47栋，3单元602号。单元楼下还有门禁，厉深试着输入房号按下呼叫键。

今天余晚正好没去公司，胡小姐也没有传唤她，她难得地放了一个小假。不过说是放假，她待在家里也不是玩，还是要继续忙工作。听见可视机突然响起来，她跑到玄关处看了一眼，按下通话键后，屏幕上出现了厉深的脸。

余晚微微一愣：“厉深？”

厉深听见余晚的声音，压下心中翻腾着的一股怒意，还算自然地跟余晚打了一个招呼：“嗯，你在家啊。”

“嗯，我今天刚好放假。”余晚说着，先给厉深打开了楼下的门禁，厉深看了一眼发出响声的门，推门走了进去。

坐电梯上到六楼时，余晚已经打开门，站在门口等他了："你怎么忽然过来了？是有什么事吗？"

"嗯。"厉深略微点头，见余晚递了一双拖鞋出来，是余晚之前从他家里穿走的那双。

余晚这时也才想起，这双拖鞋一直忘了还："啊，这双拖鞋每次都忘记还给你。"

"没事。"厉深换好鞋子，在她的房里看了起来。

余晚关上门，跟着他走进了客厅："你是什么时候从外地回来的？"

"今天。"厉深说着，就往她的生活阳台走，"你这里装修得还不错，可以参观一下吧？"

"可以可以。"余晚哈哈笑了两声，"都是宁宁帮我弄的，我都没怎么操心。"

厉深穿过饭厅，走到生活阳台。晾衣竿上确实挂着一件男士衬衫，他没有看错。余晚跟着他的视线看过去，见他在看那件男士衬衫，顿时有些尴尬："啊，那件衣服是宁宁给我的。"

"宁宁？"厉深回过头，面露疑色地看她。

余晚解释道："宁宁说单身独居的女性，家里要挂一点儿男人的东西才安全，她买衬衣的时候，帮我也买了一件，让我晒衣服的时候一起挂上。"

厉深的眸子微动，应了一声："哦，这样啊。"心里憋着的那团气忽然就烟消云散了，他沉吟了片刻，对余晚道，"那你只挂一件够吗？我家里还有很多衬衣，要不我再拿两件给你吧？"

"啊？"

"还有裤子，裤子需要吗？"

"不用了，谢谢。"余晚别过头去，咳了一声，"小区的安保做得还是挺到位的，应该没什么危险。"

“还是防患于未然好些，你一直挂同一件衬衣，看上去太假了。”

“哦……”余晚摸了一下鼻尖，岔开了这个话题，“对了，你找我有什么事？”

她这么一问，厉深才想起被自己忘在九霄云外的竹竿：“是竹竿，他想跟女朋友求婚，想问问你有没有什么法子。”

余晚有点儿惊讶：“竹竿要结婚啦？”

“嗯，前提是他求婚成功。”

余晚笑着道：“发展到跟女朋友求婚，应该都有一定感情了吧。我这边可以帮他介绍甜品师，他们除了做婚宴甜品台，也做求婚甜品台的。”

厉深想了想，问她：“只要一个甜品台就够了吗？”

“也不是，先让竹竿选好一个求婚的地点，然后甜品师会去布置，这个跟婚礼现场的甜品台差不多，还是需要鲜花和蜡烛装饰的，主要还是看他预算是多少，想做简单点儿还是精致点儿。”

厉深考虑了一会儿，对她道：“这方面我也不是很懂，你看你什么时候有空，能直接和竹竿讲一讲最好。”

余晚知道，竹竿是厉深大学时最好的朋友，现在他要求婚了，她也乐意帮忙：“胡小姐的婚礼29号就举行了，我之后都得忙婚礼现场布置，不确定什么时候有空，要不你问问竹竿今天有没有空。”

“好，我现在给他打电话。”

厉深就在余晚家给竹竿打的这通电话，竹竿听他说帮忙约了余晚时，整个人都有点儿蒙：“你们两个原来在游戏外也有联系吗？竟然说约见面就约了？”

厉深无视了他的问题：“你有空吗？”

“有有有，你说个地点吧。”

厉深想了一下，道：“就在我家吧。”

约别的地方，不仅他和余晚要跑，而且他露面也不太方便，不如直接让竹竿过来。

竹竿那边一听他说约在他自己的家里，就又炸了一次：“她连你家都去过了？你们两个到底是不是复合了，你就老实说吧，我绝对不会去爆你的料。”

“你还想不想求婚了？先把自己的事整明白吧。”

他挂断电话，对站在一旁的余晚道：“我跟竹竿约了在我家见，他现在过来，要不我们过去等他？”

“行。”余晚应了一声，朝自己的卧室走去，“我去换身衣服，顺便把电脑带上。”

厉深站在客厅等她，顺便参观了一下她家的客厅。余晚家的装修是时下流行的简约北欧风，沙发、茶几、电视柜都用的白灰色系，墙上的挂画选的是粉色——和她抽的那种烟很像。厉深在客厅看了一圈，没有看到烟盒，不知道她是不是已经戒烟了。

“我好了，走吧。”

余晚的声音从后面传来，厉深回头朝她看了过去。

因为是休息日，所以她的打扮比上班时要随意许多，一件蓝白条纹的衬衣外面套了一件宽松的白色套头毛衣，下身搭配一条深色牛仔裤，右耳的头发习惯性地拢在耳后，露出今天戴的一对粉樱耳钉。

她把黑色的大挎包背在肩上，朝厉深笑了笑：“下去吧。”

“嗯。”厉深收回目光，跟她一起走出了门。

丽丽还在院子里玩耍，见他们回来，便奔跑着凑了上去。余晚蹲下跟它打招呼，厉深轻轻地拦了一下丽丽，对余晚道：“它刚散步回来，又在院子里跑了这么久，爪子有点儿脏，别把你的毛衣弄黑了。”

“汪汪！”丽丽不满地朝厉深叫了起来，仿佛在说：“你说谁脏呢？”

“我把它的爪子擦一下。”厉深把专门给丽丽擦爪子的毛巾拿过来，把它的四个爪子都擦干净，然后抱进了屋里，“进来吧。”

“好。”余晚跟在他身后，一走进客厅便吓了一跳，“你家里这是怎么了？”

她上次过来，厉深的客厅还是收拾得很整齐的，这次不仅长得好好的绿植被打翻了，泥巴撒了一地，连白色的墙壁上都有几道黑黢黢的爪印。余晚想，刚才厉深给丽丽擦爪子是正确的。

“全是丽丽的杰作，它现在脾气大得很，一个不开心就要拆家。”

丽丽乖巧地坐在一边，睁着大眼睛看他，仿佛在说：“你在说什么？丽丽不知道，不是我做的。”

厉深捏了捏它的脸，起身对余晚道：“我今天刚回来，还没来得及收拾，本来想打扫一下的，丽丽又闹着要出去散步。”

他把沙发简单地整理了一下，跟余晚说：“你先坐一下，我把地上的土扫了。”

余晚放下包，倒是没坐：“我来帮你吧，竹竿等会儿不是就要来了吗？两个人打扫快一点儿。”

厉深看了她一阵，开口道：“好。”

厉深扫地的时候，余晚一直在研究那盆绿植，她从花园里挖了些土过来，重新把它栽回了花盆里，也不晓得还能不能活：“丽丽，你真是太捣蛋了。”

“汪！”丽丽蹲坐在旁边看着她，眼神清澈又无辜，眼睛大果然是有优势的。

两人刚收拾好，竹竿也到了，丽丽听见有人过来，好奇地跑了过去。竹竿站在门口，见门开了后一只柴犬便冲了出来，下意识地一愣。他记得厉深是养了一只狗，还在微博发过图片，厉深的粉丝看见后，争着想变成被厉深抱在怀里的那只狗。

厉深跟在丽丽身后，也从屋里走了出来，竹竿看见他，热情地挥了挥手：“深哥，好久不见啊！”说完，他又觉得不对，遂改口道，“好久没在现实里见啊！”

厉深的眉梢跳了跳，看着他道："别说得我们好像是网友一样好吗？"

竹竿嘻嘻笑道："只能在网上见到你，可不是网友吗？"

他话音刚落，余晚也从屋里出来了，竹竿见一个女人从厉深的家里出来，本来想尖叫两声的，看清是余晚后，他强压下出口的惊叫，看着她道："天，你是Lily吗？你比以前漂亮了好多啊！你现在跟深哥同居了吗？"

厉深走过去，把他拎进了屋。竹竿被他拽着衣领，不停地求饶："别别别深哥，你力气怎么这么大，我现在胖了快四十斤了，你竟然一把就把我提起来了！行了我错了，我知道你当过兵力气大了！"

竹竿被扔进屋以后，余晚站在客厅里，看着他尴尬地笑了笑。厉深关上门，带着丽丽一起进屋了，竹竿看他过来，赶紧坐好，整理了一下自己被抓乱的衣服："Lily，好久不见啊。"

"好久不见。"

竹竿一喊Lily，丽丽就在旁边叫了两声，厉深抱着它坐到了沙发上，看着竹竿道："余晚很忙，你有什么事就尽快说。"

竹竿啧了一声，转过头去笑眯眯地看着余晚："深哥跟你说了吧，我打算跟女朋友求婚，我想着你可能比较有经验，就想跟你取取经。"

余晚把特意背过来的电脑点开，给竹竿看了一些求婚的现场："这里有些现场照片，你可以参考参考。另外，你是想在室内求婚，还是在室外？"

竹竿想了一阵，问她："你觉得呢？"

"嗯……这个都可以，主要看你们喜欢哪种，还有就是根据预算来定。"

竹竿挠了挠头："我看你的这些照片都好漂亮，肯定都很贵吧。"

"方案可以根据预算变，简单有简单的做法。如果你的预算不是很多，我建议可以把钱留到之后婚礼用，毕竟求婚完了还要结婚对吧？”

“对对，我也想把钱都花在刀刃上，之后把婚礼弄得好点儿。”

“那我们可以把求婚做简单些，室外的话，只要有个天台就行，铺一片假的小草坪，做一个甜品台，还可以准备一点儿烟花，因为用到的鲜花和蜡烛量都不多，所以可以都交给甜品台去做。”

竹竿听得连连点头：“哦哦。”

“室内的话，可以直接在甜品店里面做，他们会帮你布置，还提供拍照服务。”余晚说着，又给竹竿翻了几张照片，“这种应该就差不多，有天台的也有甜品店的，看你喜欢哪种。”

竹竿看了一会儿，又挠了挠头：“我看着都挺好的，要不你帮我拿主意吧！”

厉深斜眼看他：“到底是你求婚还是人家求婚？有点儿主见好吗？”

“在专业的策划师面前，我的主见一文不值！”竹竿肯定地说。

余晚想了一下，提议道：“要不就做室外吧，你家或者女方家的天台都可以，肯定还是要比在室内节约一些，而且约过去也比较自然。”

“嗯，你说得对！”

余晚笑了笑，问他：“你的女朋友平时喜欢什么颜色呢？”

竹竿道：“她啊，就喜欢粉粉嫩嫩的。”

“那我们把甜品台做成珊瑚粉的，你觉得怎么样？”

竹竿将“毫无主见”贯彻到底：“我觉得全按你说的做就可以！你比深哥可靠多了，我觉得这次求婚十拿九稳了！”

旁边的厉深淡淡地瞥他一眼：“要是最后求婚失败了，也是你自己的锅，别赖别人。”

竹竿不满地瞪着他：“你这个人怎么回事呢？不能说点儿好听的吗？怎么张嘴就是求婚失败呢！”

厉深低头笑了一声，余晚把方案简单地写了一下，跟竹竿说：“那我今天回去就帮你联系甜品师，要提前跟她约时间，因为接下来就是结婚的旺季了，他们会很忙。”

“好的好的。”竹竿听她说完，扭扭捏捏地看着她，“那你帮我做这些方案，是怎么收费的呢？”他虽然没有结过婚，但也知道这些策划师都不是免费的，越是有名的策划，收费就越贵。

余晚笑道：“大家都是朋友，我也没做什么，怎么好意思收你的钱。到时我把你的诉求都给甜品台那边说说，让他们报个价，你再看价格合不合适，如果不合适，还可以再谈。”

“好的好的，那麻烦你了。”竹竿感动地想上去跟余晚握手，被厉深不着痕迹地按回了沙发上。竹竿呵呵笑了两声，对余晚道：“到时候我的婚礼，你一定要来啊，不用送礼金的！”

余晚收起电脑，笑着道：“那不行，礼金还是要送的。我先回去了，等你的好消息。”

“好的好的，谢谢了啊！”

余晚走了后，竹竿侧头看着厉深，眼神微妙：“你和Lily现在算是怎么回事？”

厉深逗着丽丽，回答得心不在焉：“需要跟你汇报吗？”

“行行，你的事我管不了，不过我提醒你啊，人家Lily现在可和以前不一样了，你看她现在多漂亮啊！追她的人肯定很多！”

厉深终于抬眸看了他一眼：“她以前不漂亮吗？”

“以前不是不漂亮，只不过以前是个刚出学校的小女生，现在成熟了，更有气质了啊！短发很适合她啊，看上去又时尚又专业。”竹竿搭着他的肩，问他，“你就没想过再把人追回来？我跟你讲，追女人最讲究效率，你慢一步，她就是别人的了！”

厉深的心里忽然涌起一股烦躁，他甩开竹竿的手，开口道：“行了，我自己心里有数。”

“行吧。”竹竿站起身，也没有再继续劝他，“那我也先走了，记得帮我再感谢一下Lily啊。”

“嗯。”

竹竿也走了，厉深一个人坐在卧室里发起了呆。他去外地之前，特地把放在客厅的吉他挪回了自己的卧室，看来是极其明智的，否则吉他现在的下场可能和那盆绿植差不多。他从卧室的小沙发上起身，拿过挂在墙上的吉他。吉他的背面贴着一张小小的心形贴纸，因为时间久远，所以已经有些褪色。

厉深的手指轻轻地从贴纸上摸过，这张贴纸，是当年余晚给他贴上去的。

大四正式开始放寒假时，厉深也开始找工作了。

因为要靠吉他吃饭，所以他决定先给自己换个新的吃饭的家伙。他现在那把吉他已经很旧了，而且也是入门的款，从各方面来说，都应该淘汰了。唯一的问题是，他想新换的那把吉他，找熟人代购都要一万多块，还不能分期付款。他在学校的时候，跟同学一起接过一些商演活动，再加上他平时从生活费中省下来的，东拼西凑只能凑够一半，剩下的一半真是一筹莫展了。如果跟家里要，他妈妈肯定会给他，可他实在开不了这个口。他朋友那里，便宜点儿的吉他也可以帮他拿，他身上的钱刚好够支付。这几天他一直在犹豫，到底是先买把便宜的吉他用着，还是一步到位，把自己想买的吉他买回来。

余晚见他这几天动不动就对着手机叹气，终于忍不住问他：“你怎么了？找工作不顺利吗？还没走出校门的大学生都是这样啦。”

厉深看了她一眼，眼神委屈巴巴的：“我还没去找工作，不过就算去了，别人一看见我背的吉他，估计就不会要我了吧。”

“呃……你之前不是说想换吉他吗？还没选好吗？”

“选好了，就是太贵了，买不起。”厉深说到这里，叹出一口气道，“算了，我还是先买那把便宜的吧，等赚到钱后再换好了。”

余晚好奇地凑到他跟前，问他：“是有多贵啊，把你都愁成这个样子了？”

“一万多块呢，你说气不气！”

余晚微愣，看着他道：“怎么这么贵？我们大学的时候，宁宁也突发奇想地学了一阵吉他，她那把才几百块。”

“因为东西不一样啊。”厉深从手机里把自己喜欢的那把吉他点出来，献宝一样地跟余晚说，“这个是吉他里的顶尖品牌了，就像你们女生用的最贵的那种护肤品。”

余晚觉得这个比喻很传神。

接下来的几分钟里，厉深从吉他的面板材质、琴弦、音色、音阶差距等各方面给余晚分析了这把吉他为什么要卖这么贵。余晚虽然没怎么听懂，但她看出来了，厉深是真的很喜欢这把吉他。

她想了想，道：“我觉得既然你这么喜欢，干脆直接买这把，你说的便宜点儿的那把也要好几千块，不如多添点儿钱把这把买了，对吧？”

厉深皱了皱眉：“可是即使我把存的钱全部加上也只有一半，刚好够买便宜的那把。”

一万多块的吉他对现在的他来说，负担还是太大了。

余晚道：“我转正不是涨工资了吗？我这几个月也存了点儿钱，可以先借给你啊，不过可能还会差点儿，我们再想想别的办法。”

厉深愣了愣，看着余晚的那双眼睛亮晶晶的，像是一汪池水。过了一会儿，他还是义正词严地拒绝道：“不行，我吃你的住你的，怎么可以再拿你的钱。”

余晚眨眨眼，看着他：“可是我也睡了你啊。”

这些是他卖身的钱吗？

“行啦，就几千块，还是我借给你的，等以后你出名了，要加倍地还给我。”

厉深终于还是心动了，他往前一扑，像只大狗一样地抱住了她：“晚晚你真好！我肯定会把钱还给你的！”

“行行行，知道了。”

厉深认认真真地给余晚写了一张借条，还按了红手印，搞得余晚觉得自己像放高利贷的。之后厉深还是给他妈妈打了电话，问她要了两千块，总算是勉强把钱凑齐了。

收到吉他的那天，厉深开心得要飞起来，那晚他抱着余晚做得比以往都久，也比以往任何一次都要缠绵。结束的时候，不仅余晚累得一点儿力气都不剩，厉深也是气喘吁吁的。可他的脸上还是挂着笑，他拨开余晚汗湿的头发，在她的额上吻了一下：“晚晚，我觉得我是世界上最幸福的人。”

“哦……”

“晚晚！”

“又怎么了？”

厉深注视着她，眼里的深情快要漫出来，而余晚就是那个溺水的人：“晚晚，等我毕业后，我们就结婚吧。”

余晚的眼睛微睁，似有些出神，厉深没有等到她的答复，又闹了起来：“晚晚，你都把人家吃干抹净了，难道你想不负责任吗？

“你要对我始乱终弃吗？

“还是你觉得我伺候得你不够舒服？”

“好了别说了，行吧。”

余晚松了口，厉深却愣住了，他过了好一会儿，才狂喜地看着她：“晚晚你答应啦？老婆！”

“啊，不过虽然你答应了，结婚这么大的事还是要见家长吧？”厉深自己说着，又紧张了起来，“我一定要趁毕业前赶紧找份好工作，这样才能去见岳父岳母啊！”

余晚一听到他提自己的妈妈，眸色就沉了沉，她没给厉深说过，她来A市，是背着她妈妈自己执意过来的。要是她妈妈知道她不仅在这边交了男朋友，还打算跟他结婚，会气死的吧？

厉深不知道这些，为了和余晚结婚，他全身心投入了找工作之中。音乐学院出来的学生不一定都会当歌手，有的可能会去教音乐，有的可能会当创作人，有的甚至可能改行。但厉深一直是想和唱片公司签约，正式以歌手的身份出道的。因为他在学校里的表现和自身的条件都比较好，学校的老师说会帮他留意这方面的消息，如果有合适的机会，就会把他推荐上去，但同时也跟他说，这事儿还是要讲缘分，急不来。

厉深的那把吉他，几乎花光了他和余晚的所有存款，两人的生活也一下子过得紧紧巴巴——平时爱吃的零食都不能吃了，外卖也不敢点了，家里最多的口粮就是超市里临期的方便面。虽然余晚从来没抱怨过什么，两人在一起，就算吃泡面都很开心，但厉深也没有一直在家等着老师的消息，他学着师兄师姐的样子，跑去酒吧，想找一份酒吧驻唱的工作先做着。

清南巷是A市著名的酒吧一条街，很多歌手的起点都在那儿。厉深也去了清南巷，这里酒吧虽然多，但不是每一家都要歌手的，而原本就有歌手的酒吧，也不会再招聘一个新歌手。

厉深的运气好，有家原本没有歌手的酒吧，因为老板喜欢他唱的歌，所以就让他留下试试。第一天是试用，老板也不确定突然来一个歌手，酒吧里的常客会不会喜欢，但厉深可能天生就是当明星的料，他往那里一站，大家的目光自然就集中在了他的身上。这天晚上，厉深演唱的效果非常好，客人都喜欢他，老板就让他留下来了，工资和其他大多数酒吧一样，十天结算一次。

厉深回家以后，兴奋地抱起余晚转了一圈。余晚也为他高兴，她煮泡面的时候，还奢侈地在里面加了一根火腿肠以示庆祝："恭喜你顺利地迈出第一步！未来乐坛的新星就要升起啦！"

"谢谢你，晚晚！"厉深的眼睛里泛着闪亮的水光，看上去十分感动，"等我红了，我们就可以买丽泽公园旁边的大房子了，再养一只狗！"

"嗯！"余晚对着丽泽公园的方向举起泡面，"我们总有一天会搬过去的，来，干杯！”

“干杯！”

酒吧的工作通常都是二十一点、二十二点才开始，要到凌晨一二点才结束。厉深开始在酒吧唱歌以后，余晚就都是一个人睡觉了。晚上睡得迷迷糊糊的时候，她会忽然听见浴室有水流的声音，过了一会儿，有人钻进被子里，贴着自己的背，从后面抱住自己。余晚知道是厉深回来了，她在他的胸膛蹭两下，然后很快再次入睡。

在酒吧演唱的第十天，酒吧老板给厉深结算了第一次工资，工资并不高，但足够他和余晚两人改善生活了。厉深拿到钱，第一时间把余晚约出来，说今晚请她吃饭。地点还是定在了星光百货，两人开开心心地吃了一顿火锅，手拉着手在商场里逛了起来。商场已经开始上春装了，很多冬季的衣服在打折，厉深说要去给余晚买一件，余晚考虑了一会儿，还是决定把买衣服的钱用来买吃的。

厉深拉着她的手，看着她道：“那我们去楼下的超市吧，买好吃的！”

“好！我要吃薯片！”

“行！每种口味给你买两包！”

两人嘻嘻哈哈地朝前走着，经过一家女鞋专卖店前时，余晚的眼光忍不住朝里面瞄了两眼。

厉深敏锐地察觉到了，他跟着她看过去，问她：“你想买鞋吗？”

余晚摇了摇头：“不想，这家的鞋很贵的。”

厉深的目光动了动，余晚现在的神情，分明和他当初看见吉他时想要却又要不起的样子如出一辙。

“我之前跟过一场婚礼，新娘子的婚鞋就是这个牌子的，这家店的高跟鞋真的好好看啊。”余晚又看了两眼，拉着厉深往楼下走了，“走吧，我们还是去买薯片吧！”

“嗯，好。”

后来厉深又自己来了这家店一次，店里鞋子的价位确实很高，他看了几双觉得不错的，价格都是五位数，他最后只能对售货员抱歉地笑笑。

他一笑，售货员的心花也就跟着怒放了，漂亮的导购小姐主动跟他说："这几双都是春季新款，如果你真的喜欢，我可以帮你申请折扣，最低可以八五折拿到。"

厉深心算了一下，哪怕是八五折他也买不起，他把鞋子放回去，对导购道："我现在钱不够，不过我总有一天会买得起的，谢谢你。"

他说完，就走了出去，导购看着他的背影，心想：是哪个女人这么好运啊，找到一个这么可爱的小男朋友！怎么我就遇不到呢！

这以后，厉深每次拿到结算的工资，就会带余晚去星光百货腐败一次，剩下的钱一部分用来当日常开销，一部分存起来，想给余晚买高跟鞋。

虽然每次存进去的钱都不多，但中国人最不缺的就是恒心和毅力！厉深坚信，愚公可以把山移了，精卫可以把海填了，他也一定可以给余晚买到高跟鞋的！

他在酒吧唱歌期间，也遇到了一些问题。厉深过于优秀，因此没用多久便在清南巷唱出了名号，很多来这里喝酒的人都听说这边有个男大学生在唱歌。要在酒吧唱歌，唱得好肯定是先决条件，而厉深不仅唱得好，还是个长得帅气的男大学生，这自然吸引了更多的客人来看他。酒吧老板自然是高兴，他的生意蒸蒸日上，厉深却被女客人骚扰过不止一次，还有大胆点儿的直接给过他房卡。

厉深解释过很多次，自己是有女朋友的，可还是有很多女客人喜欢撩拨他。这些事厉深都没有跟余晚说过，只让老板想办法解决。直到有一次，余晚偷偷地跑去酒吧听他唱歌，差点儿以为这天是酒吧的女士之夜——在厉深周围坐着的全是女客人，还是穿得特别性感的那种。

余晚自然不高兴了，晚上回家都不搭理厉深，厉深一脸委屈地看着她道：“晚晚，虽然有很多女客人对我有非分之想，但我一直很洁身自好的！”

余晚看了看他：“我妈妈就常说，男人的嘴，骗人的鬼，你现在当然这么说。”

“我没有，不信你问酒吧老板啊！”厉深差点儿就要指天立誓了，“我已经给老板反映过这个问题了，他说了以后会注意让客人和歌手保持距离的！”

“哼！”

“那你要怎么样才不生气了嘛！”厉深说着说着，又不自觉地开始跟余晚撒娇。

余晚想了一会儿，道：“那我要在你的吉他上签个名，让大家都知道你有女朋友了。”

“啊？”厉深呆住。

余晚说做就做，直接从抽屉里拿了一瓶指甲油出来，朝厉深勾起嘴角笑了笑：“就用指甲油签吧，我看看签哪里比较合适。”

厉深见她真的准备过去签，拼死护住了自己的吉他：“没用的啊，我说过好多次我有女朋友了！她们就是不听！”

“你说和我在上面签名的效果是不一样的！”

“啊啊啊，晚晚！这把吉他是我们花了一万多块钱买的，你真的舍得吗？！”

余晚的动作顿了顿，好像是有些舍不得：“那我签在背面？”

厉深拼命地摇头。

最后余晚不知从哪儿翻出来一张贴纸，把上面的一张红心撕下来，贴在了吉他的背后。

厉深看着那张褪色的贴纸，轻轻地抿起了嘴角。那个时候他觉得有情饮水饱，现在他还愿意和余晚挤在一间小屋子里吃泡面吗？

不。他不能忍受余晚跟着自己过得这么惨。竹竿问他，有没有想过把余晚再追回来，在他看见余晚的家晾着男士衬衫而想冲上去打人的那一刻，他知道自己是想过的。当兵的那两年，他对余晚狠心地和自己分手耿耿于怀，他用尽一切办法逼迫自己忘记这个人，可是他没有做到。和余晚重逢的这半年，他一次次做着自嘲的事，每次都质问自己怎么就这么没出息，然而下一次还是会这么做。他不想再这样了，分手的事已经过去这么久，他不想再被这个困住脚步，既然忘不掉，就遵从内心的想法去做吧。

他翻过吉他，指间轻轻地扫过琴弦，弹出了Lily的前奏。丽丽听见他房里的声音，跑过来挠他的房门，厉深朝门的方向看了一眼，微微地勾起嘴角。

胡娇的婚礼近在眼前，余晚这阵子肯定忙得不可开交，虽然竹竿说追女人重在时效，但他还是等胡娇的婚礼结束再去找余晚吧。

厉深估计得没错，余晚这些日子确实忙疯了。他们公司有专门负责布置婚礼现场的同事，但因为胡娇的婚礼现场很大，又很复杂，所以人手不够用，还找了外援。余晚作为婚礼的总策划师，现场的一草一木都得亲自过目，对于各个环节的把控都不敢有一分松懈。

因为十里山水离A市还是有些远的，最后一周的时候，大家直接住在附近的酒店，方便进行会场的布置。胡娇关心的孔明灯效果，也经过了几次修改，最后才让她点头。

4月26日，婚礼举行了第一次彩排，主要是新人和双方的父母以及伴郎、伴娘熟悉流程，在主持人的引导下，彩排井然有序地进行，到了伴郎上台发表祝词的时候，伴郎却因为紧张而频频忘词。上台发言的伴郎是俞世敏的发小，样子看上去虽是一表人才，但他一站在台上，说话就开始不利索了。

胡娇在下面听他磕磕绊绊地说着，眉头也皱了起来，伴郎自己说了一会儿，实在说不下去了，便停下来问余晚：“我到时候能拿着稿子上台吗？”

胡娇的眉头又是一跳，余晚赶紧上前道："这样吧，你们的稿子我全背下来了，到时候我给你一副耳机，我在下面说一句，你重复一句就可以。"

"那行。"

"我让人拿一副耳机过来，我们先试试。"余晚找同事要了一副耳机，自己戴上麦，和伴郎彩排了起来。

除了伴郎这个小插曲，第一次彩排流程还算顺利地拉完了，回到酒店，余晚累得动都不想动，躺在床上分分钟就能睡着。就在她真的要这样睡着的时候，放在包里的手机忽然响了，她迷迷糊糊地找了半天，才把电话接了起来。

"你好。"

对面的人听见她的声音，先顿了一下，似乎有点儿意外："你睡了吗？"

这嗓音立刻让余晚清醒了过来，她把手机拿到眼前看了看，来电显示上确实是"厉深"两个字。

"没，刚回酒店，只是有些累。"

厉深问她："我看胡娇的朋友圈，你们今天在彩排？"

"对。"

"还顺利吗？"

"嗯，还行，后天还要再彩排一次。"余晚说着，走到沙发上坐了下来，"你最近工作好像也挺忙的，29号能来吗？"

"嗯，那天的行程空出来了，不用录歌。"

余晚笑着道："看来胡小姐的面子真的挺大啊。"

厉深也跟着笑了起来，他的笑声在寂静的夜晚听来，似乎比白天更容易让人沉沦。

"对了，我打电话是想告诉你，竹竿今天求婚了。"

余晚微微地坐直身："真的吗？成功了吗？"

"嗯，成功了，他的女朋友说很喜欢现场的布置，特别是那个珊瑚粉的甜品台。”

“哈哈，那就好，他们的婚期定在什么时候啊？”

“说是6月份，不过他听说你接了个三千万的单子后，就不敢找你做策划了。”

“哈哈哈哈哈哈，也没这么夸张啦。”

“他们婚礼的事你就不用操心了，专心忙你的吧。”厉深正说着，丽丽就凑了过来，像是知道电话那头是余晚一般，它一个劲儿地对着电话叫。

余晚道：“是丽丽吗？声音听上去好精神啊。”

厉深一边按住丽丽，不让它捣乱，一边回应余晚：“嗯，大晚上的又开始叫了，看来它真的是想被人拿去做狗肉火锅了。”

“你别吓着它。”

“汪汪汪！”

厉深笑了一声：“它的胆子就是太肥了，无法无天了已经。”

“汪汪汪！”

“我要去教育一下丽丽，就不打扰你了，你早点儿休息。”

“好，你也早点儿休息。”

“嗯。”厉深顿了顿，又道，“我们29号见。”

余晚觉得这就是一句普通的告别语，因为他们29号都会出现在胡娇的婚礼上，可莫名地，她的心情变得暧昧起来，可能夜晚总是让人变得更感性吧。

“嗯。”她应了一声，结束了和厉深的这通电话。很神奇地，和厉深聊完之后，她就像泡了一个热水澡，身上的疲劳感都消退了。余晚笑了一下，放下手机去浴室洗澡了。

第二次彩排比第一次进行得更快，流程是没有什么问题了，但余晚担心新人的心理会有什么问题。很多新娘在结婚前都会产生焦虑感，严重的，可能会临阵退缩，余晚就遇到过在仪式开始前拉着她跟她说不想结婚的新娘。为了避免这种情况发生，余晚想着提前去关怀一下新人的心理健康。

胡娇和俞世敏今晚都住在十里山水这边了，明天的婚车也只是象征性地在马路上跑跑。不过按照规矩，新郎新娘今晚还是分开住的，余晚先给胡娇打了电话，说想跟她最后确认一下明天的事宜。胡娇飞快地应了两声，让她直接去自己的房间。

胡娇住的是十里山水最好的房间，余晚找过去以后，刚敲了一下门，就听里面的胡娇道："门开着的，直接进来吧。"

"好的，打扰了，胡小姐。"余晚推门进去，一走到客厅，就看见胡娇敷着面膜，手指在键盘上敲得飞快。

胡娇看都没有看她，只专心地盯着自己的屏幕："我正在和世敏打游戏，你先坐一会儿吧。"

她觉得新人的心理没有任何问题，但她的心理可能需要有人来关怀一下。

"对了，你不是也在游戏里有号吗？你要不要登录上来，今天我和世敏用另一个号又办了一次婚礼，准备了9999个99.99元的礼包，你也来领一个吧。"

余晚简单地跟胡娇聊了两句，提醒她晚上早点儿睡觉以后，就毅然决然地离开了。

婚礼当天，余晚早上五点过就起来陪新娘做妆发。因为举行仪式时会穿游戏里的古风婚服，所以胡娇特地把自己的金发染成了黑色。新娘的打扮总是格外耗费时间的，余晚看着天色从一片漆黑变成阳光普照，胡娇总算是在吉时之前把妆发弄好了。

按照步骤走完迎亲的流程，新郎开始在外面迎接陆续到场的宾客，而新娘回到梳妆间，开始换第二套喜服。特约的摄影师和摄像师全程跟拍她，余晚见这边暂时没什么事，便去到现场又逛了一圈。刚走过去，就有点儿被眼前的阵容吓到。虽然她早就有心理准备，这次婚礼会来很多明星，但真的在现场看到后，还是很震撼的。

余晚平时不追星，认识的明星也不多，现场有很多看着像明星的人，她叫不出名字，但她能叫出名字的，全是娱乐圈里的一线大咖。

“余晚，你过来啦！”赵欣的手里拿着一杯红酒，她脚步飞快地朝她走去，“天哪，我以为上次看见厉深就像在做梦了，今天更像是在做梦！”

余晚点点头：“嗯，是有点儿梦幻……”

“对吧！”赵欣激动地用眼神示意她看四周，“你看见了吗？莫榛莫天王啊！他好久没在国内的活动上露面了！寰宇的面子就是大呀！”

余晚问她：“和莫榛聊天的是谁呀？也是明星吗？”

“不是，那是寰宇的股东，宋南川啊！你不知道吗？他的老婆是裴缨啊！”

“哦，我知道，还是和莫榛一起演过电影的那个。”

“对对，俞凯泽和温可也来了，厉深今天也会来，《最后的旅程》剧组凑齐了！”

余晚扯了扯嘴角：“厉深不是唱主题曲的吗？也算剧组人员？”

“算啊，为什么不算！啊啊啊，可惜不能要签名啊！不行，我要偷偷地拍点儿照！”赵欣说完，又风风火火地走了。

余晚笑了一声，没再关注明星，自己在现场逛了起来。和各部门的工作人员确认工作一切正常后，余晚正准备回去找胡娇，就听有人在后面叫了自己一声：“余晚。”

余晚回过头去，见厉深穿着礼服站在她的身后。这已经是她回国之后第二次在别人的婚礼上遇见厉深了，他的打扮和上次有所不同，余晚没想到他会为了配合新人的礼服穿了一身偏中式的服装。

“在忙吗？”厉深问她。

余晚点点头，道：“嗯，正准备去看看胡小姐那边怎么样了。”

厉深略微点头：“那你先去忙吧，等会儿有机会再聊。”

“好。”余晚看了看他，对他笑笑道，“你今天这身很好看。”

迟璐过来找厉深的时候，厉深还微扬着嘴角。她哼笑了一声，走上去问他："刚才那个就是今天的婚礼策划师，余晚？"

厉深敛起脸上的笑意，看向她问："你有什么事吗？"

迟璐抿起嘴角，对厉深这种反应有些不满，但想到这是在胡娇和俞世敏的婚礼上，她还是没有发作："寰宇的俞总想和你聊聊。"

在这种大量红人名流聚集的地方，大家互相应酬实属正常，厉深比较意外的是，找自己的是寰宇的人："俞总找我？我没打算拍电影。"

迟璐没跟他讨论以后会不会向影视圈发展的问题，直接道："应该是找你给电影唱歌。"

寰宇这几年的电影是票房和口碑双丰收的，特别是和著名推理作家幸心合作的侦探系列，更是刷新了华语电影的票房纪录。"寰宇"这两个字如今成了华语电影的品质保证，厉深虽然没有考虑过往影视方面发展，但还是愿意跟他们合作电影歌曲的。

他跟着迟璐去找俞总，余晚这会儿也返回了新娘准备室。胡娇还在弄妆发。

胡娇和俞世敏的仪式定在晚上六点举行，胡娇从早上起来，就只在上婚车前吃了点儿东西，余晚怕她太饿，便走上去问她需不需要吃点儿什么。胡娇饿是真的饿，但她怕吃了东西会有小肚子，穿礼服不好看，便只跟工作人员要了点儿水。

举行婚礼仪式的妆发和服装都弄好后，就陆续有人过来找她合照。胡娇虽饿着肚子，倒是笑得十分配合，余晚在心里感叹胡小姐也是十分有专业精神的。

晚上六点，仪式正式开始，宾客就座以后，新人没有在著名的《婚礼进行曲》中登场，而是在响起的游戏里的婚礼配乐中登场。俞世敏站在"湖泊"前，胡娇的爸爸领着胡娇，从宾客中间穿过，然后把她交到了俞世敏手中。

两人从泛着涟漪的"湖面"上走过，停在了象征爱情的大树之下，主持人引导他们说完誓言，然后从身上拿出了和游戏里一模一样的红线。婚戒就系在红线的两头，他们为对方戴上了戒指，完成了仪式。

因为天还没有黑，所以这会儿还没到放孔明灯的环节，新娘又去换衣服了，宾客也开始用晚上的正餐。

这次婚礼，胡娇包了整个十里山水，也没有邀请任何媒体采访，因此婚礼的图片在网上很少，即使有，也是从现场宾客处流出去的。最开始的几张极具游戏感的现场一角图，引起了游戏玩家的强势关注，而那张像极了游戏高手榜的宾客座位表，更是在微博上引发了热烈讨论，不仅是因为这个创意和精致的布置，还因为座位表上的宾客名字——说来了半个娱乐圈，真是一点儿都不夸张。

胡娇和俞世敏的婚礼就这样被人民群众送上了热搜，连游戏都跟着蹭了把热度。

天色暗下来以后，宾客也用完了餐，主持人将大家再次请到了仪式现场，欣赏接下来的孔明灯燃放。胡娇和俞世敏已经站在了“湖泊”之中，他们手捧着一盏孔明灯，在众人的注视中，拿起笔在上面写下了期望爱情长久的心愿。散发着暖黄微光的蜡烛在风中轻轻地摇曳，胡娇和俞世敏慢慢地松手，看着孔明灯缓缓地升空。四周的LED屏配合完美地播放起了大片孔明灯上升的画面，在现场灯光的营造下，显得既梦幻又壮观。这些“孔明灯”上升的速度、位置的分布、蜡烛的颜色包括灯光的配合，都是经过无数次的修改，才达到现在的效果的。

宾客席传来惊叹的声音，有人拿手机把这个画面录下来，发到了朋友圈，被人转到了微博上。

视频最开始流出来时，还有网友以为是真的放了这么多孔明灯，大肆指责有钱人办场婚礼是多么只顾壮观而无视安全，没过多久，就被打脸打到肿。胡娇这场婚礼，就在没有邀请任何媒体的前提下，连上了两次热搜，各大公众号也紧跟热点，纷纷写了他们婚礼的推送。

婚礼结束以后，不用赶行程的宾客今晚就在十里山水住下了，反正整个酒店都被胡娇包下了。余晚在大家都走了后，留下来做现场的收尾工作，明天得把这里还原。

她还在跟相关人员交代工作的时候，魏邵就来了。余晚看见他，有些意外地道："老板，你怎么过来了？"

魏邵今天也参加了胡娇的婚礼，这会儿正准备回A市，他过来本来是想问余晚要不要一起走，但一看到这里的情况后，就知道她肯定是不会走了："我过来看看，你们今晚就要拆完吗？"

"拆不完，而且有些操作的声音会比较大，要等白天再做。"

"嗯，那你弄完也早点儿休息，我明天还要见客户，今天先回去了。"

余晚点点头，应了声"好"。

厉深一过来，就看见余晚在和一个男人说话，那个男人的模样还有些面熟。哦，这位好像就是她的老板，魏邵。他在原地站了一会儿，走上去叫了余晚一声："余晚。"

厉深的声音很有辨识度，在场的几个女性工作人员听见后，不约而同地朝他看了过去。魏邵也回头看向了他，认出是厉深后，明显有些惊讶。余晚整个人都有些蒙，她和厉深在郭经理的婚礼上见面时，还装作是陌生人，之后再见面也都是私下，厉深像这样当着这么多人的面跟自己打招呼，还是第一次。

"你还没忙完？"厉深的面上倒是看不出任何不自在，他走上前，用熟稔的口气问着余晚。余晚哈哈笑了两声，以缓解自己略微紧张的情绪："啊，现场的拆除工作还没弄完。"

厉深皱了皱眉，似是有些不解："现场的拆除也要你亲自做吗？"

"呃，倒是不用我动手，只是有些地方需要沟通，避免之后出什么差错。"

"嗯。"厉深应了一声，看向了余晚旁边的魏邵，"你是韶华的魏总吧，我们之前在郭经理的婚礼上见过。"

魏邵点了点头："你好。"

"你好。"厉深跟魏邵打完招呼，又去问余晚，"你今天要回A市吗？我马上准备走了，可以顺便载你。"

余晚在魏邵疑惑的目光和工作人员好奇的目光中，笑着解释道："我和厉深刚好住在同一个小区。"

魏邵一愣，问她："就是丽泽公园那边？"

"对，哈哈，我也没想到这么巧。"

魏邵觉得是挺巧的，只不过……他转过头，又看了厉深一眼，以男人的直觉来说，厉深过来跟他打的这个招呼，笑里藏刀啊。他朝厉深笑了笑，问："你这样捎余晚回去，会不会被误会？你的经纪人那边也同意了吗？"

"我的经纪人已经走了，我和助理一起回去。车子直接就开进小区了，狗仔应该还没办法进到小区里。"

余晚越听越像她和厉深在搞地下恋，连忙终止了这个话题："我今晚就住这边，胡小姐帮我安排了房间，明天上午我再回公司。"

魏邵和厉深的注意力果然被转移了，厉深没流露出什么情绪，魏邵想了想，对余晚道："你明天下午再来公司报到就可以。"

"好。"余晚刚说完，就看见了上次帮厉深遛狗的小董，她眨了眨眼，看着厉深，"你的表妹来找你了。"

厉深顺着她的目光看过去，然后表达了一个省略号。

"深哥，你怎么跑这里来了，我到处找你。"小董跑过来，问厉深，"现在走吗？再不走，到A市就太晚了，你明天还要录歌的。"

要是他明天录歌状态不好，璐璐姐肯定又要说她了。

"现在就走。"厉深说完，侧头看了魏邵一眼，"魏总也没什么事了吧，不如一起走？"

魏邵几不可见地勾了勾嘴角，对余晚道："那我们就先走了。"

"好，你们晚上开车小心啊。"余晚叮嘱完，看着他们走出视野，继续和工作人员沟通去了。

第二天早上，胡家统一退了房，余晚也跟着同事一起返回了A市。忙了这么久，所有人都很累，但好在婚礼办得还挺成功，大家也是这个时候才有时间刷微博，看看昨天热搜的盛况。

余晚这几天的睡眠严重不足，她在车上直接一觉睡到了A市。到家后，她随便吃了点儿东西，又躺在床上补眠了。

下午三点，她准时出现在了魏邵的办公室。魏邵让她坐下，眉眼带笑："这次胡娇和俞世敏的婚礼很成功，他们两家人都很满意，婚礼的尾款今天也全部打过来了，你表现得不错。"

"谢谢老板，全靠老板用心栽培！"余晚这个时候也没忘要先拍老总的马屁。

魏邵笑了一声，道："上次我承诺过你，如果成功办下这场婚礼，就升你做策划总监，我会正式下个通知的。"

"谢谢老板，我会继续努力的！"

"接下来胡娇和俞世敏会去国外度蜜月，她让你明天去她家见她。"

余晚刚刚被喜悦冲昏的头脑，瞬间又清醒了起来："胡小姐找我有什么事？"

婚礼都结束了，款项也结清了，按理说应该没她什么事了，而且胡小姐看上去也没有想和她交个朋友的意思啊。

魏邵道："我也不知道，她只说让你过去，应该没什么事，你放轻松些。如果真有什么，他们打款也不会这么爽快了。"

"嗯，好的。"余晚也只能这样安慰自己。

第二天上午，余晚心情忐忑地再次去了胡娇的半山别墅。胡家的用人在帮胡娇收拾东西，看上去不太像是为出国度蜜月做准备，更像是准备把东西都搬到婚房那边去。

余晚也没有多问，她看着坐在沙发上涂指甲的胡娇，问她："胡小姐，您今天找我过来有什么事呢？"

胡娇放下指甲油，把桌上的一个盒子推了过去："这个送给你。”

余晚愣了一下，盒子虽然没拆开，但她认识上面的Logo，是国际一线大牌。以胡娇的身份，应该不会买一个大牌盒子，然后在里面装些小玩意儿，戏弄人玩吧？里面真的是个名牌包？

“打开看看啊。”胡娇见她一直不动，便催促了一声。余晚顶着她的“视压”，把盒子打开，里面果然是一个包装仔细的名牌包，看上去还是新款。

这样一个包至少要几十万，余晚默默地把盖子盖回去，对胡娇道：“胡小姐，这个太贵重了，我不能要。”

胡娇抬头瞥了她一眼：“你还不能收礼了？

“而且就是一个包，能有多贵重？

“我看你每次来都背的同一个包，你那包早就该换了。”

她之所以背这个包，是因为它够大，能够装下电脑和资料。

胡娇道：“这次婚礼你确实辛苦了，做得也很用心，我昨天敬酒的时候看见，每套餐具上都系着红绳，红绳的编织方式和月老庙卖的姻缘绳一模一样，说实话，这个小细节很打动我。这个包你就收下吧。”

余晚微微抿唇，她先前听胡娇身边的人提起过，胡娇这个人虽然不好伺候，但也经常给工作做得好的人送东西，没想到自己也会收到胡娇的礼物。

“但是这个包……”

“包怎么了，没你这次拿的提成多吧？”

她朝胡娇笑了笑，把包收下了：“那谢谢胡小姐了。”

从胡娇的别墅离开，余晚的心情还有些激荡。看了一眼放在旁边的印着大牌Logo的包装盒，余晚拿出手机，对着它拍了一张照片，发到了微信上：“我刚刚去见了胡小姐，她给我送了这个！”

消息发送完，余晚无意地扫到对话框顶端的“厉深”两个字，一句“糟糕”差点儿就脱口而出了。她明明是想发给周晓宁的，为什么点开了厉深的对话框！更可怕的是，厉深很快回复了她："胡娇还挺大方的，经常送朋友东西。"

现在撤回已经没有用了，余晚只能硬着头皮和他聊下去："对啊，哈哈哈，没想到我人生中的第一个名牌包，竟然是女人送给我的。"

看到这条消息的厉深微微地蹙起眉头，看上去不怎么高兴。看来竹竿说得还是有道理的，追女生时效很重要，他这儿一耽搁，名牌包都有人送出去了。

第六章　重新开始

余晚到家以后，重新给周晓宁打了一通电话。她这次特意确认了几遍，是打给周晓宁的没错。

电话响了两声便被人接起，余晚开心地道：“宁宁，我升职了！”

周晓宁愣了一下，随后也跟着叫了起来：“哇，太棒了，恭喜你！”

“谢谢！你哪天有空，我请你去吃大餐！”

“劳动节肯定是不行了，等过了五一可以！”

“行！”余晚换好鞋，走进了自己的卧室，“我手上现在暂时没有单子，魏总还给我放了三天假，你确定之后直接联系我吧。”

“没问题，我先想想吃什么！”周晓宁说到这里，刻意放低了声音，神神秘秘地问余晚，“你这次给胡娇办的婚礼，提成是多少？我听说他们花了几千万，你就算拿一个百分点，都有几十万吧！”

“哈哈。”余晚有点儿不好意思，又有点儿喜滋滋地笑了两声，“这次是赚了点儿，不过我也累了半年啊，头发都掉了好多！”

“哈哈哈，没事，赚最多的钱，植最贵的发。”

余晚撇撇嘴角，又跟她说：“胡小姐还送了我一个名牌包。”

周晓宁惊叹：“怎么就没客户给我送包呢！不用名牌也可以啊！”

余晚道：“胡小姐是真的豪气。”

“那我决定了，我这顿吃什么不重要了，但必须是全A市最贵的！”

“行，反正你来定，你想吃什么就吃什么。”

周晓宁说她要先去查查A市最贵的餐厅在哪里，查到以后再发给余晚。余晚豪爽地表示没问题，然后在家里开始了三天的愉快假期生活。

余晚的假期过得特别环保，就是睡觉，吃饭，睡觉，吃饭，连二氧化碳排出量都比以往少。第三天的时候，她终于从睡眠模式中解禁，开始了网上冲浪的生活。微博上这两天挺风平浪静的，没有明星粉丝互骂，也没有什么人设崩塌大瓜，余晚逛了一圈，就转发了一个锦鲤抽奖。

她的微博是关注了厉深的，但她不知道，厉深也关注了她的微博。厉深是从韶华婚庆的官方微博找到余晚的，找到后就悄悄关注了她——选择悄悄关注，倒不是怕余晚知道，而是怕粉丝扒他的关注列表，把余晚给扒出来。

余晚转发的抽奖，是一个营销号跟风做的口红锦鲤，中奖的幸运儿可以获得博主列出来的所有口红。一共是一百支，大部分都是各个牌子的热门色号。

厉深想了一会儿，把微博图片保存下来发给小董，问她：“这些口红能帮我买齐吗？”

小董：“深哥，你要这么多口红做什么？”

深哥：“送给朋友。”

小董一下子警觉起来，可她作为助理，又不好干涉厉深的私生活，只好把迟璐给搬了出来："璐璐姐知道吗？"

深哥："我送朋友一点儿东西，也要跟璐璐姐报备？"

首先不说你这个是不是"一点儿"东西，口红本身，也是送给女性的吧？她不相信厉深的哪个男性朋友还有这种爱好。

深哥："我一个朋友过生日，这些是送给她的生日礼物，你不帮我准备的话，我就去找小苏了。"

听到厉深说要去找小苏，小董涌上一股即将失宠的危机感，连忙发消息过去："我没说不帮你呀！不过这么多口红可能需要一点儿时间。"

深哥："尽快。"
小董："好的，没问题。"

她原本还在这句消息后面配上了一张标准的职场微笑脸，想了想，还是删掉了。

五一节是各种婚庆和宴席的高峰期，周晓宁几乎每天都在接待客人，而余晚这次算是逃过了一劫。4号她回到公司重新投入工作，魏邵发的人事调动通知已经下来了，余晚今天一到公司，大家就都闹着要让余总监请客吃饭。余晚没法拒绝这个，便跟大家约了晚上出去聚餐。她把自己的东西从原来的办公桌搬到了新办公室，摆好之后，坐在办公椅上欣赏着自己的新办公区。还别说，有一个独立的办公室，这感觉真是好爽啊！

她正在暗爽着，魏邵就敲开了她的门，他也没进来，就站在门口看她："新办公室让你感觉怎么样？"

余晚看见他，第一时间从椅子上站起身，精神饱满地道："报告老板，感觉很好。"

魏邵看着她笑了笑，开口道："到公司楼下，看看你的配车。"

余晚眼里的惊喜一闪而过："车子已经配好了吗？"

"嗯，你今天下班就可以开回去，不用再挤地铁了。"

余晚这一刻发自内心地觉得，努力工作真好啊！

公司给她配的车虽不是什么豪车，但车型实用漂亮，关键是免费给她开，每个月还能报销一部分油费，余晚已经非常高兴了。她之前还在C市的时候就考过驾照，但没怎么开，魏邵把车钥匙给她的时候，还特别叮嘱了让她慢点儿开。

"放心吧，魏总，我开车很小心的，不会超速。"余晚拿到钥匙，对魏邵笑了笑，"我可以先在公司周围开一圈，找找手感吗？"

"嗯，注意安全。"魏邵说完，还是不放心，便打开车门坐上了副驾驶，"还是我陪着你先开一圈吧。"

最后余晚就在魏邵的陪同下绕着公司附近跑了一圈，魏邵见她把车开得很稳，不抢道，不闯红灯，还礼让行人，便也没有再说什么。

晚上请大家吃完饭，余晚一个人开车回了家，平安到家以后，她给周晓宁发去了一条消息："我拿到公司的配车了，吃饭那天我去接你。"

宁宁："我是不是快要不配跟你这个富人做朋友了？"

余晚："别说瞎话，你知道我这个人不嫌贫爱富的。"

宁宁："我明天晚上不用加班，我们去吃饭，我要把你吃回跟我一个阶级。"

余晚："哈哈哈哈哈哈哈。"

第二天，余晚下班后就开着自己的新车去定欧大酒店接周晓宁。两人去天下居把最贵的菜都点了一遍，然后又去星光百货购物。周晓宁穿着一条新款的裙子，从试衣间走出来，问坐在沙发上的余晚："这条怎么样？我觉得比刚才那条显白些。"

"不错啊，我觉得可以。"余晚点了点头，听见手机在响，便把手机从包里拿了出来，"等一下，我接一通电话。"

电话是厉深打过来的，余晚对着这个名字呆了一秒，把电话接了起来："厉深？"

她刻意压低了声音，但周晓宁还是隐约地听到了"厉深"两个字，便把耳朵竖得更长了。

"哦，我在外面和宁宁逛街，大概十点钟回去吧。嗯，好的。"

见余晚挂断电话，周晓宁满脸八卦地凑到她的跟前："是厉深打来的？"

"嗯。"余晚把手机装回包里，特别简洁地回答了周晓宁的问题。周晓宁却没这么容易被搪塞过去，她笑着看余晚，问："你们两个还经常电话联系啊？"

"也没有经常。"

"哦，那他找你什么事？"

余晚抿抿嘴角，知道不告诉周晓宁，今天这事就没完了："也没什么，他就说有个东西给我，问我什么时候回去。"

周晓宁立时嗅到了暧昧的味道："什么东西？"

"我也不知道啊，他没有说。"

周晓宁打量她一阵，问她："他不会是在重新追你吧？"

余晚一愣，很快否定了周晓宁这个说法："哪有，你别乱猜！"

"哦，那你紧张什么啊？"

"我哪有？他现在刚出道不久，很容易被子虚乌有的恋爱关系影响前途，小心隔墙有耳，被别人听去，网民又要开始煽风点火了！"

“行行行，我相信你，你别激动。”

余晚看了她一眼，别开了头。

买完东西，她本来想把周晓宁送回家，没想到周晓宁神情暧昧地跟她说：“我自己回去就行了，别让厉深等久了。”

她好想让周晓宁把晚上吃的东西都吐出来。

既然周晓宁不要她送，她也就真的不送了。她住的小洋楼和厉深的别墅不同，是没有自带车库的，只能把车停在地下停车场。她把车子停好以后，又从负一楼上去，到了厉深的别墅。

别墅的花园在刚开发出来的时候，都只是一片空地，业主想种菜也好，想种花也好，都是可以自己打造的。厉深的花园没有拿来种菜，倒是修了一个小亭子，还引了活水，花和树也种了不少，由专门的园丁定时打理。到了晚上，花园里的灯也亮了起来，余晚看着灯光从红变紫再由紫变蓝，心想，厉深为这个花园花的钱可能比她装修全屋还贵。

按了门铃之后，厉深很快就来给她开门了。看见穿着居家服的厉深，余晚一度有些不自然。她站在门口，没往里走：“你是有什么东西要给我啊？”

厉深道：“东西放在屋里，你进来拿吧。”

“哦……”

既然厉深这样说，余晚只好跟着他进屋了。丽丽今天格外安静地趴在自己的狗窝里，看见余晚来了，也没有像平时那样摇着尾巴跑上来找她玩。余晚觉得奇怪，便问厉深：“丽丽怎么了？”

厉深把小董给他准备的东西拿出来，朝丽丽的方向看去一眼：“前两天吃多了，肠胃有点儿不好，它只要一不舒服，就会变得特别安静。”

余晚看着趴在那里的丽丽，它的神情是挺安静的：“带它去看过宠物医生了吗？”

“嗯，吃了药，它明天应该就会好点儿了吧。”

“那就好。”余晚这才收回目光，见客厅的茶几上摆着好大一个箱子，又见厉深刚刚拿出来的东西，“这是什么？”

厉深有几分不自在地咳了一声，对余晚道：“送给你的。”

“送给我的？”余晚有些意外，可同时又不受控制地想起周晓宁说厉深在追求她的话。

“哈哈，最近好像总是有人送我东西呢。”余晚自我缓解着心情，把箱子给打开了——一整箱的口红。

她盯着里面的口红看了一阵，似乎看出了什么：“这些不是我之前转发的锦鲤吗？难道我中奖了？”

说完以后，她就意识到自己说了一句蠢话，就算真中奖了，也不该是厉深把奖品给她吧，而且她记得这个奖是月底才开的。

厉深的神色又比刚才局促了几分，要是丽丽没生病，现在说不定还能出来调节一下气氛：“你不是马上就要生日了吗？我看你转发这个，就照着买了一份。”

厉深这句话的信息点实在太多，余晚沉默了一会儿，才问：“你关注了我的微博？”

厉深道：“不可以吗？你不是也关注了我吗？”

这完全不一样好吗？不对啊，厉深和她互相关注的话，她怎么会完全没有察觉？“你是悄悄关注的我？”

“嗯，免得粉丝从我的关注列表找到你那儿去。”

余晚觉得这越来越像地下恋了啊：“可是，你的团队不会用你的微博吗？他们不会看你的关注列表吗？”

厉深一愣，他还真忽略了这个问题：“他们现在还没发现，不过你提醒我了，我用小号关注你吧。”

不是，她说这话不是想空手套厉深小号的，真的不是！

厉深登上微博，用小号关注余晚，还问她：“你要关注我的小号吗？”

余晚道：“好啊。”

两人站在客厅里，完成了账号的互相关注，厉深把原来的关注取消，话题终于又绕回了原点：“这些口红你好拿吗？还是有些沉的。”

余晚看着这些口红，心里一直在想，厉深到底是不是在追她？是？不是？

厉深见她一直不说话，以为她在思考怎么把口红扛回去：“要不我帮你拿过去吧。”

“不用了，这么点儿路，我拿得动的。”余晚朝他笑了一下，“我经常帮忙布置婚礼现场，力气还是有一点儿的。”

“行，那你小心些。”

“好，谢谢你的生日礼物。”

“不客气。”厉深送这些口红也是有私心的，这样就可以让余晚每天出门擦的口红都是自己送的。

余晚抱着一大箱口红回到家里，迫不及待地从里面找到一支一直想试试但又一直没买的色号。对着镜子涂好，她仔细地看了几眼，颜色还是不错的。

她拍了一张自拍，本来是想发给周晓宁看看的，但想了想，还是点开了厉深的微信，给他发了一条消息。

余晚：“我试了一支口红，很好看。”

厉深：“此处是不是应该有自拍。”

余晚：“哈哈哈哈哈哈。”

余晚：“我照得不好，就不给你发了，不过你这样，我以后都不敢随便转发锦鲤了。”

厉深：“本来转发锦鲤就没什么用，以后要买什么东西就直接发给我吧，我可以当你的锦鲤。”

厉深发给余晚的最后一条消息，余晚来来回回地看了至少十遍。

以前厉深也会跟她说情话，那时候两人是男女朋友，余晚嘴上虽会说他肉麻，心里却还是喜滋滋的。现在两人的关系已经退回到普通朋友，厉深这句话说得这么暧昧，让余晚忍不住乱想。

如果这话是别的男性对她说的，她一定会毫不犹豫地想，他这是对自己有意思，但厉深不一样。当初她分手的时候太决绝，知道自己伤了厉深的心，再见到他的时候，她是心虚的。幸而重逢后，厉深并没有表现出对她的厌恶，这已经令她很开心了，她实在没脸再对厉深抱有其他幻想。厉深这几年成熟了，性格也变了很多，即使他可以放下当初她对他造成的伤害，他还会想重新和自己在一起吗？

余晚自嘲地笑了笑，大家都说吃一堑长一智，他总不会还想在同一个地方摔倒两次吧？她把手机放在一边，提醒自己不要想太多，他说不定就是顺口说了这么一句。

厉深发送完消息，就一直在等余晚的回复。他这话说得这么直白，就差没直接说“我喜欢你”了，她应该能明白他是什么意思吧？可是余晚的回复迟迟没有过来，厉深不禁蹙了蹙眉头，这是拒绝他的意思吗？

本来就是余晚提出的分手，现在她还是不接受他，也不是什么奇怪的事。但他还不想这么快放弃，他登上海角论坛，在情感板块发了一篇帖。

楼主：该怎么追回前女友？

一楼：为什么要追前女友？俗话说得好，好马不吃回头草。

二楼：不赞同一楼，如果还忘不掉前女友，为什么不能追呢？当然，你需要先确认前女友现在还是不是单身。

三楼：努力跟前女友承认错误吧哥们儿！告诉她你后悔了，你还是最爱她的。

四楼：是谁提出的分手啊？一般女方提出分手，复合的概率比男方提出要小些，你好好反思你做错了什么，也许还有机会。

五楼：先确认前女友心里还有没有你吧，可以带她去你们以前约会的地方重温，也许能回忆起以前在一起的美好。

厉深看完网友的建议，好好反思了一下自己做错了什么。他那个时候没有花心，没有出轨，也没有和别的女生玩暧昧，要说最大的错，大概就是穷吧——现在这个错误他已经改正了。带余晚去回忆他们曾经恋爱的感觉，倒是一个不错的办法，余晚的生日马上到了，他可以用生日作为借口，把余晚约出来。他打开手机的日历，在5月20日那天备注了行程。

之后的几天，余晚每天上妆都会从厉深送自己的口红里选一支涂，连续涂了几次之后，赵欣终于发现她有换不完的口红。不过她也没多想，只把这个当作是余晚升职加薪后对自己的犒赏。

余晚的心里倒是因为厉深的一句话多想了好几天，后来还是工作让她收了心。

公司来了一对新的客人，魏邵交给了余晚，每次魏邵直接分给她的工作都是难啃的骨头，这次也不例外。

新人是一对年轻男女，想办一场西式的小清新婚礼，可双方的家长都不同意，要求一定得办中式的。因为这次婚礼邀请的宾客多是长辈，所以两个小辈没办法不考虑长辈的意见，可一生一次的婚礼，他们又不愿意办得令自己遗憾。

“我真的不是故意跟家里的长辈唱反调，谁结婚不希望大家都开开心心的呢？可我真的不喜欢中式婚礼那种到处是大红色的一片啊！”准新娘谭萍满脸苦恼地跟余晚抱怨，“你不知道，就因为这场婚礼，我都跟家里吵了好几次了，他们还上升到我崇洋媚外，不懂欣赏传统文化的高度！”

余晚安抚道：“每个人审美不一样，中式和西式各有各的长处，主要还是看新人喜欢哪种，在你的婚礼上邀请的长辈确实比较多，因此我们在设计的时候，也会把长辈的意见考虑进来。”

“但这是我的婚礼，我也不能完全为了取悦长辈吧，我和李锐都更喜欢小清新的风格。”

余晚想了想，对她笑笑道：“这个其实不是没有解决的办法，你说不喜欢中式婚礼红彤彤的一片，那我们可以办一场小清新的新中式婚礼。”

谭萍略显疑惑地看着她：“新中式婚礼？怎么个‘新’法？”

“中国的传统元素有很多，不一定就是红灯笼、大红花，小桥流水、烟雨江南，也是极具代表性的中国元素。我这几天先做个初案，你看看喜不喜欢这种风格，如果你和家里的长辈都觉得可以，我们就继续往下做。”

谭萍是真没想到现在的中式婚礼还能这么做，便点点头道：“那行，希望这场新中式婚礼能让大家都满意。”

余晚的初案主要是把这场婚礼的整体印象呈现出来，便没有做太细节的东西，新人喜欢小清新，她便把配色定为白、绿和杏色。区别于传统中式婚礼，余晚没有使用灯笼、蜡烛等元素，而是选择了油纸伞、浮桥和乌篷船。做好以后，她跟谭萍约了一个时间，和她聊方案。

带上自己常用的通勤大挎包，余晚开着车先去公司，在十字路口的一个红绿灯前停下，余晚拿起手机正打算查看消息，就听后面传来砰的一声巨响，与此同时，自己的车猛地一震，整个车身都向前滑出了一截。余晚被震得一蒙，随后很快反应过来是自己被追尾了。她看了看自己，没有磕碰，但刚才响动那么大，车子估计是要毁容了……她把车停在路边，下车查看情况，后面那个撞她的司机也从车上下来了，嘴里还骂骂咧咧的。

“你会不会开车啊？”他看见余晚是个女的，气焰又嚣张了几分，“还没变红灯你停什么车？”

余晚抿了抿唇，没和他争辩，她先打了电话报警，然后通知了保险。

已经过了上班高峰期，这个路段虽然车子不多，但道路较为狭窄，也造成了交通拥堵。小董开车的时候，发现前面堵车了，奇怪地咦了一声："这个时候竟然会堵车？是不是前面出交通事故啦？"小董说着，朝后视镜里看了一眼。厉深正在玩手机，脸上没什么表情，小董怕堵车堵太久，便对他道："深哥，我绕条道走。"

"嗯。"厉深漫应一声，继续刷着朋友圈。余晚还和以前一样，很少发朋友圈，上次自己送了她一百支口红，也没见她在朋友圈里炫耀，也是十分低调了。不过在他下一次刷新之后，余晚的朋友圈一下子就跳了出来。

余晚：我的车被这位老哥追尾，他还很凶，一直怪我不会开车，交警来了之后，他直接被教育成了孙子，A市的交警真是棒。

厉深的眸子一动，猛地抬起头看向小董："你刚刚是不是说旁边那条路出车祸了？"

"啊？"小董被他急切的语气吓了一跳，"应该是吧，我刚才好像看见有交警过去了。"

"回去。"

"啥？"

"回去刚才那条路。"厉深的脸色难看，小董连多问一句都不敢，在前面掉了个头，又把车开回去了。

可能是因为有交警来了，所以这条路已经没有刚才那么堵了，小董把车开到前面，看见十字路口处果然出了车祸。

"追尾了啊。"小董研究了一下车祸现场，凭借自己多年的驾驶经验得出了结论，"应该是后面那辆车想闯黄灯，结果撞上前面那辆已经停下来的车子，最后追尾了。"

厉深的心思已经完全在马路边的余晚身上了，她背着挎包站在安全的地方，正在讲电话，一旁的交警还在训一个男司机，和余晚图片上的场景一模一样。

厉深打开车门，吓得小董反手抓住了他："深哥你干什么啊！"

"找人。"

小董跟着他朝外面瞄了一眼，也认出了余晚："那个是胡小姐婚礼的策划师吗？"

"嗯。"厉深说着，甩掉小董的手，又准备下车。小董再次急吼吼地按住他："交警都在了，你还下去做什么呀？！"

"我下去看看情况。"厉深沉着声音道。

小董抽了抽嘴角，深哥这表情，分明是想下去打人嘛："我下去帮你看吧，你要是还不放心，我帮你把余小姐带上车好吧！"

厉深咬着后槽牙，看着窗外，没有作声，余晚已经讲完了电话，厉深拿出手机，给余晚拨了一通电话过去。余晚的手机屏幕还没暗下去，又进来一通电话，还是厉深打来的。余晚愣了愣，飞快地接了起来："厉深，有什么事吗？"

厉深道："我在你的身后。"

"什么？"

"你回头。"

余晚一头雾水地回过头，见路边一辆车的车窗缓缓地降了下来，坐在驾驶室的女生笑着跟自己挥了挥手——是厉深的助理小董。

余晚下意识地看向车后座，后座的窗户虽是关上的，但她知道厉深坐在里面。她朝厉深的车走去，还有两步距离时，后座的窗户也缓缓地降下，厉深就坐在窗边，抬头看着自己。

"你怎么样了？"他问。

余晚知道他在说车祸的事，笑着对他摇了摇头："我没事，你怎么在这儿？"

"我刚好经过这儿，看见了你发的朋友圈。"他说着，眸色又沉了沉，"那个司机没欺负你吧？需要我帮你欺负回去吗？"

厉深这话的内容虽很幼稚，但语气是认真的，让余晚想说的话都说不出口了。

“不用了，他都被交警训成那样了。”

她特意侧了侧身，让厉深看见窗外的情景。其实不用看，厉深也知道，车窗降下来以后，窗外交警严肃的声音也跟着传了进来。

“什么叫还没有变红？闯黄灯也是违法的，理论考试的时候你选的是直接闯黄灯吗？啊？”

“我不是上班马上就要迟到了嘛。”

“上班你不会早点儿走？非要去抢这一两秒？现在追尾了开心吗？班也不用去上了啊！而且前面的车还不是急刹，你也能撞上去，保持安全车距了吗？啊？是不是还超速了？”

余晚对着厉深道：“你看，交警多专业。”

他垂下眸子，轻轻地笑了一声，又问余晚：“你现在能走了吗？交警怎么说的？”

余晚道：“交警说后车全责，那个司机说赔我500块，我没答应，反正修车的钱除开保险报的那部分，剩下的都得由他来承担。”

“他答应了吗？”

“开始不答应，说麻烦，现在已经被交警训得没脾气了。”余晚说着，朝路口看了一眼，“我叫了拖车，应该快到了，你先走吧。”

虽然她的车被撞得比她想象中轻很多，但她还是叫了拖车，免得在路上又出什么问题。

厉深却没有让小董把车开走：“你要去哪里，我送你过去吧。”

前排的小董听到这话，眉梢轻轻地挑了一下，她张了张嘴，想说什么，最后还是生生地忍住了。

余晚也没想到厉深会说送自己，她啊了一声，看着厉深道：“没事没事，不用麻烦了，这里离我的公司也不远，我自己坐车过去就行。”

“不麻烦，反正我也不急，你自己坐车才麻烦。”厉深道，“你也说了不远，我直接送你过去就是了。”

余晚还是有些犹豫："真的不会耽误你的时间吗？"

会。小董在心里默默地回答，事实上现在已经耽误很久了，再不去录音棚，璐璐姐可能又要发飙了。

"不会，我不急。"厉深又重申了一次。

小董对厉深表示无语。

余晚和厉深正说着，拖车就来了。拖车把余晚的车拉走以后，厉深的车还停在路边。余晚看了他的车一眼，没有再耽搁，打开车门坐了上去。

她坐好以后，厉深没让小董赶紧开车，而是对她道："先系好安全带。"

"嗯。"余晚把安全带系上。

厉深看着她把安全带系好，才对小董说："走吧，去韶华。"

小董认命地把车开了出去。

此刻，在一个相邻的岔路口上，一辆黑色的轿车静静地停在那儿。魏邵坐在车里，看着厉深的车从自己的前面开过。魏邵看到余晚发的朋友圈后，第一时间就给她打了通电话，但她一直在通话中。他知道今天余晚约了谭萍，猜测她是在跟谭萍解释，便没有继续打给她。但因为心里还是放不下，所以魏邵直接拿起车钥匙，开车出来找余晚。没想到他刚过来，就看见一辆眼熟的车停在了余晚的后面。他很快想起在哪里见过这辆车——胡娇的婚礼上，厉深的助理开的就是这辆车。他看见余晚和车里的人说话，然后在车被拖走以后坐了上去。魏邵的手指不自觉地在方向盘上敲击着，他一个人在车里坐了一会儿，发动车子把车开回了公司。

厉深车里的气氛还算融洽，他看着坐在旁边的余晚，把戴在头上的帽子摘掉，问她："你确定没受伤吗？要不要去医院检查一下？"

余晚摇摇头，道："不用，我真的没有受伤。"

厉深微微地蹙着眉，上下打量她，像在仔细地检查她的身上有没有什么伤。余晚被他盯得不自在起来，连心跳都不由自主地加快：

“我真的没受伤，撞得没那么严重。”

厉深抿了抿唇，对余晚道：“那你要是感觉有什么不舒服，就给我打电话。”

前排开车的小董忍不住在心里想：给你打电话有什么用呢？你是医生吗？

余晚倒是应了声“好”，厉深这才收回目光，没有再要求她去医院：“对了，你的生日想好怎么过了吗？”

小董偷偷地竖起了耳朵，深哥说的要过生日的朋友就是余小姐？那些口红都送给她了？她想到这里，特地从后视镜里看了一眼余晚今天涂的口红。咦，等等，她是不是在哪里见过余小姐？不是胡娇的婚礼上，还要更早……小董的眸子忽然一亮，她想起来了，是在深哥住的小区里！她遛狗的时候，丽丽还上去跟余小姐打招呼来着，是不是？！

和小董心里的惊涛骇浪相比，余晚说话的语气要平淡许多：“生日应该就跟工作过吧，哈哈。”

厉深道：“晚上总有时间吧？我请你吃饭吧。”

“不用啦。”余晚不好意思地道，“你都送过我生日礼物了，怎么能再让你请我吃饭？”

听到这句话的小董在心里哦了一声，看来真的是破案了。

厉深没有因余晚的拒绝而放弃：“吃饭就是生日礼物的一部分，配套的。”

小董一直以为厉深是性冷淡风的，没想到他这么会哄人。

余晚想了想，道：“如果那天不加班的话，我就联系你吧。”

“嗯。”

“不过你确定你有时间吗？你也很忙的吧？”

“不管多忙，反正都是要吃饭的。”

余晚笑了一声，道：“好吧，不过我来请你吃吧。”

厉深本来想说不用，但转念想想，谁请谁吃都一样，只要能和余晚一起吃饭就行了："那行，我下次再请回来。"

深哥的"人设"绝对是崩了，但小董现在已经不关心这个了，她只想知道，他和这位余小姐到底是什么关系啊？怎么感觉他想追人家啊！挨到余晚下车，小董终于憋不住，把这个问题问了出来："深哥，你是不是想追余小姐啊？"

小董问得小心翼翼，问完以后，还密切地留意着厉深的反应，只要他皱眉或者流露出一丝不悦的情绪，她就准备马上跪地道歉——就是这么㞞。

厉深的眉头果然动了动，然后抬起头来问："你看出来了？她应该也看出来了吧？"

这剧情的发展怎么像脱缰的野马啊！小董整个人都不好了，虽然她不是厉深的女友粉，可也是他的小迷妹，听到自家的"爱豆"要追别的女生了……不行，她不同意这门婚事！如果厉深会征求她的同意就好了呢。

小董含泪把车开了出去，不料厉深又补了一刀："这件事不要告诉你璐璐姐。"

小董忘了这已经是深哥不准她告诉璐璐姐的第几件事了："深哥，我觉得这么大的事，还是告诉公司比较好吧？而且也瞒不住吧？"

厉深又把帽子戴了回去，靠在后座上闭目养神："等我追求成功了再说吧。"

什么？这个世界上竟然还有人会拒绝她的"爱豆"吗？深哥哪里不好了，根本就是行走的荷尔蒙啊！小董不相信余晚会拒绝厉深，因此这件事最终肯定还是会被公司知道，她想到厉深和迟璐最近越发紧张的关系，心想：难道是璐璐姐早就察觉到苗头了？果然姜还是老的辣啊。

余晚到了公司后，直接冲回自己的办公室，把资料整理了一下，匆匆忙忙地又往外赶，刚出门，便遇到了魏邵。

魏邵看见她时，停下来问她："我看到你说出车祸了，有没有什么事？"

"没事，已经处理好了，我现在去见谭小姐。"余晚已经迟了，虽然她之前打过电话给谭萍解释，但让客户等这么久，还是很不好。

她说完这话就飞快地往外走了，魏邵的嘴角动了动，只能把自己想说的话吞了回去。

余晚见到谭萍的时候，厉深也终于到了公司。路上迟璐已经打了通电话来，小董心急火燎地停好车，催着厉深上楼了。

迟璐站在录音棚里，脸色不怎么好，小董在她发火以前，赶快先跟她道了个歉："璐璐姐，实在不好意思啊，我们来迟了。"

"不好意思？"迟璐看向站在一旁的厉深，她实在没看出来他有多不好意思，"为什么迟到？这才刚有点儿成绩，人就飘了？"

厉深道："路上遇到了车祸，耽误了点儿时间，迟到确实是我们不对。"

小董偷偷地瞄了厉深一眼，深哥真是会四两拨千斤啊，一句"车祸"就这么轻飘飘地把话题带过去了。

迟璐顿了一下，问他："你们没什么事吧？"

"没有。"

"那你准备一下，就开始录音吧。"

"嗯。"

厉深进了录音棚，迟璐没有跟进去，她看向身边的小董，小董立马就缩了缩身子。

"你跟我到办公室来一趟。"

小董读书的时候最怕的就是老师说这句话，现在毕业了，换成老板说了。

她跟着迟璐去了办公室，端端正正地站在迟璐对面。迟璐看了她一阵，开口问道："你每天都跟在厉深身边，对他的事情也最了解，他最近干了些什么，你说说。"

小董道：“深哥每天就是录歌写歌，完成你安排的工作，就没别的了。”

“真没别的了？”

“真的没了。”

迟璐看着她问：“那他感情上的事，你了解过吗？”

小董知道一点儿厉深感情上的事，可不敢深入了解，现在虽然不能不回答迟璐的问题，但又无法在一瞬间组织好语言，便只好沉默着。

“怎么不说话？你是不是知道些什么？”

“我什么都不知道！”小董在最后一刻还是选择了帮厉深保守秘密，“璐璐姐，我只是个助理，您是深哥的经纪人，他有什么事，肯定也是先和您说，要是您都不知道的事，我更不会知道。”

迟璐审视着她，沉吟了一会儿，才开口道：“你说的最好都是实话，你应该知道，现在是厉深的关键时期，他今年要发新专辑，又要开演唱会，不能出一点儿幺蛾子，我做的这些，也都是为了他好。”

“我明白，璐璐姐都是为了深哥考虑，要是深哥有什么事，我肯定会跟您汇报的。”

“嗯，出去吧。”

小董退了出去，赶紧去茶水间给自己倒了一杯咖啡压压惊。现在深哥还没谈恋爱呢，她都这么提心吊胆的了，要是等他真把余小姐追到手，她的小命还能保得住吗？

余晚紧赶慢赶地到了和谭萍约见面的会所，谭萍已经在这里喝了两杯咖啡。

“不好意思，谭小姐，让你久等了。”余晚一路小跑过来，见到谭萍时还微微地喘着气。她想，真的该如厉深说的那样，好好地锻炼一下身体了。

谭萍放下手里的咖啡杯，对她道：“我看到你发的朋友圈，你人没事吧？”

“没事，谢谢谭小姐关心。”余晚拉开椅子，在谭萍对面坐下，“上次给你看的那个方案，我已经细化好了，都在这里。”

上次谭萍和家里人看过余晚提出的新中式婚礼之后，都能接受，还觉得挺漂亮的，便让余晚做了一个详细的策划。

“传统的中式婚礼都是大红花轿，这里我们改成乌篷船，不用做得太大，但要精致，浮桥和荷叶下面我想的是放干冰，用烟雾做出水的效果，会比直接用水更梦幻点儿。”

谭萍一边听她讲，一边点头：“我觉得这个很好看，配色也是我喜欢的小清新风。”

余晚在电脑上点一下，换了一张图：“现场也不挂大红灯笼，我们从古代的门窗上选择图案，做成挂饰，搭配上白纱和杏色的布，集中在浮桥上方布置。还可以挑选一些你和新郎的照片做成剪纸点缀。”

谭萍非常喜欢这个点子，余晚这是完美地结合了小清新和中式传统。

两人沟通得还算顺利，余晚跟她把具体的方案确定好，接下来就是联系负责其他环节的人了。

谭萍的这场婚礼是定在室内的，余晚首先给她推荐了定欧大酒店，并介绍了周晓宁负责她的宴席。她和周晓宁一有机会就会为彼此介绍生意，闺密情是一方面，另一方面，她们的心里对彼此的业务能力也有数。

谭萍在定欧大酒店参加过好几次婚礼，对那里的环境和价位都有数，便连看场地的环节都省了，直接敲定了那里。余晚也省了不少事，她甚至能在休假的时候，坐在沙发上边喝蜂蜜牛奶边看综艺了。

综艺是厉深之前去外地时录制的，余晚原本都忘记这件事了，后来还是厉深在综艺里打篮球的照片被转到了她的微博首页，她才知道这个综艺播出了。

节目里这场篮球赛是即兴打的，厉深在街头和一个外国人一对一，他丝毫不输外国人的身材和技术，让微博女孩儿又疯了一批。

余晚看见微博上对着厉深嗷嗷叫的女生，就想起了大学时，厉深在篮球场上打球的那些日子。那个时候也是只要他一拿到球，球场旁边的女生就会开始尖叫，余晚每次都担心，厉深手上的球会被她们吓掉。这么几年过去，为厉深尖叫的女孩儿又换了一批，而厉深，依然是那个闪闪发光的人。不，他甚至比以前更好，当兵的经历让他整个人的气质都被重塑了一遍，身上的肌肉更是如此。他现在摸上去，应该比以前更硬邦邦了吧？想到这里，余晚的脸莫名红了一下。

5月20日，余晚迎来了自己的第二十六个生日。他们公司虽然没有生日假，但是有200元生日奖金。如今的200元，可能连买个好点儿的蛋糕都不够，但有总比没有强，余晚还是怀着感恩的心，从财务那里领了200元。

刚回去，就听赵欣说魏邵找她。余晚拿着自己的电脑去了魏邵的办公室。魏邵看见余晚今天的打扮，表情便多了几分戏谑："你今天穿得这么好看，是有什么约会吗？"

余晚的脸皮在这种事情上总是特别薄，被老板这么一调侃，她的耳郭便有些发烫："没有，我就是想着，生日穿好看一点儿呗。"

魏邵问她："今天生日，不出去过？"

余晚晚上约了厉深吃饭，但她没有承认："我心里只有工作，我和工作一起过。"

魏邵低声笑了起来，看着她道："总觉得你这话是在跟我抱怨。祝你生日快乐。"

"谢谢老板。"余晚把电脑放到桌上，找到了谭萍的婚礼文件，"你找我是想听谭萍的婚礼策划案吗？"

"嗯，你之前说做一场新中式婚礼，我看看效果。"

虽然谭萍的这场婚礼做得没有胡娇的婚礼盛大，但也算高端婚礼了，因此谭萍、李锐两家也是他们公司的大客户。余晚跟魏邵讲了自己的方案，魏邵觉得点子不错，但还有一个地方不放心："李锐的父母看过这个方案吗？”

余晚道：“应该看过吧，谭小姐说长辈同意了。”

魏邵道：“那就好，这场婚礼最开始是李锐的妈妈找的我，我和她聊过，她对婚礼要求就是中式，要喜庆，而且态度比较强硬。”

他这么一说，余晚就有点儿开始担心了，老一辈说的“喜庆”，那必须是大红色，谭小姐要浅色调的小清新，矛盾还是很尖锐啊。

“我今天再和新人确定一下。”她道。

“嗯。”

“那没别的事，我就先出去了。”余晚重新抱起电脑，准备回办公室，魏邵盯着她的背影看了一阵，忽然开口叫住了她。

“余晚。”

“嗯？”余晚回过头来，看着他，“还有什么事吗？”

“不是工作的事。”魏邵难得露出困扰的表情，迟疑着开了口，“你和厉深，是在谈恋爱吗？”

余晚吓得差点儿把手里的电脑扔出去：“啊？你听谁说的？”魏邵从来不是个八卦的人，他会这么问，难道是媒体报道了？余晚顿时更慌了：“是媒体报道的吗？不会吧！我们没谈恋爱啊！那是绯闻！厉深的公司澄清了吗？！”

她抛出的一连串问题，一个个砸在魏邵身上，魏邵看着她慌乱的神色，无奈地摇了摇头：“你别紧张，没有媒体报道，是我自己猜的。”

余晚在他手下工作三年了，平时婚礼上出现再大的乱子，她都没有这么慌过。她这种反应，让魏邵更加坚定了自己的猜测：她和厉深肯定有什么。

余晚听到魏邵这么说，才稍稍放了心：“老板，你没事猜这个做什么啊？”

魏邵沉默了一下，决定跟余晚说得明白点儿：“那天你出车祸，我去了现场，看见你上了厉深的车。”

余晚微愣，她没想到那天魏邵竟然也去了。

“我担心你有事，就去了现场找你。”魏邵没有等余晚问原因，自己补充了一句。

余晚张了张嘴，不知该说什么。她和魏邵认识三年，一直当他是个很好的老板，他在业务上很优秀，为人又随和，是她跟过的最好的老板。有时，他对自己的关心会表现得比老板对员工的关心更多一点儿，余晚从来没有多想，可现在，她不能不多想。魏邵在意她跟厉深的关系，总不能因为他是厉深的粉丝吧？

余晚一时没有说话，办公室内安静了一会儿，魏邵才再次开口：“上次在胡娇的婚礼上，厉深说载你一起走，我就隐隐地觉得他和你的关系不一般，你们应该不只是邻居这么简单吧？”

余晚沉吟过后，对魏邵道：“厉深还在读大学的时候，我们在一起过。”

魏邵愣了一瞬，在他的构想里，这个故事是从厉深和余晚在郭盖的婚礼上认识开始的，没想到，他们的故事开始得比他以为的早很多。

“厉深的那个大学时期的女朋友，就是你？”这个结论在魏邵今天决定开口问之前，是怎么也没想到的。

“对。”余晚现在已经完全冷静了下来，“不过我们在他大学毕业之前就分手了，现在也没有谈恋爱。”

魏邵自觉这个问题令余晚不怎么高兴，便道：“不好意思，我不该打听你的私事，只是这件事，我真的有些在意。”

“没关系，那我先出去了。”余晚抱着电脑，退出了魏邵的办公室。

回到自己的办公室，余晚靠在椅子上，无心工作。有了“魏邵可能喜欢自己”这个认知后，她再回想以前魏邵做的很多事，便觉得都不像原来那么单纯了。魏邵很优秀，长得帅，又有钱，还有能力，其实公司里很多女员工都把他当小说里的霸道总裁，而自己当然就是小说里的女主角了。但余晚从来没有这样想过，因为她心里一直装着厉深。可是魏邵真的会喜欢自己吗？他不像厉深，认识她的时候还是没见过什么世面的大学生——余晚一直觉得，她能把厉深拿下，纯粹是因为下手够早，要是换了现在，厉深说不定看都不会看她一眼了。而魏邵不同，她和魏邵认识时，魏邵已经是一个成熟并且有事业的老板了。他那样的男人，见过的女人不知道有多少，自己在里面算是很不起眼的一个了吧。难道说，她对自己的魅力一直没有认识清楚？还是先别自恋了，如果魏邵真的对她有那方面的意思，她以后该怎么和他相处呢？这个问题比余晚遇到过的所有婚礼难题都难，她思考了一天都没得出结论。眼见着快要下班了，她决定先收起思绪，去跟厉深吃了饭再说。

还没出办公室，电话铃就响了起来，余晚一看见来电人是李锐，心里就有些不好的预感。今天她虽然心乱，但还是没忘记该做的工作。余晚给谭萍打过电话，跟她确定是不是所有人都同意方案了，当时她的回答是肯定的，但现在李锐的电话，很可能是要告诉余晚什么噩耗。

“李先生，你好。”余晚鼓起勇气，把电话接了起来。

“余小姐，不好意思，这边出了一点儿事。”李锐的口气听上去很着急，一点儿都不像只出了“一点儿事”，“谭萍跟我的妈妈大吵了一架，现在说不结婚了。”

行，她什么大风大浪没见过。她稳住心绪，问他：“是怎么回事？是因为婚礼方案吗？”

“对。”李锐说到这个，自己也有些后悔，“当时你拿过来的那个方案，我和谭萍都很满意，谭萍的父母也同意了，就是我的妈妈不答应，她说婚礼没有红色，还怎么算是婚礼。我以为我和我的爸爸可以说服她，就跟谭萍说她同意了，没想到谭萍今天又自己联系了她，两个人谈崩了。”

大兄弟，没金刚钻就不要揽瓷器活啊！固执的母亲余晚见得多了，她自己最有发言权，她们的观点，哪是那么好改变的？

“你别着急，谭萍说不结婚了，肯定是一时的气话，问题还是要解决的。”

“我也这么想，但现在她们两个人对婚礼的理念完全不一样，我就想问问你，还有没有别的方案可以两全其美？”

余晚吐出一口气，问他：“你的妈妈对婚礼的要求，是不是只要是中式、有大红色就行？”

“对对。”

“你确定吗？”

“这次真的确定，只要是大红色的中式婚礼，她就同意。”

“那行，我重新再做一个设计出来拿给谭小姐看。你知道她现在在哪里吗？”

李锐道：“知道，在我们经常去的会所喝酒，她现在不接我的电话，也不想见我，只能麻烦你去找她了。”

“我知道了，那先这样，我见了她之后再和你联系。”余晚挂断电话，又给厉深发了一条消息过去。

余晚：“对不起！今天突然出了点儿事，我要马上赶方案去见客户，晚上可能来不及吃饭了！”

厉深这会儿已经在家洗完了澡，正在挑选晚上赴约要穿的衣服，看见余晚的消息，他的眉头便一蹙。他回拨了一通电话过去，余晚已经坐在了办公桌前，重新打开了电脑：“厉深，真的不好意思，要不我们改在明天吃饭吧。”

“可是明天你的生日就过了。”

“没事，反正就一起吃饭，是不是生日不重要。”

余晚这句脱口而出的话意外地取悦了厉深，厉深的心情比刚才好了许多，开始继续捣鼓自己的衣服：“这样吧，我还是先去餐厅等你，他们要十点才关门，你如果能赶过来，就尽量过来。”

“啊？这样你会不会等得太久了？”

“没关系，老板本来就是我的朋友，大家也可以聊聊天。”

余晚知道餐厅老板是厉深的朋友——他约的餐厅就是当年他们租的房子附近生意最好的一家。这家店在那附近虽是最贵的，但光顾的客人还是很多，余晚一直想去吃，又嫌太贵，因此迟迟没有去。后来有一天，厉深说带她去吃饭，去了之后，她才发现竟然是这家店。厉深那时候和她一样没钱，在这样高消费的餐厅吃饭是非常奢侈的。她问厉深是哪里来的钱，厉深还神神秘秘的，后来余晚自己问了老板，才知道是厉深死皮赖脸地跑过来说要给老板唱歌，还连续唱了一礼拜，终于唱得老板答应免费请他们吃饭了。以现在厉深的身价来说，餐厅老板是赚大发了。

余晚一挂断和厉深的电话，就开始赶制新的方案。由于时间紧急，她和上次一样，只是做了一个呈现整体印象的初案。饶是如此，她把方案做出来时，天也已经黑了。余晚看了一下时间，已经快九点了，她把电脑装进包里，一边出门，一边给李锐打电话，问他谭萍现在在哪儿。

谭萍已经转战到清南巷的酒吧开始喝第二轮了，余晚赶过去的时候，李锐正等在酒吧门口。

看见余晚，他跟看见救星一样迎了上去：“新的方案做好了吗？”

“嗯，不过做得比较简单，先看谭小姐喜不喜欢。”余晚的语速飞快，像是比李锐还着急，“谭小姐不讨厌红色吧？”

之前跟谭萍沟通的时候，她听谭萍说过并不是讨厌大红色，只是不喜欢婚礼上满目的大红，太过浓墨重彩。

李锐也道：“没有，她没有特别讨厌的颜色。”

“那就好。”余晚觉得要说服李锐的妈妈可能有点儿难，但要说服谭小姐，她还是有几分把握的，“她在里面吗？”

“对，我一直守在这里的。”

“好，你放心吧，我去和她谈。”余晚朝李锐点了点头，背着大包走了进去。幸好由于她今天过生日，还特地打扮过，如果她像平时那样穿着一身通勤装，与酒吧的气氛显得格格不入。

在吧台边找到谭萍，余晚快步过去。她不知道谭萍在这里喝了多久，但人看上去还是清醒的，只是脸颊有些泛红。

“谭小姐，你还好吗？”余晚坐到她的身边，提高了声音问她。谭萍侧过头，认出是余晚后，蹙了蹙眉：“你怎么来了？李锐应该给你说了吧？我们的婚不结了，订金我们也不要了。”

如果不结婚的话，其实是要赔偿双倍订金的，但余晚来这里的主要目的是劝说她回心转意，便没与她提及订金的问题：“大致的情况我已经从李先生那里了解到了，我今天过来是想给你看看新方案。”

谭萍哼了一声，拿起吧台边的啤酒猛灌了一口：“我什么方案都不看了，反正他也是帮着他的妈妈，这个婚不结也罢。”

余晚抿了抿唇，她遇到过很多在婚礼前闹矛盾的新人，因此对于开解他们十分有心得。她沉默了片刻，对谭萍道：“谭小姐，我知道你和李先生的妈妈有点儿矛盾，但李先生并没有一味地帮着他的妈妈。你说不结婚以后，他第一时间就联系了我，让我想想有没有让你们两个都满意的方案，而且他今天一直都跟着你，你不想见他，他就一个人在酒吧外面守着。我刚才来的时候，他还站在外面，也不知道站了多久。”

谭萍的嘴角动了动，神情明显松动了，她把杯里的啤酒喝完，看着余晚道：“你说的方案，我看看吧。”

余晚笑了笑，和她走到一个卡座里，把电脑拿了出来：“我记得你之前说过并不是讨厌大红色，其实大红色的婚礼也可以做得小清新，关键看怎么设计。”她点开刚才新赶制出来的图片，给谭萍看了看，“像这样，现场主要的背景板还是选择了白色，可以用屏风，或者之前提过的油纸伞，而红色主要是用来做现场的花卉。红色和白色搭配，可以冲淡红色的浓艳感，而且我选择了玫瑰花，让西式的元素融进中式的婚礼中。”

谭萍看着余晚新做的图，没有立刻反对，虽然一眼看过去现场的红色依旧抢眼，但不会给人压迫感，余晚将白色和红色做得格外自然协调，除了大块的红白对比，现场的很多小细节也贯穿着这个理念。比如装饰用的刺绣盘，同样是白底红花。

“这个现场依然没有用红灯笼，我猜你不会喜欢，因此我选了刺绣，蛋糕也直接做成白色的，上面点缀红色的玫瑰花。举行仪式的时候，你可以不用穿秀禾服，穿婚纱就行，婚纱可以穿纯白的，也可以穿融入中式元素的红色刺绣婚纱，你觉得可以吗？”

谭萍沉默一会儿，对她道：“你还是先让李锐拿给他的妈妈看，看她同不同意吧。”

余晚知道她这就是松口的意思，接下来，就该让李锐去搞定自己的妈妈了。

“好的，李先生就在门外，要不让他也进来看看？”

谭萍别过头去，道：“随便。”

余晚出去把李锐叫进来了，谭萍虽然还是没怎么搭理他，但也不再像之前那么抗拒了。李锐看了现场的图片，跟谭萍打包票说这个他的妈妈肯定会满意。

余晚看了一下时间，已经十点了，她看向李锐跟谭萍，对他们道：“如果没别的问题，我就先走了。”

李锐忙道：“好的，今天麻烦你了。”

余晚笑了笑，背着包飞快地走了。她打了车去餐厅，路上给厉深打了通电话，却没有人接。她到的时候，餐厅已经关门了。余晚一个人在外面晃悠了一圈，没有看见厉深的人，倒是看见了他的车。

他开的是那辆越野，就停在餐厅附近，既然车还在这里，说明人还没有走？这会儿已经十点四十五分了，她从包里拿出手机，准备再给厉深打通电话，还没按下通话键，就听一个声音传了过来：“是余晚吗？”

余晚愣了一下，朝声音的方向望去。不远处站着一个男人，看着十分眼熟，余晚回忆了两秒，恍然道：“舒老板？”

舒老板就是他们今天约吃饭的那家餐厅的老板，他听见余晚回答他，有些惊讶地道：“真的是余晚啊？几年不见，你漂亮了好多啊。”

余晚不好意思地笑了笑，问他：“厉深还在这里吗？”

舒老板道：“厉深已经回去了啊，他在这里等你好久了，你怎么这会儿才来？”

“我工作耽误了。”余晚说着，又朝旁边的车看了一眼，确定就是厉深的车，“他的车还在这里啊，他是怎么回去的？”

“走路回去的啊。”

余晚满头问号，这里离丽泽公园那么远的路，厉深走路回去？

“咦，你不知道吗？”舒老板见她一脸茫然，跟她说道，“你们原来租的那间房子，厉深又租下来了啊。”

余晚一愣，跟着心湖像是被人扔了一块巨石，再也平静不下来：“他把我原来租的那间房子租下来了？”

“对啊，都有一个多月了吧。”舒老板说着，也忍不住感叹了一句，“没想到他这么长情啊。”

余晚愣愣地站在原地，脑子里一时间一片空白，最后舒老板叫了她好几声，她才回过神来。

“你要找他，就去你原来租的那里找吧，他晚上喝了点儿酒，不能开车，我看他心情也不是特别好，就把他送回去了。”

“好。”余晚缓缓地点了点头，“麻烦你了。”

“没事没事。”舒老板乐呵呵地笑两声，“你还记得当初他来这里给我唱歌，我拍了照片吧？现在好多他的粉丝来我这里和他的照片合影呢。”

余晚又跟他道了声谢，按照记忆找到了自己原来租的那间房子。也许是这里承载了她和厉深太多的回忆——有美好的，也有痛苦的——她一踏进这里，心底的情绪就像海浪一样不停地翻涌。

到了原来租的那间房前，余晚做了一个深呼吸，按下了门铃。门里没什么反应，余晚又按了一阵，终于听见里面传来脚步声，跟着咔嗒一声，门打开了。

厉深的身上随意套着一件T恤，他的头发也乱糟糟的，像是刚睡醒，他看见门外的余晚后，倒是清醒了几分："余晚？"

"嗯。"余晚开口之后，发现自己的声音竟然有点儿抖，她又缓了一下，才继续道，"不好意思，我来晚了，我刚才去了餐厅，老板说你在这里。"

"哦……"厉深揉了揉自己隐隐作痛的头，对余晚道，"我晚上喝了点儿酒，刚才睡着了，嗯……你，要不要进来坐坐？"

厉深出来的时候没有开灯，只从窗外透进来一点儿光照在房间里，余晚朝里面看了一眼，点了下头："好。"

她抬脚走进房间，许多的回忆顿时便涌了过来。这里的装修还是没变，只不过家具换了些新的，但摆放的位置还和原来一模一样。她和厉深最后一次一起出现在这里，是他们分手的那次。那段回忆对两人来说都很难受，余晚一回想起来，心里就闷得慌。她呼出一口气，想打开房间里的灯，却没留意到地板上的水渍，她的鞋子在地面一滑，她就朝旁边栽了过去。

厉深手疾眼快地一把抱住她，两个人一起倒在了那张不大的床上。黑暗中，厉深的那双眼睛格外明亮，余晚的手搭在他的胸膛上，感受到了他强有力的心跳。她回望着他，一时忘记了动作，他的胸膛如她所想的那样，比以前更加结实坚硬。他看着身上的人，环在她腰间的手不自觉地收紧。

两人不知对视了多久，厉深忽然一个翻身，将余晚压在身下，急促地喘着气。余晚被吓了一跳，她的耳边全是厉深沉重的粗喘，他就像一头蓄势待发的野兽，想要将她全面侵占。但他没有这样做，他还保留着最后的理智。余晚知道他在顾忌什么，也知道自己此刻轻而易举地就能摧毁他的顾忌。选择权在自己手上，她望着厉深那双深不见底的黑眸，双手攀上他的肩，仰头吻上了他的唇。

她想起了一句老话：跟有情人做快乐事，别问是劫是缘。

这是三年来厉深和余晚第一次贴得这么近，当余晚的唇覆上自己的唇的那一刻，厉深体内的欲望便被全数引燃，再也压制不住。他想要她，很想很想。

余晚到最后连叫都叫不出来，所有的声音都卡在了喉咙里。等到厉深终于停下来的时候，余晚的意识都有些模糊了，厉深看着身下昏昏沉沉的人，贴着她绯红的耳郭，在她的耳边低语："你的体力真的比三年前还要差了。"

她明明觉得自己都要晕过去了，为什么还能听清厉深说的话？

厉深的指尖流连在她的脸庞上，他还趴在她的身上不愿意起来。又过了好一会儿，他终于微微撑起身子，对余晚道："我去冲个澡，你要一起吗？"

余晚还没缓过来，摇了摇头道："你先洗，我再躺一会儿。"

厉深从床上爬了起来，没过一会儿，浴室里便传来水流的声音。余晚听着哗哗的水声，整个人都有些失神，她又静静地躺了一阵，也坐起身，披了一件宽大的睡袍在身上，走到窗边打开窗户，吹起了风。

冷风吹散了满室的情欲，也令余晚清醒了不少。她看到窗台上放着一包烟，是自己抽的那个牌子。余晚微微一愣，拿起放在烟盒上的那支烟，捏在手里把玩。厉深是不抽烟的，她进来的时候，屋里也没有烟味。这支烟没有被点燃过，但烟嘴处有很浅的牙齿咬痕，像是曾经被谁含在嘴里。

余晚拿着这支烟在周围找了找，没看到打火机，便走到橱柜旁旋开炉盘，将烟头点燃。烟被点着了后，她关掉炉盘，重新走回窗边，靠在窗台上吸了一口。

窗外的夜景和三年前相比变化不大，夜色笼罩下的这座城市要比白日里静谧许多。屋里只能听见哗哗的流水声，后来这个声音也停了，厉深裹着浴巾，从浴室里走了出来。

一出来就看见余晚靠在窗边抽烟，他轻轻地蹙了蹙眉，道："你还没戒烟？"

余晚听到声音，便回过头来。看着刚洗完澡的厉深，余晚扬起手里的烟，朝他笑了笑："这烟不是你的？"

厉深动了动嘴角，不知道该如何解释。

他也是在搬过来和余晚一起住之后才发现她会抽烟的，老实说，当时他很惊讶。余晚平时看上去很单纯，读书的时候肯定就是那种成绩优异、循规蹈矩的乖乖女。厉深最开始发现余晚的家里放着烟时，还想她肯定只是出于好奇，并不会抽，因为那包烟没有打开过。后来有一次，他从酒吧唱歌回来，当时余晚也是这样靠在窗边，看着外面的夜景吐出一缕白烟。

厉深很震惊，他的第一反应是抽烟的余晚很性感，让他莫名涌上一阵情欲，不过很快，他就打消了这个念头，走上去有点儿不高兴地拿掉了她手里细长的烟："你怎么还抽烟？"

余晚忽然被抢了烟，也没有生气，她朝他眨眨眼，开口道："高三的时候压力太大了，会偷偷地抽烟。"

厉深一本正经地道："你现在已经不是高三了，要学会成熟了。"厉深拿着烟盒，把印在上面的警示语拿给余晚看，"看到没有，烟盒也在告诉你，吸烟有害健康。"

余晚撇撇嘴："我抽得很少，你看，这么久我就抽了这么一支。"

厉深知道，要不是有烦心事，她也不会抽烟，以后要是她再有烦心事，岂不是仍旧会以抽烟来发泄，他觉得要从根本上解决问题，因此并不买账："那也不行，我觉得只写这种警示语还不够，吸烟不仅影响健康，还影响性功能哦！对了，还有烟盒上面直接印肺部病变的图的，你看过没有？”

余晚从他手里拿回烟，赶紧把烟头灭了：“不抽了不抽了。”

厉深冷哼了一声：“我待会儿给你找找图片。”

“不用了吧。”

厉深没收了她的烟，一边换衣服，一边问她：“你今天怎么这么晚还不睡？”

平时他从酒吧回来，余晚早就睡了，像今天这种情况还是第一次遇见。余晚关上窗走回来，靠着枕头道：“睡不着。”

厉深裸着上半身，准备去浴室冲澡：“有什么心事吗？”

余晚道：“工作不是很顺利。”

厉深回过头来，看着她问：“工作怎么了？”

余晚在他的背上推了一把，催促道：“你先去洗澡吧，别着凉了。”

“嗯。”厉深拿着毛巾进了浴室，再出来时，余晚已经躺在床上了。他像往常一样，钻进被窝，从后面搂住了余晚：“老婆，公司有人欺负你了？”

他一声“老婆”，把余晚喊得耳朵发烫：“没有，我自己会想办法解决的，你不用操心。”

“嗯。”厉深闭着眼睛在她的身上蹭了蹭，低声对她道，“如果有人欺负你，记得跟我说，我帮你欺负回去。”

余晚笑了一声，握住他环在自己腰间的手：“嗯，睡吧。”

余晚在工作上遇到的也不是什么大问题，就是职场上很普通的客户被同事抢了。余晚跟了这个客户很久，同事不只把她的客户抢了，还把她的婚礼创意一起抄了过去。余晚才刚刚毕业一年，性格还没有被职场打磨圆滑，当然是受不了这种气，她跟领导反映情况，领导反而说客户最后不选择她，是她自己的问题。这让余晚的心里更加委屈和不平，并且动了辞职的念头。这已经不是余晚第一次换工作了，刚毕业的年轻人总是受不得委屈，动不动就会辞职，余晚这次之所以没有立刻辞职，纯粹是因为经济压力。虽然现在厉深在酒吧唱歌能赚到点儿钱，但她不能把压力全转移到他那里。

这件事让余晚烦心了好几天，直到有天厉深开心地给她打电话，说要告诉她一个好消息。这个好消息他还不愿意在电话里说，非要当面跟余晚说。

余晚心里好奇，下班以后就飞快地冲出了公司，厉深已经在公司门口等她了，他买了很多好吃的，和余晚一起回家。

到家后，余晚故意板着脸看他："到底是什么好消息，你再不说，我就生气了。"

厉深笑了两声，对余晚道："有家娱乐公司想和我签约。"

余晚一愣，然后高兴地在原地蹦了两下："真的吗？！你是不是要出道了？！"

"差不多吧。"厉深扬着唇，难掩喜悦之情，"他们公司的负责人约了我详谈，如果顺利的话，我就能当歌手啦！"

"太棒了！祝贺你！"这个消息对余晚来说，比自己升职还棒，"那我们今晚要吃顿好的庆祝！"

"嗯！等我正式和他们签约之后，我再请你去吃顿大餐！"

"好！"

这天晚上，两个人都特别兴奋，余晚还上网去搜了一下，这个即将跟厉深签约的顺诚娱乐公司旗下都有哪些知名艺人，厉深也即将成为他们中的一个了！

第二天，余晚一直在等厉深的消息，可是等到下班，厉深还没回自己的消息。余晚怕打扰他，也没有给他打电话。回到家，她又等了一会儿，厉深才回来。

看到余晚，厉深愣了一下，余晚见他的脸色不太好，也跟着蹙了蹙眉："怎么了，签约不顺利吗？"

厉深一边换鞋，一边嗯了一声："遇到一点儿问题，过两天还要再去跟他们谈一次。"

余晚问他："遇到什么问题了？"

"嗯，就是条件没有谈拢。"

余晚虽然不是很懂这一行，但也听说过很多艺人要签不平等条约："哦，条件是应该好好地谈一谈，虽然你是新人，但也不能任由他们压榨啊。"

厉深点点头："嗯，我也是这么想的，他们约了我过几天再谈，希望到时候能有转变吧。"

"嗯。"余晚看着厉深，有点儿吞吞吐吐地开口，"其实我还有一件事想和你说。"

"什么事？"

余晚轻轻地抿了抿唇："我打算辞职，重新找一家公司。"

厉深有些意外，但也只是微微地点头："哦，如果做得不开心的话，就换一家吧。"

余晚道："不过你放心，我不会裸辞的，我会一边上班，一边找下家的！"

厉深愣了一下，这一刻他忽然明白了，余晚是因为他，才连换掉一份让她不开心的工作都有这么多顾忌的。他的嘴角抿了起来，都是他，还没有能力给余晚更好的生活。

那是厉深第一次感到无力，现在想起来，觉得那时竟然有勇气跟余晚求婚的自己是多么可笑又无畏。不过，现在的他，已经有能力照顾好余晚了吧。

他看着站在窗边的余晚，眸色比窗外的夜色还要浓："余晚，我们重新开始吧。"

余晚的动作一顿，看着他没有说话。在厉深洗澡的时候，她已经想好了，不管他洗完澡出来说什么，她都会答应。如果他想把今天的事当作一夜情，她可以配合；如果他想以此为机会跟她复合，她也会同意；哪怕他想借着复合来报复她，她都觉得无所谓。

她按灭手中的烟头，对厉深笑着道："好。"

余晚的答复来得比厉深想的干脆，他原以为就算余晚不直接拒绝，也会说考虑一下。她答应得那么干脆，难道是因为刚才两人睡了吗？一想到这里，厉深便显得局促了几分：“刚才我没有戴套……那个……”

“我早上出门的时候会买药的。”余晚把手上的烟扔进垃圾桶，关上了窗户。

厉深把手插进自己还湿润的头发里，拧着眉头道：“对不起，我不知道今天会发展成这样，没有准备安全套，以后我肯定会戴套的。”

说完以后，他又觉得他这话说得，好像天天就想着跟余晚那什么似的……

“没关系，我也去冲个澡。”

厉深本来还想就自己刚才的发言解释两句，但看着余晚已经往浴室走了，便点点头道：“嗯……”

余晚进去洗澡以后，厉深吹干自己的头发，随便套了一身衣服，拿着钥匙出门：“我出去一下。”

“嗯。”余晚应了一声，就听见开门关门的声音。

厉深戴着帽子和口罩，连墨镜都没有落下，走到附近一家二十四小时营业的药店，问导购要了避孕的药。

值班的导购奇怪地打量他几眼，买个避孕药而已，至于打扮成这样？他看别人去成人用品店买东西，也没遮成这样啊：“你要哪种？”

厉深刻意压低声音，用粗犷的声线道：“哪种副作用最小？”

“肯定都有副作用，不想要副作用怎么不戴套？”

厉深抿了抿唇，没说话，导购拿了一个小药盒放到柜台上：“越早服用效果越好。”

厉深默不作声地把药买下来，经过一个自动贩卖机时，看见里面有安全套，便买了几盒。

余晚洗完澡出来，发现刚才乱糟糟的床已经换上了全新的四件套，弄脏的那些被裹成一团扔在角落里。

“洗完了吗？”厉深见她出来，捡起扔在地上的被单、被套，跟余晚说，“我买了药，在桌上。”

余晚愣了愣，他刚才下去，就是帮她买药的吗？她朝餐桌的方向看了看，桌子上放着一瓶矿泉水和一小盒药。

“这里只有矿泉水，需要加热一下吗？”

“不用。”余晚朝他笑了笑，走过去拧开瓶盖，“喝这个就可以了。”

“哦……那我先去洗东西了。”

他把被单、被套扔进了洗衣机，余晚听见洗衣机的声音传来，把药片扔进嘴里，就着矿泉水吞了下去。

厉深怕吵到余晚睡觉，只给洗衣机设定了十五分钟的时间，洗衣机停下来后，他也没管洗没洗干净，就扔在那里不管了。

余晚已经睡了，厉深轻手轻脚地躺在她身边，盯着她的后背看了一阵，低声唤道：“晚晚，你睡着了吗？”

睫毛颤了颤，余晚没睁开眼，懒懒地答道：“还没。”

厉深往她的方向凑近一些：“我可以抱着你睡吗？”

“嗯……”

厉深从后面环住她——和以前一样：“晚晚。”

“嗯？”

“我还没跟你说生日快乐。”

余晚勾了勾嘴角，对他道：“零点早就过了。”

厉深闭上眼，感受着怀里的人的体温：“那我留到明年再说。”

明年？余晚的睫毛又动了动，这次她缓缓睁开了眼。厉深的呼吸均匀地落在自己耳边，她靠着他的胸膛，静静地看了一阵漆黑的房间，又闭上了眼睛。

第二天余晚还要上班，一早便起来了，厉深听见动静，迷迷糊糊地睁开眼睛，见余晚站在衣柜前换衣服。他坐起身，带着浓浓的鼻音问：“这么早就起来了？”

“嗯，我要先回家里换身衣服，怕赶不及上班。”

她一提到换衣服，厉深便想起了昨天被自己扯烂的衣服，他动手的时候其实没有意识到，后来收拾东西时才发现自己把余晚的衣服扯烂了。

“我送你过去吧。”他走下床，也开始换衣服，“反正我也要回去一趟。”

“那好。”

厉深的车还停在昨天那个位置，两人下楼的时候，楼下的早餐铺已经开始卖早餐了。余晚看了一眼全副武装的厉深，自己跑过去买了两份早餐，拿上了厉深的车。

上车后，厉深才把墨镜和口罩摘下来，但帽子还是戴在头上，余晚坐在旁边吃早饭，顺便查看了一下手机有没有新消息。

厉深在旁边开车，走到半路的时候，小董打了通电话过来，问他在哪里。厉深回答得含糊：“我今天自己去公司，你不用来接我了。”

余晚朝厉深看了过去，他又交代了两句，挂断电话。放下手机，他看了一眼身旁的余晚，似乎是有什么话想对她说。

“怎么了？”余晚问他。

厉深微抿着唇角，沉默了须臾，才道：“我们两个的事，我暂时不打算告诉公司，我的经纪人很反对我现在谈恋爱。”

余晚并没有多意外，她决定跟厉深重新在一起时，就考虑过这个问题了。她点点头，对他道：“好，我也不会跟别人说的。”

她答应得这么爽快，厉深心里也没有好过一些，反而觉得更委屈她了。他抬起手，轻轻地握住她放在膝盖上的手：“等我再多拿几项有分量的奖，站得更稳点儿，我们就可以公开了。”

余晚笑了笑道：“没关系的，公开了我是不是反而更危险了？”

厉深把手微微收紧，也扬起了唇：“放心，我会保护好你的。”

车子开到余晚住的楼栋下便停了下来，余晚解开安全带，打开车门：“那我先上去了。”

车门打开的瞬间，厉深开口叫住了她：“晚晚。”

“嗯？”余晚刚回过身，就看见厉深解开了身上的安全带，倾身在自己的唇上印下一吻。

余晚愣在原位，忘记了动作，厉深露出一个笑容，对她道：“晚上见。”

“嗯、嗯……”余晚含糊地应了两声，飞快地下了车，跑进了楼里。厉深把车开回自己的车库，也拿着钥匙走了下去。

余晚到家以后，心还在怦怦跳，现在的厉深比以前更有魅力了，随便勾勾嘴角，都让人有些承受不住。

她放下包，走到衣帽间开始换衣服。衣服脱下来以后，她身上的各种痕迹就在镜子里一览无余。余晚又红了脸，为了不让自己身上的这些秘密被人发现，她特地从衣柜里找了长袖、长裤出来。

现在已经是5月下旬了，天气转热，好多人已经穿上了短袖、短裤，而她恨不能再给自己加条围巾。脖子的痕迹实在不太好用衣服来遮，余晚只好给脖子也上了粉底和遮瑕。对着镜子照了几遍，确定看不出来了，她才又提着包离开了家。

之前送去修理的车，前阵子她已经开回来了，但因为对上次的车祸还心有余悸，所以她这几天也没有开车。今天她老老实实地走到停车场，把车开了出去。昨晚的激烈运动导致她现在仍旧浑身酸痛，她实在不想拖着这副身体去跟别人挤地铁。

今天依旧是忙碌的一天，她昨天赶出来的那个方案，李锐已经拿给了他妈妈看。和谭萍大吵一架之后，李锐的妈妈也冷静了一些，新的方案虽然还是跟她要求的不一样，但她也没有立刻否决，只说让余晚明天当面给他们讲讲。

余晚今天一天都在细化方案，就指望明天能一次把李锐的妈妈说动。傍晚的时候，厉深打了通电话过来，余晚接起来，尝试着叫了一声：“阿深。”

她已经很久没有这样叫过他了，这两个字一出口，她自己的心绪也有些起伏。厉深在电话那头笑了笑，问她：“今天晚上能见面吗？”

余晚道：“我的方案还没有做完，明天得跟客户讲。明晚行吗？我后天休假，明晚可以。”

“行，那就明晚吧。”厉深顿了顿，“明晚你下班以后，就直接来我家找我吧。”

“好。”

为了明天能一切顺利，余晚今天加班加点地把策划案做了出来。

谈新方案的时候，谭萍和李锐的父母都在，李锐应该提前做过他妈妈的工作了，今天见面，她倒是没有刁难余晚。介绍完方案，余晚看大家基本都满意，总算是松了一口气。走的时候，谭萍送她出去，她看了一眼谭萍的脸色，问：“谭小姐，新方案你是还有哪里不满意吗？”

谭萍摇了摇头，道：“没有，只是我挺喜欢你最开始做的那一版设计，现在用不上了，觉得有些遗憾。”

余晚想了想，对她笑着道：“这个好办，如果你喜欢那个设计，你和李先生的婚纱照可以用那个当作室内背景啊。”

谭萍愣了一下，问她：“婚纱照能拍这种的吗？”

“可以，我把我的设计图给布景师，让他们照着弄就行，只不过可能会另外收费。”

“这个倒没关系，那婚纱照你帮我去联系一下。”

“好的。”余晚走到自己的车前，停了下来，“那我就先走了，如果有什么事，你们再联系我。”

“行。”

余晚上车以后，看了一下时间，已经五点半了，她没有再回公司去打卡，直接把车开回了家。

停好车，她给厉深打了通电话，问他在哪儿。厉深没想到余晚今天这么早就下班了，他这会儿还在录音棚里。

小董听见他放在包里的手机在响，便想帮他把手机拿出来。拿手机的时候，碰到了另外的东西，她也没留意，就这么一抓，和手机一起抓了出来。

抓出来以后，小董一看那只四四方方的小袋子，就呆愣在了当场——深哥包里怎么还有避孕套！小董在做助理之前，就听说过这一行乱，特别是有的男明星，表面上光鲜亮丽，私生活却很混乱，和谁都可以来一炮，随身带着避孕套并不奇怪。但深哥不是这样的人啊！她跟着厉深也快一年了，从来没见他乱搞过男女关系，有空闲的时间，也是用来陪狗了！以深哥的性格，更像是准备认真地追人家……不是，这样更可怕啊！

“你在做什么？”迟璐的声音突然从身后传来，吓得小董赶紧把手上的东西又塞回了包里。

“没、没什么。”小董微笑着看她，“深哥有通电话，已经挂断了。”

“嗯。”迟璐看了她一眼，收回目光，看向了录音棚里的厉深，“厉深歌录得怎么样？”

“挺好的，应该马上就结束了。”

“嗯，专辑马上就录完了，接下来要准备演唱会。”

“好的，璐璐姐。”小董说着，又想起了厉深包里的那袋避孕套。这件事到底要不要告诉璐璐姐啊？深哥接下来工作那么多，要是因为这个出了什么乱子，公司开除她还是小事，说不定对深哥也会造成影响……

“那个，璐璐姐……”小董刚起了个话头，录音棚的门就被人从里面推开了，厉深走出来，看了外面的迟璐和小董一眼。

“都在？”他拿起放在座位上的水杯，拧开喝了一口水，“结束了，可以走了。”

迟璐道：“明天下午开始录音，上午来公司商量演唱会的事。”

“嗯。”厉深放下水杯，把包里的手机拿了出来，有一个来自余晚的未接来电。

厉深不动声色地把手机放了回去：“接下来没有行程了吧？我回家了。”

“啊，我送你吧！”小董赶紧跟上他。厉深回头看了她一眼，点了点头：“嗯。”

车上，厉深一直在玩手机，小董偷偷地从后视镜里瞄了他几眼，又收回目光看前面的路。

厉深给余晚回完消息，抬起头看了前排的小董一眼：“我录歌的时候，你看过我的手机吗？”

“没有！”小董立刻摇头，“我听到电话响，然后璐璐姐过来了，电话就已经挂断了。”

“嗯。”

小董想，她虽然没看到电话是谁打的，但是，她看到包里的避孕套了啊！

“你是不是有什么话想跟我说？”厉深抬眸看着她。小董抿了抿唇，对着后视镜笑了笑：“没有。”

她决定让避孕套的事情烂在肚子里。

把厉深送回家，小董就离开了。厉深先洗了个澡，才给余晚打电话。电话响了两声，就被接了起来，厉深勾着唇角，拿毛巾擦拭头发：“在干吗？”

余晚扣上电脑，靠在了沙发上：“在处理客户婚礼的事，你回来了吗？”

“嗯，刚洗了个澡。”厉深走到窗户边，望向余晚家的方向，“你吃晚饭了吗？”

“还没有，等你一起呢。”

嘴上的笑意又加深了几分，厉深朝楼下走去：“要不到我这边来做吧，我这里食材还挺多。”

“好啊。”余晚站起身，一边收拾东西，一边问他，“你平时好像也不常在家里吃饭啊，冰箱里还放那么多东西？”

“助理会帮我定时补充一些。”

“哦，有助理真好。”

厉深笑了一声：“你现在不是都当上总监了吗？公司没给你配个助理？”

余晚道：“即使有助理，也是工作上的，谁会管我冰箱里有没有吃的呀。”

“我啊。”厉深道，“我管。”

余晚整理头发的手顿了一下，被他说得有些不好意思：“行了，我现在过去。”

“好，等你。”

余晚的脸又烫了几分，她挂断电话，稍稍补了个妆，才拿上包往厉深的家走去。

丽丽像是知道她会来一样，已经在院子里等她了，见她过来，就对着屋子里的人叫。

厉深从屋里走出来，单手倚在门框上，看着她笑：“来了？”

余晚的心一下子就跳得飞快，厉深现在真的是太撩人了。她嗯了一声，低着头从厉深身边走过去，丽丽跟在她身后，一起进了门。

厉深关上门，也走了进来，他抱起丽丽，给它擦了擦爪子，对客厅里的余晚道：“你想吃火锅吗？我冰箱里菜挺多的，还有火锅料。”

余晚想了想，道：“我们煮白味的汤锅吧，不放底料。”

厉深诧异地看着她：“你现在喜欢吃这种？”

“呃，你不是在录歌吗？我怕你不能吃太辣的啊。反正我可以做蘸碟。”

厉深看了她一会儿，把她拉到怀里，低头在她唇上亲了一下：“你说怎么做就怎么做。”

她不是第一次跟厉深谈恋爱了，可是成熟起来的厉深真的让她有些招架不住。

两人走到厨房开始准备晚饭，煮白水汤锅费不了多少工夫，他们把菜和肉切好，就一起端上了桌。锅里的水咕噜咕噜地冒着泡，丽丽围在桌边，兴奋地朝他们叫。

Lily

Lily，想为你在花园里种满鲜花

Lily，想为你捧上满天星光

Lily，想对你说尽世间所有情话

想我的指尖，将你的眉眼仔细描画

我遇见一个叫Lily的姑娘

在一个明媚的夏天

我们的故事，不会随着夏天结束

春去冬来

一年，十年，一百年

Lily，这首曲子我依然为你轻唱……